国家社会科学基金重点项目（项目编号：14AZW001）资助成果

中国现代文学文献整理研究丛书

中国现代文学基础理论稀见文献选编

贺昌盛　何锡章 ◎主编

华中科技大学出版社
http://www.hustp.com
中国·武汉

主编简介

贺昌盛

1968年生，湖北十堰人。2002年于武汉大学文学院获文学博士学位，2004年于南京大学中国语言文学博士后流动站出站，现为中南民族大学文学与新闻传播学院教授、博士生导师。主要从事文学基础理论、中国现代文论及文艺学学术史方面的研究，刊发学术论文80余篇，主持国家社会科学基金项目"晚清民初'文学'学科的学术谱系"及国家社会科学基金重点项目"中国现代文学基础理论文献的整理与研究"2项，参与国家社会科学基金及教育部人文社会科学基金项目多项。独著《象征：符号与隐喻》《想象的"互塑"》《晚清民初"文学"学科的学术谱系》《现代性与"国学"思潮》等，译著《华语圈文学史》（藤井省三著），参著《中国西部现代文学史》《中美文学交流史》《中国现代文学思潮史》等，主编《中国现代文学基础理论与批评著译辑要》《文与现实》和"国学思潮丛书"（四卷）等。

何锡章

1953年生，四川云阳人。1978年考入西北大学中文系，1982年入四川大学中文系攻读中国现当代文学硕士学位，1985年起在华中科技大学中文系工作，现为华中科技大学人文学院教授、博士生导师。曾任华中科技大学人文学院院长、中文系主任。主要从事中国现代文学与中国传统文化的研究，兼及中国古代文学的研究。在《文学评论》《文艺研究》等刊物发表论文100余篇，先后主持省部级科研项目多项。主要著作有《历史透镜下的魂灵——中国封建社会人性结构论》《神佛魔怪话西游》《鲁迅读书生涯》，译著《文化模式》等。

内容简介

文献史料的整理研究作为中国传统学术的重要方法，近年来一直在逐步向各学科延伸。事实证明，这种积极有效的方法不仅激发和开拓出很多全新的学术生长点，而且还能促使各专业学科在理论层面上更趋精细与稳固。近年来逐渐成为热潮的"中国现代文学文献/史料学"即是最为有力的例证。

基于文献史料整理，"中国现代文学文献整理研究丛书"首批推出《中国现代文学基础理论稀见文献选编》与《中国现代文学基础理论文献编目》《中国现代文学基础理论与批评著译编纂史稿（1912—1949)》三部著作。

《中国现代文学基础理论稀见文献选编》选择编辑了部分具有代表性的稀见理论文献资料，以具体个案的方式展示了另一种"文学概论"的可能面貌，一方面为读者寻找这些稀见资料提供查找阅读的方便，另一方面也希望以此为线索，指引读者进一步阅读相关的文献资料，为中国现代文学的研究深化与拓展更多新的学术生长点。

总序

如何构建具有中国自身民族特色的现代文学理论体系,一直是文学研究界持续关注的话题,而要构建和完善这一体系,除了需要积极地汲取文艺理论的最新学术成果,充分发掘和利用已有的文学理论资源,培植理论自身扎根生长的丰沃土壤,更是需要引起学界高度重视的关键问题。文献史料的整理研究作为中国传统学术研究的重要方法,近年来一直在逐步向各个学科延伸,事实证明,这种积极有效的方法不仅激发和开拓了很多全新的学术生长点,而且还能够促使各个学科在理论层面上趋于精细与稳固。近年来逐渐成为热潮的"中国现代文学文献/史料学"即是最为有力的例证。

就中国现代文学学科目前的研究境况而言,虽然在文献研究方面已经取得了较为丰硕的成果,但由于种种原因,既有的研究仍旧处于偏重单一向路、琐碎细微有余而宏观把握不足的状态之中。要走出目前中国现代文学研究的瓶颈,就必然需要将微观发掘与宏观建构密切地结合起来。文学理论在一定程度上一直起着统领中国现代文学学科之各项研究的职能,从宏观的文学基础理论文献的整理与研究入手,无疑是促进中国现代文学研究走向深入的关键步骤。

本项研究的成果包括以资料的搜集整理为目标的《中国现代文学基础理论文献编目》和《中国现代文学基础理论稀见文献选编》,以及对重点文献给予具体解读的《中国现代文学基础理论与批评著译编纂史稿(1912—1949)》三个部分。

现代中国文学理论的基本样态是在晚清时期"古今中西"交汇互生的情境中诞生并演进而来的,追溯其源头,大体可以概括为四种最为基本的向路:一是章太炎的广义"文学"论,可视为现代"人文/文化"研究的源头;二是刘师培的"修辞/文章"论,可归为文学之"语言/修辞"研究的一路;三是王国维的超功利"诗性/审美"说,已被视为中国现代文学审美论的发端;四是梁启超的"文以致用"论,沿袭并改造了传统中国的"文以载道"思想,可以看作是向现代文学社会学研究的转换。新文化运动以后,中国文学的总体面貌虽然与传统形成了迥然的差异,但文学思想上对于人文学、修辞学、审美论和文学社会学等不同重心的趋向与选择,与晚清时代所确立的基本路径并没有发生根本的变化。甚至从某种程度上说,整个现代中国的文学思想也正是由这四种基本的向路共同建构呈现出来的，只不过因其各自形态的或隐或现而常常被忽略与遮蔽而已。从世界范围的文学研究的趋势来看，这四种向路实际上与当下"文化研究""形式理论""审美主义"及"社会批判"等热点文学理论取向，其实有着潜在的呼应。《中国现代文学基础理论文献编目》即是从这种总体的宏观视角出发，对现有的基础理论文献资源给予了全面的筛选与汇总，而《中国现代文学基础理论稀见文献选编》则以具体个案的方式初步展示了四种向路的实际面貌，由此也为"中国现代文学基础理论文献总汇"的拓展性研究奠定了扎实的基础。

传统中国的文学理论是一种相对封闭的知识体系，在"政-学"一体的制度性构架中，文学的地位一直是附属性的，文学理论的价值也一直不为人所重视。但自近代梁启超倡导新小说及王国维引进全新的审美理念开始，在以桐城派为代表的文人学者们所确立起来的"义理、考据、词章"的传统学术结构中，"词章"研究一途重新引起了人们的普遍重视，在"审美"这一新的维度的引领及大学"文学概论"课程的陆续开设等推动下，中国文学开始了自身的理论转型，民国初期的诸多著述就带有明显的过渡色彩。民初文学理论与批评方面的著述多数都历经一种从"去传统化"到译介、从编译到著述的过程，这类著述既显示出了中国学人对于"现代"意识的逐步认同，同时也意味着现代中国文学自觉的理论意识的萌芽，中国文学由此也开始了在理论领域重新建构其知识系统的历程。

在新的观念的指引下，新文学作家也自觉地将文学理论与批评的建设纳入了新文学总体发展的日程之中，以全新的角度与理论视野来展开批评的著述也日趋增多，这一点无疑为现代中国文学在理论范畴的逐步推进奠定了必要的基础。现代中国文学的理论建构是在域外文学理论与中国传统文学资源的双重刺激和影响下逐步发展起来的。在经历了初期的理论转型以后，中国文坛普遍开始将目光转向域外，并且在20世纪20年代前期掀起了广泛的文艺理论译介高潮。这个时期的译介渠道，一是直接译述欧美最新的理论著作，二是转道日本引进各式理论著述。在译介引进的同时，早期的理论家们也开始借鉴不同的理论观点来展开新的文学批评，并且在积极吸纳域外理论的基础上初步构建起富有自身民族特色的新文学理论的雏形，由此也形成了一种"西体中用"式的文学批评模式（用中国传统文学的范例来证明和强化西式理论的合法性）。当然，中国传统的文学观念在这个时期并没有完全消失，它们既在一定程度上延续了中国传统的"大文学"概念，同时也为新的文学理论的知识建构提供了某些必要的资源。

在广泛引进域外文学理论著述的基础上，中国理论家们开始自主建构自身文学理论的独立知识系统，现代中国文学的理论与批评也逐步进入到一个相对成熟的繁荣时期。从整体上看，这个时期的理论形态主要显示为三种类型：一是以欧美文学理论与批评为蓝本重新确立了现代中国文学的基本观念（文学的重新定位）与核心要素（主要理论范畴如想象、情感、思想、形式等）；二是以苏俄新兴文艺思想为蓝本初步建立了唯物史观文学论的理论框架；三是以寻求中外古今文学思想的对话与融合为目的形成了诸多"会通"式的文学理论文本。这三种理论类型基本上奠定了后世中国文学的主要理论模式。自 1937 年开始，由于抗战的爆发，现代中国的文学版图被划分成了多个不同的区域，加之现实需求及文学审美等多重诉求的影响，中国文学的理论形态也形成了多元并存的格局。但从另一方面来看，也正是因为战争因素的介入，现代中国文学才与人自身的生命体验及身份认同等发生了直接的关联；虽然这个时期的理论建构似乎出现了某种程度的停滞，但实际上，这一新的知识系统其实恰恰得到了切实的现实检验和深化。正因为如此，这一时期的那些被逐步强化起来的观念与范畴（如主题、形式、民族性、倾向性、题材、典型、世界观、创作方法等），才为后来"中国形态"的文艺思想与理论构架的真正确立奠定了根本的基础。多元形态的理论建设过程中，唯物论经典文学理论的译介及其论争是这个时期的一个重要的现象，后来对中国文学理论与批评影响至远的左翼文学理论及其知识构架，就是在这个时期基本确立起来的。同时，由于有了较为充分的理论资源及创作实践上的既有成果，持不同思想倾向的批评家们，也开始对中国新文学自身的基本性质及内在特征进行重新估价与定位。正是这些理论家们的持续努力，为富有中国特色的文学理论的最终成熟奠定了坚实的基础。

与传统中国文学相比，现代中国的文学面貌已经发生了根本性的转变，而这种变化首先就是以"文学"自身在思想观念上的彻底革新与理论知识的系统化建构作为突破口才得以实现的。一方面，革新与建构是基于对传统"经学/诗学"思想之有限性的深刻反思；另一方面也得益于在域外文学理论知识的启发之下对中国文学既有的思想理论资源所做出的系统的清理与整合。由此才逐步构建起了全新的现代中国文学的理论系统，即一种以"时间"维度上的文学史研究、"空间"维度上的域外文学研究，以及"科学"维度上的文学理论研究为基本支点的立体的理论知识系统。正是这三个维度的逐层叠加（知识增殖）才最终塑造了现代中国文学的整体理论雏形。《中国现代文学基础理论与批评著译编纂史稿（1912—1949）》所尝试勾勒的即是这一理论形塑的具体轨迹与一般形态。通过对 1912—1949 年 30 余年间所产生的几百部相关的理论与批评译述及著作的检视、梳理、考证和评判，来全面描述和展示现代中国文学理论家们的成绩与现代中国文学理论的学术风貌，以此勾勒出现代中国文学理论建设领域所走过的艰难而曲折的发展历程。

本丛书的突出特色主要有以下三个方面：其一，本丛书首次对凌乱分散乃至诸多稀见的文学理论文献进行了较为全面的发掘整理，从而使中国现代文学基础理论的文献有了一种清晰完整的面目；其二，本丛书将重点集中放在文学基础理论文献的专门性整理与研究上，以"编目"和"选编"的形式避免了目前文学史料研究方面习惯将创作文本与理论批评文本相互混杂的一般方法的弊端，为文学文献的整理研究探索了一种新的思路；其三，从"编纂史"的角度重新全面清理了中国现代文学理论的知识谱系，使得以往诸多被遮蔽的理论思想能够重新以较为清晰的面貌展示出来，以此也可为建立中国特色的文学理论体系提供必要的参照。文学理论文献的挖掘将在现代中国文学理论体系的建设、传统中国文学思想在现代的延续、域外文学理论在中国的传播与接受及变异等多个领域拓展出新的"问题域"，有利于激发和促进新的学术生长点的发掘、培育与巩固；同时也将在多个层面上促进中国现代文学学科及其不同向度的研究趋于更加精确和完备。本丛书在一定程度上突破了现有的"纯文学"理论的一般格局，对真正实现人文及社会科学领域的跨学科研究奠定了必要的基础，同时也为建立有汉语文学特色的理论系统提供了一定的理论支撑。

文学理论文献的搜集、整理与研究并不单纯是一种形式上的知识聚合，本丛书以马克思主义唯物史观与方法论为指导，在合理利用学术前沿的最新科学研究方法的同时，充分汲取中国传统朴学与经典解释学方法的经验；融搜证、校注、辨伪、辑佚、考订等传统学术方法与现代"知识考古学"的"知识还原""现象解释"为一体。力求探索出一条现代文献史料整理与研究的全新途径，以便为其他类型的文献史料整理与研究提供方法论层面上的借鉴。

贺昌盛

2020 年 12 月于福建厦门

编辑说明

一、本编所谓"稀见",或指原刊稀少难觅,或为原作少人关注,均为编选者个人以为有可资参考之价值者,不当之处敬请批评。

二、编选大体依年代序列编排,以略示理论演进之线索思路。

三、选文大部分以杂志原刊文字为准,偶有参照原作者文集做少量修改的。编选时改原版竖排为横排,原文繁体及异体字均依今例改为通行简体,个别原刊印刷排版及明显误字已核校改正(含外文),原文标点亦有少数依今例修改,其他一仍其旧。

四、所选文章亦非完全随意,大体以"文学"之内涵、外延变迁,"文学"之不同定位、定性,文学史与文学批评之核心要素,以及文学与别种学科之关系等问题为基点,力求兼容并包,以期形成他种面貌的"文学概论"之架构。所愿如是,恳请指正。

五、选文所述观点不代表编选者及出版社之意见,否泰皆由读者自行判断。

目录 Contents

希腊为西国文学之祖 …………………………………… 艾约瑟 /1
论文学与科学不可偏废 ………………………………… 佚名 /3
语言文字宜合为一说 …………………………………… 佚名 /6
神州文学兴衰略论 ……………………………………… 蛤笑 /8
论文学 …………………………………………………… 许先甲 /12
说文 ……………………………………………… [日]副岛义一 /13
近代文学之特质 ………………………………………… 蓝志先 /15
论通俗文 ………………………………………………… 伧父 /18
新文化之内容 …………………………………………… 君实 /21
文学批评——其意义及方法 …………………………… 愈之 /23
艺术独立论和艺术人生论底批判 ……………………… 唐隽 /31
智识阶级的使命 ……………… [俄]爱罗先珂讲演　李小峰、宗甄甫合记 /35
日本的阶级文学问题 …………………………………… 祁森焕 /40
安诺德文学批评原理 …………………………………… 华林一 /46
美学所研究的问题及其研究法 ………………… [日]大塚保治　鸿译 /52
新文化运动之价值 ……………………………………… 潘公展 /55
现代之美学 ……………………………………………… 俞寄凡 /58
生活美化论 ……………………………………… [日]本间久雄　从予译 /64

文艺批评概论	胡梦华	/76
表现主义的文学批评论	斯滨加 华林一译	/82
现代人的现代文	唐钺	/93
文学观念与其含义之变迁	郭绍虞	/106
文学究竟是什么	周天沂	/115
科学精神与文学史的方法	[法]朗松演讲 邓季宣译	/124
现象学概说	杨人楩	/132
现代文学的十大特色	微知	/139
文艺科学的建立	何东辉	/141
论传记文学	许君远	/149
诗与近代生活	杨振声	/153
新名词溯源——王云五新词典序	王云五	/156
语言与文学	岑麒祥	/160
论中国的戏剧理论建设	田禽	/164
谈新诗	傅庚生	/173
谈散文	柴斯特登 林栖译	/179
修辞学与风格论	[德]Wackernagel 易默译	/182
文学与社会科学	Lyman Bryson 黄时枢译	/191
论传记文学	汤钟琰	/195
中国语言的研究与新文学理论的建设	张世禄	/201
文艺与现代生活	刘大杰讲 戴光晰记	/209

希腊为西国文学之祖[①]

艾约瑟

今之泰西各国，天人理数，文学彬彬，其始皆祖于希腊。列邦童幼，必先读希腊罗马之书。入学鼓箧，即习其诗古文辞，犹中国之治古文名家也。文学一途，天分抑亦人力，教弟子者童而习之，俾好雅而恶俗。初，希腊人作诗歌以叙史事（明人杨慎《二十一史弹词》即其类也），和马、海修达二人创为之。余子所作，今失传。时当中国姬周中叶，传写无多，均由口授。每临胜会，歌以动人。和马所作诗史（唐杜甫作诗关系国事谓之诗史，西国则真有诗史也），传者二种：一《以利亚》，凡二十四卷，记希腊列邦攻破特罗呀事；一《阿陀塞亚》，亦二十四卷，记阿陀苏自海洋归国事。此二书，皆每句十字，无均（古"韵"字）。以字音短长相间为步，五步成句（音十成章，其说类此），犹中国之论平仄也。和马遂为希腊诗人之祖。希腊全地文学之风，雅典国最盛。雅人从幼习拳勇骑射，以便身手。其从事于学问者凡七：一文章、一辞令、一义理、一算数、一音乐、一几何、一仪象。其文章、辞令之学尤精，以俗尚诗歌，喜论说也。他邦之学，希人弗务。雅典学徒，所聚之书院有三：一路该思、一古奴萨尔该、一亚迦代弥耶。书院中有园林亭榭，曲径清池，巍峨堂院。讲道授徒，习文章、辞令、义理之学徒，皆分舍而居，其间兼习扑踊走捷之技。年十八书名于户版，二十岁可筮仕，乘车马，赛绝艺矣。希腊人喜藏书，古时仅有写本。至罗马国，其始椎鲁无文，皆希腊人教之。希人开讲肆于罗马，教之辞令，罗人乐之（西国政教皆有议会反复辩论，故尤尚辞令）。其长老公会恶之，禁希之来设教者。时耶稣前五百九十二年，周定王十五年也。令甲虽行，罗人之愿学者如故。当是时，始有作史及演故事者。罗人出兵，所至即破，即收其图籍，入于罗马。凡破西班牙（或曰士班雅）、阿非利加、马其顿、哥林多地方，皆获其珍宝、书画、石作等物。哥林多一古几，绘画古人物，乃先哲亚里西底所作也。军士获此，呼卢掷彩于其上，营将见而欲易之，彼曰可。后邻国之王欲以银一万五千两易之，营将不可。凯旋，置之神祠，祠毁于火，此物亦成灰烬。惜哉！罗人获古书奇珍而不识，必希人教之。雅典为四方年少者之大讲院，皆往学焉。罗马作诗之名士，曰微尔其留，所作诗曰《爱乃揖斯》，实仿和马而作。凡十二卷，诗中有言，王子马改罗之叔父为思伯腊者（中国皇帝之

[①] 载《六合丛谈》第1卷第1号，1857年。

称),命为皇嗣,未嗣位而卒。寥寥数语,哀感心脾。其母见之,奉润笔银六千两。罗人之善为说辞者,曰基改罗。彼云欲为辞令之学者,必往学于希腊焉。希人之为列邦所矜式者,不宁唯是。造宫室之宏整,治石作之坚致,无出其右。蜜蜡象牙傅以色,深入不灭,此法今不传。玻璃镜、阳燧及染作、磁作,俱精巧夺目。论天文者,已开哥白尼地球及行星环绕太阳之说。近人作古希腊人物表,经济、博物者一百五十二家,辞令、义理者五十四家,工文章能校订古书者十三家,天文、算法者三十八家,明医者二十八家,治农田水利、多识鸟兽草木者十二家,考地理习海道者十七家,奇器重学者九家,制造五金器物者六家,刻画金石者七家,建宫室者三十二家,造金石象者九十五家,诗人、画工、乐师四百家,凡此皆希腊人。自耶稣降生前一千二百年至二百年,中国商末至楚汉之间,前后有八百六十三家。所著于典籍者,至今人犹传诵之。猗欤盛哉!希腊信西国文学之祖也。

论文学与科学不可偏废[①]

佚名

文学者何,所谓形上之学也;科学者何,所谓形下之学也。科学二字,为吾国向所未有,盖译自英文之沙恩斯(science),英文之沙恩斯,又出于拉丁之沙倭(scio),沙倭云者,知之谓也。至十六世纪,沙恩斯一字乃与阿尔德(art)一字相对峙,盖沙恩斯为学,而阿尔德则术也。至十七世纪,沙恩斯一字又与律德来久(literature)一字相对峙,盖沙恩斯为科学,而律德来久则文学也。兹义实传至今日,传至东方,传至我国,此科学二字所由来也。

古者文明之国,有以文学著者,有以科学著者,有以文学与科学并著者。如印度人有婆罗门佛陀之学,伊兰人有作洛亚斯德之学,希伯来人有《旧约全书》《约百记》《诗篇》诸学,罗马则有奥格斯德时代之文学,此皆以文学著者也。埃及人有天文、几何、算学、医术诸学,巴比仑人有天文、算学诸学,亚剌伯人有天文、几何、解剖、医术诸学,此皆以科学著者也。然印度、伊兰、希伯来、罗马人,仅有形上之学,而形下之学不著;埃及、巴比仑、亚剌伯人,仅有形下之学,而形上之学又不显;而欲求其于形上形下之学,两有所得者,实唯希腊。

以今日之学言之,则欧美实世界之母也;以古时之学言之,则希腊又欧美之母也。盖论其文学,则苏格拉第、柏拉图、亚历斯度德尔之哲学,杭墨之诗歌,翕洛道泰之史学,伊斯吉勒、苏福格利之传奇,他国之文学莫与匹也。论其科学,则亚历斯度德尔(尝论力学、气学、热学等理)、柏拉图(尝论物质与形状二理并论光线之理)、比太哥拉、亚历斯多雪尼(比氏论声学谓按算法,而亚氏谓按耳定闻而定)、欧几里得(论光线)、亚基米德(尝用凸镜返日光焚罗马船,希腊人传有是说)、提马华多尔斯(始创元点之说)、他拉氏(始用琥珀引电)等之物理学,额拉吉来图(尝论火化为天地秘机)、德谟吉利图(以莫破质点言物)之化学,亚历斯度德尔(尝著《动物史》,当时已知解剖,知鲸为温血动物,且知蜂卵不受精)之生物学,欧几里得(即著《几何原本》者)之几何学,他国之科学又莫与匹也。故今日欧洲各国,文学盛而科学尤盛,即科学盛而文学益精,两者互相调和,互相发明,佥不曰希腊之赐。

[①] 载《大陆》杂志第3期,1903年。

至若以我国言之,则西历纪元前二十六世纪已有黄帝之医术,纪元前二十四世纪已有羲和之天文学及璇玑玉衡之器,纪元前十二世纪已有周公之算经及指南车,且周以来,管、墨、淮南诸子,往往发明科学之理,其科学发达之早,固不待言。然今则仅有文学,固无所谓科学也。且即以文学言之,汉魏不如周秦,元明不如唐宋。降及今日,仅余科举之文、公牍之文并弹词小说之文,则支那虽曰仅有文学,实并无所谓文学也。幸也,适当欧亚交通、黄白相见之际,其始也,西国之科学既稍稍输入,其继也,西国之文学更益益发见。然则向日之学由东而西,今日之学由西而东,支那文学科学之大革命,意在斯乎!意在斯乎!

呜呼,吾观于支那之学界,未尝不叹支那之士夫,诚不足以语学也。其始以为天下之学尽在中国,而他国非其伦也;其继以为我得形上之学,彼得形下之学,而优劣非其比也;其后知己国既无文学更无科学,然既畏其科学之难,而欲就其文学之易,而不知文学、科学固无所谓难易也。故由前之说,则块然为盲瞽,犹可言也;由继之说,则自以为不盲瞽,而实为大盲瞽,亦可言也;由后之说,则有目能见,有耳能闻,而既无向学之志,冀为剽窃之计,不可言也。以上三者,实为今日士夫之通习,除一二豪杰之外,盖未能免此者也。

夫文学与科学,固互相为用者也,未有舍科学而言文学者也。试思亚历斯度德尔之外籀哲学,尚推理而不尚实验,然亚氏且于科学无所不通;况自贝根、路勒斯以来,倡为内籀哲学,其学尚实验而不尚推理,苟不通科学,何以效贝根、路勒斯之实验乎?自奈端发明重学之理,其影响及于康德之哲学,苟不通物理学,何以读康德之哲学乎?自达尔之发明自然淘汰之理,斯宾率尔、赫胥黎皆取其说以言天演,苟不通生活学,何以读斯宾率尔、赫胥黎之哲学乎?又马哀尔发明爱涅不生不灭之理,斯宾率尔本其说以著《哲学原理》,非司克本其说以著《万有哲学》,苟不通理化学,又何以读斯宾率尔之《哲学原理》、非司克之《万有哲学》乎?由此观之,则西人形而上学之进步,皆形而下学之进步有以致之也。今欲学其形上之学,而舍其形下之学,是无本之学也,而何学之与有!而何文学之与有!

虽然,仅借区区科学,亦未足言也。政教之衰颓,公德之扫地,人权之放失,通科学者或熟视而无睹,甚且有深入其中而不自觉者,此固可太息而流涕者也。吾之所以斤斤于科学者,特谓支那人之性质,就虚而避实,畏难而乐易,故不恤为学界中人,味乎其言之也。试思今日为学堂求教习,则教修身、教历史者必奔走相赴,而教理、化、动、植则阙如焉。又试为报馆求主笔,则谈时事、工讥刺者必下笔千言,而谈科学之理则阁笔焉。故多养数千百工程师、矿学师,供厂主之奔走,听外人之役用,固不足道也;多养数千百五经之博士、入定之高僧、风雅之词人、纵横之辩士,亦不足齿也,其流弊一也。

今日之士夫,其顽陋无耻者无论矣;其飘流沪上,加新学之虚衔者亦无论矣;即当世所崇拜为通人、而彼亦自命为通人者,亦不过剽窃东籍中一二空论,庞然自豪于众,若询其根底之学,则亦茫然未有以应也。且不特此也,即以当世所最属望之留学生言之,日言办事者有之矣,高谈政理者有之矣,即敢言教育者亦有之矣,而欲于其中求有根底之学,则亦寥寥不数觏焉。呜呼,支那学界之腐败如是,吾窃为支那学界中人耻之!爰拉杂一二以告当世,彼息心讲学者,或有取焉。

语言文字宜合为一说

佚名

《易》曰：上古结绳而治。后世圣人，易之以书契。百官以治，万民以察。盖圣人知结绳之不可为治，故造书契以代语言之用，使天下睹之而即知，学之而即能。所以开民智，便民用，非必才而智者，始可进于斯诣也。六书之名，始于《周礼》，然窃谓象形指事会意，古字类同绘画。至假借一层，盖由古字无多，势所必然。若谐声转注，无非因类递及，尤其使民易于推求者也。是则字之原起，固与语言无不吻合矣。迨其后许氏成书，分类至五百四十四，其中踵事增华，不无缘饰。于古人造字精意，推阐无遗。而于教民易知易能之初心，转因缘事而隐。由是言之，则文字、语言之离，其在汉之中叶乎？迄今距汉又二千年矣。宋来齐得（见《公羊》）、汉晞（见《汉书》高祖语）、晋馨（见《世说》如宁馨儿、冷如鬼手馨等语）之类，无世无之。可知语言不啻百变，而文字迄未一变。其以今之言求古之文，宜乎识字之民，视五洲为独少矣。大《易》之言曰：穷则变，变则通。例如今之读西书者，必使尽识各国之文字而后能读，则合天下之大无几人。往者，朝命特设翻译馆，于以通彼此之限，开简易之门。第能识吾中国之字，即可尽读异域之书。圣谟深远，至为便捷。然此仅便捷于读西书。而读中书之不便捷者，仍如故也。夫民生而能言者也，特不能曲通古人之言耳。今苟创为新法，而使天下能言之人，即皆识字之人，其便捷不尤愈于能读西书万万耶？盖使天下人人能读西书，即令纯成西人，仍于风俗习惯无补。不如使天下人人能读中书，即令不通西学，已于材能技艺有裨。故欲使吾国多数之人群，能受教育，能读书，必自语言文字合一始。况近今大势，日新月异而岁不同，其间更有必出于合者。何则？五行之运，代嬗而成化，三统之局，文质无常尊。中土文字，沿习四千余载。训词深厚，文章尔雅，大率文家之言也。然而便于上，不便于下。便于文人撰述，不便于民人记诵。无平不陂，无往不复。故窃谓不出数十年，其间必有起肩作者之任者。文极而以质代之，亦天演自然之理。近人某等所创字母，其嚆矢也。或曰：欲言文之合，必先造字。夫字，神圣之遗迹，非其人莫敢轻议。然而谓字为神圣之遗迹则可，谓非圣神即不当造字则不可。史籀，周史也，而造童书；胡母敬，太史也，而撰秦篆；司马相如，词臣也，而作《凡将》；史游，黄门令

---

① 载《东方杂志》第 2 卷第 6 期，1905 年。

也,而成《急就》。其他如李斯、赵高、萧何之徒,俱有撰述(以上俱见《艺文志》),以便民用。然犹言达而在上者也。若汉间里师韩苍颉,爰著《博学》三篇。鲁人唐琮,当汉魏之际,梦蛇绕身,寤而作四十六书。推及蔡邕八分,张旭草圣,是皆不必凭借权位以存著作。夫亦谓因时制宜,特以补民用之不足,未尝显背于圣人大同之文轨云尔。或又曰:唐宋以来,何以不闻有是?曰:今日之变局,固唐宋以来未有之变局也。当闭关之世,字唯取其足用。鸿生硕彦,皓首穷经,亦足以消磨其磊落不平之气。此取繁难为用之世之制度也。今日开通之世,字无取其纷歧。科学实业,专门甚多,安有余暇以疲其精力于点画章句之间。此取简易为用之世之制度也。易则易知,简则易能。圣人复起,宰治微权,不易吾言。存是说以为吾国他日文明程度进步之券。

神州文学兴衰略论

蛤笑

侯官严复有言曰:"吾人身世之故,智识之开,所恃于耳目之觉察者固多,所赖于文字而后通者,尤为繁赜。介绍吾心,以与世界万物接者,固以此为公仞之要术矣。概古今人事之变端,统幽明物界之现象,舍语言文字之所形容,其观念绝于人群可也。呜呼!此人禽之分也。"由是观之,文学之关系人群,顾不重哉?中国文教之衰,乃莫过于今日。推厥所以致此之由,则思想之污,生计之绌,学术之陋,风俗之陋,皆足以致之。昧者不察,乃归咎西学之输入。一二矫枉过正者流,则又谓科学既昌,文字之用,只求足以达意而止,而不必蕲至于精美。兹二说者,其所据相背于极端,而其不识文字之用则一耳。然则上下古今文学升降盛衰之故,扬榷而评骘之,俾承学之士,有所依据,以为发皇国粹之资,倘亦吾党所当有事乎?

文之为用不一,大别可分为三科:一曰纪事之文,二曰说理之文,三曰写意赋物之文。纪事者,言乎客观者也。说理与写意则皆主观者也。然而,史氏之载笔也,所传写者,事物之外形而已,然有宰乎?无形之地,而绍介一人一物之精神,以与吾人之精神相欣和者,则离乎客观而主观矣。嗟夫!此文辞一科,所以为人类阅历之所会归,而能救知觉于根尘之隘,恢识量于法界之阔者也。其为术之精,而效果之宏如此,顾谓其可轻视也哉?

三代以前,世风浑噩。文运初开,体尚未备。其时典籍之藏,职在国史,故非唯天下无私学术,即文学亦不能遍逮于平民。至春秋中叶,下洎战国,而后神州之文章,始称极盛。盖其时柱下失官,史由官而之私,诸子乘时并起,各本其特殊之思想,以发为学术,自成一家之言。平奇雅丽,冠绝千秋。重以列国争衡,始重辞令。士大夫以言之不文,引为大耻。流风既扇,衣被斯宏。迄乎汉初,犹未尽沫。四百年间,真吾族文学之星宿哉!尝怪秦汉以来,民智不可谓不进化。独美术一科,时代愈近,愈逊于古。以为吾国独有之现象,尝百思而莫明其故。后闻诸马君眉叔,乃知希腊罗马之文,当吾先秦两汉时,其深厚沉博,迥非近代所及。始知文章之于智术,其进化之程,乃适成反比例者,固无间于中西也。

文学之衰,自讲学家之卑视文辞始也。文之为事,奇偶而已矣。记事、论理之

---

① 载《东方杂志》第 4 卷第 9—11 号,1907 年。

文,奇之属也。写情、赋物之文,偶之属也。前之事谓之笔,后之事乃谓之文。六朝以前,盖莫不深明此例者。故操觚之彦,其造诣深浅虽有不同,要其所著,则靡不文质相宣,彬彬蔚蔚。人第知六朝靡丽,以为文教之衰。然取其流传于世者,平心而观之,其记事不尚曲笔,而最善于形容;其论事不取支辞,而曲当于事理。至于缘情体物之作,婉而章深,入而显出。状一名一物之形态性情,而无复雕镂之迹,此岂唐宋以来所能及哉?文之变,其自韩退之始乎?盖文之为体,一横一直而已。唐以前之文,横多于直,故其为物也博大,而其旨趣也,常旁出侧入,而俾人以兴起。唐以后之文,直多于横,故其析理也,恒辨极单微,而事尽于辞,读之者木然而罕所感发,职是故也。记事、说理之文多,而写情、赋物之什少,有笔无文。而文章心理之间,其关系始鲜矣!究其转变之关,皆昌黎一人为之。故昌黎者,唐宋至国朝文学家之代表也。

韩柳并以变古为事,而后之为文者,多宗韩而舍柳。耳食之士,辄抑扬轩轾于其间,而不知韩非柳比也。退之本功名士,数举不第,而后折节于学。其于道本浅,故其为言也,浅而易尽,驳而多疵。其于汉魏以来之文辞,深于笔而浅于文,而先为空言以立间架,又为宋来以射策为文者,导其先路。其生平为衣食所驱,恒不免贬名节以就流俗。综其全集观之,谀墓之碑志,干进之书牍,赠送之序述,屈节于时贵阉人,而为盛德之累也多矣。柳则不然,其思想本极锐深,《封建》《天论》诸篇,若为近世天演进化学者之嚆矢。且泽古者深,于古者文笔并重之旨,至有所得。故其文善状物情,曲当事理。且其植品绝高,全集中几无无用之言,以视昌黎,倜乎远矣!后之人为韩易而为柳难,故宗韩者多,而宗柳者绝少。

文至两宋,而汉魏六朝以来,文质相宣、骈散并行之遗意,乃尽绝矣!夫文之有取于俪偶也,非徒以致饰而悦人目也。往往无足轻重之事理,匹夫匹妇之所能言者,苟以直白之语出之,观者未有不索然意尽者。取古人事实之相类者,比傅而文饰之,遂足以动人之感情,而激发其志气。此与戏剧排演故事,而旁观为之歌泣者,其理正同。斯固有关于心理之微,非徒以妃白俪青,为无意识之点缀而已。宋人之言古文者,莫不推崇韩柳。柳文实合骈散而一之,人所易见者无论已。即昌黎之文,宋人所谓起八代之衰者,实则取材诸子,而胎息于魏晋。体貌虽若单行,而中实藏骈偶。其文之所以能雄厚者,具在于此,不可诬也。宋人唯昧此义,故其所取于韩柳者,但得其圆神,而遗其方智。舍其雄奇郁勃之观,而变为冲演夷犹之致。欧曾三苏之遗文,皆有笔而无文者也;皆以策论书牍之一格,盖文章之全体者也;而实皆以时文为古文者也。唯荆公湛深经术,而能变化于诸子,故其为文也,缜密峭栗,卓然为两宋第一人。沿流既久,厌故思迁,人情莫不喜文而恶质。诸公所坚持之门户,诚有未足餍天下之心者,唯慑于诸老之盛名,不敢显然开径自行,独树一帜。于是创为一体,寓骈偶于单行之中,而时艺八比之原,遂由是滥觞矣!才俊者病时文之木而无味,又不能自创新体也,则又遁而之他,取俳优演唱之辞,而泽之以文史。

此填词谱曲之风,所以盛也。嗟夫!词曲小技耳,时艺八比,尤贤者所斥为俳优之辞而不屑道者也。而孰知其异物而同原,且于吾人心理之微,世运质文之嬗,有如是之关系也哉!

金元蒙古两朝,文学道消,无足称述。间有一二作者,亦不过两宋之附庸而已。朱明光复之初,自宋景濂、刘诚意一二外,寂寂无足言者。士大夫厄于朝廷之功令与社会之习惯,理学外无学术,讲义外无文章。风流消歇,诚有以也。百年而后,始有前后七子者,起而矫之,高言秦汉以求胜唐宋。然所据之学,所持之理,蔑能以远过于时流者。故虽震动一时,而身后阙如。靡宗法者,独弇州之文笔健而气举,《史料》一编,纪事之文,高者摩子长、孟坚之垒;卑者亦不愧为陈承祚、范蔚宗。唐宋以还,盖无其比。遵岩、震川之徒,益不足道矣!耳食者流,徒以其不合于时文而非议之耳。世运循环,无往不复。漳浦黄忠端,以儒者而生于板荡之时,其学则通贯天人,其节则贞于金石,其文则骈散合一,质文并茂。盖真先秦两汉之文,而非唐宋以后所能望其项背也。上结千禩下启熙朝,殆千古一人而已。

要之文章者,与学术相缘而不可分者也。其学博者,其文斯雄奇而瑰丽,若墨守一家之学术,其文未有不茶然而索者也。神州之学术,莫盛于战国,而文章之平奇浓淡,亦备于战国。刘向、扬雄之文,所以逊于子长、相如者,则以孝武而还,儒为国教,门户既狭,斯包孕自浅耳。赖其时儒家之壁垒未严,而崇实黜华之风未盛,故文家犹有余地以自处。故虽稍有町畦,而神理尚未少减。东汉以后,诸子之流派始泯,而西方之学,入而代之。魏晋六朝名家之著作,其善谈名理,发文章之异彩者,大抵皆研精内典者也。文之衰,始于昌黎之辟佛,而有宋诸儒,扬其波而助之,循其名则曰先王之法言,而实皆讲章之绪余。于是文辞一物,仅为当世儒家之附属品矣。物极必反,至于国朝,而复古之声,乃遍于天下。

国朝之文凡三变,雍正以前,未变有明学术。海内之为文者,大约可别为二派:一为侯朝宗、魏叔子诸人,策士纵横之流派也;一为方望溪、刘才甫诸人,讲章制艺之变相也。之二者均不足以言文,而天下皆翕然从之。而方氏且居然尸古文正统之席者,则以时文方盛,诸家之文,虽泽于古者未深,而移其术以治经义,则固最适于物竞之宜也。乾隆以后,天下承平无事,学者病朱学末流之谫陋,聪颖特达之士,不甘为其所囿,而久思所以易之。重以时文之运,盛极将衰,于是考据、训诂之学兴,而性命、天人之说绌,韩欧苏曾之焰熸,而汉魏六朝之绪举。《文选》一书,数百年来以浮华淫丽见斥于学界者,至此而家弦户诵,比迹六经。海内文章,为之别辟新幕矣!

虽然,乾嘉诸老之昌言汉学也,其目的固在拔宋学之帜而已,非有志于变易文体也。不过讲秦汉之学,则其所涉猎者,自不及隋唐以后之籍。渐染薰陶,而文辞亦蒙其影响耳。以故著书立说,敢于力诋程朱,而独不敢显攻韩欧。朴学诸家,其散文大抵不能自成家数。视方刘侯魏之俦,不啻逊之,盖兼务之与专精其优劣自有定程也。独辟赋骈体,则实能轶唐宋而掩六朝。其卑者固不愧齐梁,其高者直追踪晋宋。胡(天游)孙(星衍)洪(亮吉)邵(齐焘)诸家,其尤胜者矣。然诸家亦第长于骈,而不长于散。其能合骈散为一,以荡韩欧之壁垒,直上追东汉魏晋诸作家,抗颜行而无怍色者,唯汪容甫一人而已。汪氏学派,出入于儒墨之交,生平畸节侠行,亦与东汉党锢诸贤相近。惜其为贫所累,遭遇屯艰,颂狐父而吊湘兰,至自侪于三闾之列。哀吟侘傺,赍志以终,而不克大有所成就。要其怀抱之瑰奇,思想之渊邃,固乾隆间第一人也。同时以散文擅长者,浙有全谢山(祖望),闽有陈恭甫(寿祺)。全之学祖述南雷,亦趋亦步,而文辞之渊雅则过之。陈学兼今古,由许郑以溯伏韩。国朝之为今文学者,固当以陈氏为先河矣。其文朴茂渊实,襞积而力足以运之,非有明七子之貌为秦汉者比也。其时八家之宗风,犹未衰于社会,故乏人称道之者。然珠光剑气,终难埋没,百年以后,其终有大昌之日乎?然自此以后,人人知八家之不足以尽古文,争倡复古之说,骈散两途,渐以合一,作者云兴,蔚然成大观矣!

骈散之所由合并,而散文之所以大变者,有两因焉。一则今文之学派大盛也,一则诸子之坠绪复兴也。古文考据之学,行世既久,人渐病其支离,思等而上之。而西汉微言大义之说,乃渐明于世。庄氏导其先,陈氏继其后。学者悉弃其章句训诂之学而从之。西京之学,科旨不过数十条,非如古文家之单词碎义,皆须广证旁稽,故恒有余力以治文辞。而经籍之光,自不类饾饤无本之学。此其一因也。以治声音训诂之故,经传不足以尽之,故必求佐证于诸子。既习其文,自不能不兼求其义。乃渐知百家学术,皆有资于治道人心。而宋学家严肩键户,排斥异己之说,适足以自锢聪明也。于是千年坠绪,始有寻求而董理之者,而其效果最先被于文词。世固有所求在此,而所获乃在彼者,人群演进之程,大都若是焉矣。此又其一因也。嘉道之间,宗风最盛若恽(敬),若包(世臣),若龚(自珍),若魏(源),皆其尤卓卓者也。百年以往,正丁极炽而昌之,会人心浮伪,吏治丛脞,内忧外患,萌蘖潜滋。诸老皆目击民生之敝,隐忧世运之穷。而诸子之学,又以变法易俗为其要旨。故诸家文集,经世之言,最居多数。崇指闳议,往往灼见百年后之情势。此又文章经济相通之邮,而近世新学家言所由滥觞者也。文词者,儒家所鄙夷而不屑者也,而其于天择物竞之机,世道人心之变,相关系之深切也若此。呜呼!孰谓文章为小技哉?

今之论者,方汲汲焉虑西风东渐,国学荒芜,引为大忧。而不知新旧递嬗之交,固必有如斯之景象。吾国一日不亡,则斯文决无天丧之日,此不足忧者也。今夫文词者形下之事,而形上之义非此无以载之,岂特旧道德有然?即西哲之精言,科学之妙理,亦舍是奚以达之?新学发轫之初,人人疲精力以为之,其不能兼顾者势也。迨俟之既久,厌而思返,则文学复兴之机,此其时乎?特存亡绝续之秋,必有人兢兢而保持之,而后学之钻研,始不至无所借手耳。世有抱守先待后之怀者乎?余日望之矣!

论文学[1]

许先甲

别后沿凯约嘉湖车行，初日在林，水波潋滟，清明之气，沁人心脾。乃展足下前在浸信会教堂演说之文读之，至理明论，询足以救耶教徒褊狭之弊。（中略）今日留学界中，稍读书者，则头脑陈腐，意气骄矜，不能纳人之长，补我所短。否则国家太浅，无决择之眼光，高尚之思想，人云亦云，全无心得，身且不淑，遑论淑世。至于流氓市侩，不识之无，侈言宗教，取媚外人，究其目的，无非为利。则自郐以下世无讥焉尔。回顾国中，道德学术窳败不振。守旧者顽钝，骛新者暴乱，不有人焉深明国故，周知时势，冶新旧于一炉，为国人之矜式，则奴隶牛马，将无日矣。（中略）某虽愚柔，不敢自弃，亦将以一艺之长，效前驱之役。盖以仓廪实而知礼节，衣食足而知荣辱，精神之文明，待物质文明而俱进。贤者职其大，不贤者职其小，度亦足下之所许也。（中略）在绮色佳时，承示五古二章，清新俊逸，不矜浮词。知所志至远，立品至高。某于此道，虽门外汉，然菽粟荑稗，尚能辨也。窃以音乐诗词，足以陶淑性情，其影响于社会至巨，萧氏壁亚至谓不知音者其人必险诈。美感之于人，其切要盖如此。吾国诗词一道，以文辞论，视欧西有过之无不及。然自《三百篇》以后，十九皆不得志之人之作，借以抒其愤懑抑郁之怀。屈宋开其端，苏李扬其波，后世因之，遂成风气。故墨客骚人，乃成连带之名词，后人至有"穷而后工"之语。方之西方诗人谈哲理叙幽情激志气之作，不无逊色。何者？言之无物也。是故西诗足以怡情，复足以益智励志。中诗虽文辞斐然，而悼叹愁叹之情，徒增人悲感耳。夫音乐既废，则上流人士所借以为娱乐之具者，厥唯诗词，而诗词之效果又复如此，此近来以文行兼修之士而蹈海沉江者所以往往而有也。（中略）至于香奁近体之作，浮套其辞，靡曼其音，于义于文，一无所可。徒诲盗诲淫，为世道人心之贼，其当屏绝，更不待论。故窃谓中国诗词，宜有人发大愿力，痛加改革。声律格调文辞之外，尤当重言外之意。或阐哲理，或状人情，或雄奇慷慨，发扬志气。要使言之有物，不徒为感喟悲伤之词，则诗词庶足以造福社会，而不然者，适足为社会戕贼人才已耳。

---

[1] 节选自《留美学生年报·藏晖室友朋论学书》，1914年。

说文[①]

[日]副岛义一

《释名》曰：文者，会集众彩以成锦绣。然则文者，众彩也，锦绣也。其在天曰天文，在地曰地文，在人曰人文。而人文之细别，又有所谓小文与大文者焉。

日月之明为昼而幽为夜。星斗之光辉，云雾之变幻，风曛雨润，雷鸣电烁，此天文也。山岳之巍峨，海洋之浩瀚，河川湖沼之蜿蜒，田圃林野之繁茂，植物蓁蓁，动物衍衍，此地文也。惟天之文，崇严无极；惟地之文，壮丽无垠。固有不可以言语形容赞叹者。

人居天地之间，有以参天地之文而为三者，则合众字以成辞义，此人文也。中国古先圣哲文人之书，英国千二百十五年之《大宪章》，法国孟德斯鸠之《万法精理》等煌煌巨制，诚足以支配一切，然此合众字以成辞义之文，乃为小文。若政治、军备、道德、法制，文学图书、学术技艺，绘画、音乐，以及船舶、铁道、邮电、飞行机、无线电信等，足为文明之要素者，始谓之大文。

且文之为义，既为众彩锦绣，则必秩然有序，井然不紊。乃足以构成其形，完修其体。故大文也，小文也，均非有条理章法，不足以称于当时而传于后世。又天文、地文，其名虽殊，而主宰其间者，乃为一贯之元气。若是，则大文之文明，亦非有一贯之正气，挂乎其间不可也。

文明之区别，有精神的文明，与物质的文明。特此二者之区别，不过形式，原非有至严之界限，且固有相须以成者。苟偏重一方，如西班牙、葡萄牙诸国，仅求文艺、美术之进步，而他之诸文明要素，则付之等闲，故蠹陷丛生，而其国旋弱。古昔之罗马亦然。其制度、法律，足为万世之模范，然卒灭于哥尔人，则亦以偏重而不知兼营之过也。

又如北美合众国，物质的方面，其发达可谓达于极点；而精神的方面，则比较欧洲诸国，殊有逊矣。即其思想、伦理、教化，皆甚为幼稚也。且物质的，若潜航艇、飞行机之发明，他国可以顷刻仿效利用之，而精神的则移植于他方，殊为不能。故非本其土地人种之固有者发挥而光大之，不足以自立，亦不足以使他俗同化。然则精神的文明者，固物质文明之基础，必此基础坚筑，然后物质的乃可灿然焕然发其光

[①] 载《大中华》第2卷第1期，1916年。

华,此本末先后之说之所由来,而文质彬彬之语之所以为不可倍也。

然社会与国家,固由各个人所构成,则社会文明之高低,自大有关系于其各个人之性格。苟各个人之性格高尚,则社会之文明,自不即于低下。然所谓各个人之性格者,其应备之条件与要素,又安在乎?简单言之,亦曰自由与秩序二者而已。所谓自由者,今日之国民,不可不有强健的精神,不可不奋发,不可不活动,不可不勉励自强,不可不有生气,不可不有独立气象。凡心志与身体之本能,均务发挥而不使受摧抑,皆所谓自由也。有此自由,则小之一身一家,大之一乡一邑之各种事业,均可经营。且有此自由,则个人之性格已完。以为国民,固无所惭;以与世界竞争,亦为生存之适者。故自由自由,必以发挥其心志与身体之本能为原则。然社会者,乃由多数人所团结而成,故为社会的生活者,必服从社会之规律。且各种事业之经营,非集合众力,无以成就。如是,尤非有一定之法则以为之支配不可。即所谓秩序是也。有自由的思想,而后国民之本能乃完全;有秩序的思想,而后社会之组织乃贞固。两者相须,如蛩之岠虚之不可离。亦两者相须,而后大目的乃得达,真文明乃得完成。是故欲增其国民文明之程度者,非自由与秩序兼修并养,固未见其可,亦偏于一方,终必有大弊害也。

特是,文有文饰之义,如小人之过也必文,所谓伪文是也。盖文有真文有伪文,如扬雄之《剧秦美新》,此小文之伪文。《罗马帝制时代之现象》,又大文之伪文也。故文者,天文然,地文然,人文然,自由与秩序亦然。非有至大之力,至真之宰,主干乎其间,则块然如土委地,一切皆糟粕虚假。然则至诚者,其文之大力真宰,而老子所谓"恍兮惚兮其中有物,杳兮冥兮其中有精"者乎?

近代文学之特质[①]

蓝志先

近代文学,与从前的文学,不同之处有五。

第一,从前的文学,是乡土的文学。近代文学,是世界的文学。本来人类何不能发展,有共通的径路,原不能为乡土所限定的。吾这个区别,似乎地方算一个严格的分界。但是从前的文学思想发展上,尽有共通的地方。至于他所取择的材料,表现的情感,全都是乡土的色采。与他国国民的文学思想,交涉影响极少。若近代文学,则大不相同。其中乡土的色采,果然也不见少,但他所含蓄的问题,所注重的材料,乃至描写的方法,都是有共通的性质。乃至作家的思想情感,也不是个人的孤独感想,是世界思潮所织成的。他所发表的作品,也能常常影响及于全世界的文学。然而他那共通的性质,是在什么地方呢? 简单一句话,就是共通的一个人生问题。从前的文学,与人生问题,虽不是没有交涉,但都是部分的表面的。近代文学所表现的人生问题,是普遍的内面的。材料虽也取择于特种范围之内,至其中所含蓄的人生种种相,或是烦闷苦痛,或是欢喜希望,却不是某某国的特有事实,是世界人类所共通感受切迫在目前的现实问题。故所以近代文学,是世界的文学,与从前的乡土文学,是大不相同的。

第二,从前的文学,是特别阶级的文学。近代文学,是国民的文学。讲起从前的文学,差不多就是上流社会智识阶级的专有品。他所取择的材料,无非是宫廷贵族之生活,文人学子之感想,英雄豪杰之勋业。与一般国民生活,全然没有交涉。就是他们的作品,也只是供君主贵族的玩赏,绝非平民所要求的文学。至若近代文学,则大不然。所取择的材料,就只是国民的生活情感,贩夫走卒贫民乞丐都是他们作品中的重要主人翁。在现在的时代,要知道一国国民的生活思想,只须读他国内的文学作品,恍如身入其间,大概是无差误的。

第三,从前的文学,是作家一人的空想文学。近代文学,是社会生活的写实文学。这是文学上区别的最大要点。从前所有文学,无论什么宗派,所描写的人物事实,都是奇异万状,世上决难遇着的,不是神怪荒诞,就是英雄美人,侠客义士。那种离合悲欢的事迹,虽能令人受极强的刺激,还想起来,绝非人类社会中所可有之

[①] 载《东方杂志》第16卷第5号,1919年。

事。那种刺激，也只和游戏一样，不能有什么很深的印象，留在人的脑中。譬如索士比亚的戏剧，像哈姆兰脱这种人这样的事迹，世上的人有遇着过的么？又如司谷脱之小说，其中所述的人物事迹，如何能教人信为真实呢？故所以从前的文学，只以事件为重。所描写的果然惊奇卓绝，但与吾们的现实生活，竟是毫不相关。近代文学，则绝然相反。其中人物事迹，都是平淡无奇，日常所常见常闻的，描写得却是十分深刻细致。主观的个人情感，客观的社会影响，其中所有一切之因果关系，微妙动机，决无遗留。使读者宛如身临其境，疑惑书中所写的，就是他自己的事情。法国查拉说他的小说，是一种实验科学。这虽是过分的话，可是写实派的文学，所用的材料，都一一从实际观察得来。作者自己先处于旁观的地位，用冷静头脑，将社会生活的内容，细细剖解。然后如实的描写出来，决不愿杂入丝毫作者主观的好恶在内。就是近代文学中不属于写实派的，差不多也采用这种方法。但是近代文学的特质，不只是描写真实，就算完事。尚有最要紧的一件事，就是将社会生活的种种病理原因，以及其中所含蓄的重要问题，从文学中描写出来，促进社会的改革，这是近代文学神圣的地方，与从前仅供玩赏的文学，是大不相同的。

第四，自从作家的态度上讲，从前的文学，是一种无用的玩好品。近代的文学，是一种神圣的事业。这不只是他人如是看法，就是作家自己也是这样的态度。从前的文士，大概不是君主贵族的清客，就是有文才的贵族。他们的作品，无非是献媚贡谀，供他人的消遣解闷而已。最高尚的，也只是闲暇无事，借来消自己的清兴，或是避绝世俗，以此自鸣其高。如欧美文学上的成语，所谓住在象牙塔中的人罢了。断没有人把他作为一件正经事业的。至于近代的文士，却大大不然。绝无丝毫玩赏的意思在里头，纯粹把他当作一种救世济人的大事业。如俄国的文学，全国聪明才智之士，差不多都把文学当作改革社会促进文化的教化机关。俄国近代种种的改革变化，简直都可以算是文学鼓吹的效果。态度既如是不同，故所以从前的文学，只检那惊奇好玩的材料，以图赏心悦目，从没有人敢正眼向着社会的黑暗方面，何况再把这些黑暗情形写出来，取他人的厌恶呢？近代的文学，是专从社会的内面着眼，老实不客气，把一切黑暗都彻底的显露出来。令人读了，并无丝毫快感，只留极深刻的印象在脑中，有些简直深刻得令读者几乎要生神经病。这是二者态度极不同的地方。

第五，再从他们的形式来讲，从前的文学，是形式的死文学。近代文学，是生命的活文学。从前是专在字句声调格律上做工夫，从形式上看，真是珠圆玉润美丽可爱。论到内容，实在是异常贫弱，甚至不过推砌字面，毫无意义，还不是一种死文学么？至若近代的文学，作家首先声明技巧拙劣，不在字面上做工夫的。其实近代文学的技巧，远胜从前的文学。不过他们的真本领，不在这方面。故所以自己说是技巧拙劣。讲到内容，真是字字是血，句句是肉，是人生的反映。这真是有生命有活力的文学，岂是那死文学所可比拟的么？以上吾所说的几点，虽是随便写的，凌乱无序,遗漏很多,但是近代文学的特质以及他的真精神,大概也算是说明白的了。

东荪按:这五个区别以外,尚有一个,就是近代文学是创造的,古代文学是承袭的。这个好像与第五点相混了,实则不然。第五点就形式而言,这个是就精神而论。要晓得近代文学的精神,不专在写实,而实在天才的创造。若在旧文学,即使有了天才,也不创造。必求于承袭中见长。所以近代文学是发挥天才的,古代文学是练习技艺的。依发挥天才而论,写实亦是天才的作品,理想亦是天才的作品,只看作者的开创力如何就罢了。所以非有这一个区别,不能补那第三与第五的缺点。

论通俗文[①]

伧父

近时流行之通俗文,人或称之为新文学。但文学二字,包孕甚广,仅变更文体,只可谓之新文体,不能谓之新文学。况通俗文本为我国固有文体之一种,其散见于史传、经疏、语录、曲本,及演为小说者姑不论,即近二十年中,以通俗文刊行报章杂志、翻译外国书籍者,亦复不少,初非创始于今日。则号为新文体,犹且不可,况号为新文学,殊不适切于事实。若但标举名义,以耸动庸众之耳目,而不顾事实之当否,此政党之手段,非学者之态度也。吾人欲增进社会文化,则事事宜循名责实。凡不适切于事实之名称,必于文化上发生障碍,吾人不可不矫正之。故吾望今日之提倡此种文体者,舍其文学革新之旗帜,从事实上求效益于社会可也。

通俗文,人多称之为白话文,而予则称之为通俗文,不称为白话文者,盖予意以谓今后宜区白话文与通俗文为二。白话文以白话为标准,乃白话而记之以求文字者;通俗文以普通文为标准,乃普通文而演之以语言者。以白话为标准者,其能事在确合语调,记某程度人之白话,则用某程度之语调。若老人、若青年、若妇孺、若官吏、若乡民、若市侩、若盗贼,其语调可一一随其人之程度而异。此种文体,可以为显示真相之记事文,可以为添加兴趣之美术文,用之于小说为宜。以普通文为标准者,所用名动、状词及古典成语之类,概与普通文相同。唯改变其语助词,使合于语调,其不能变改者仍沿用之。此种文体,可以作新闻,可以为讲义,演之于口,则可谓之为高等之白话。详言之,即通俗文者,不以一般人之白话为标准,而以新闻记者在报纸上演讲时事之白话,与学校教师在讲坛上讲授科学之白话为标准。此等白话,非一般的白话,除少数之记者、教师以外,现时殆无人应用此白话者。故与其谓标准于白话,毋宁谓其标准于普通文。其中除一部分之语助词外,余实与普通文无异也。予对于通俗文与白话文之区别,其见解如此。

现时流行之文体,即予之所谓通俗文而非白话文也。唯二者向未加以区别,故世人不免误解,以为现时流行之文体,乃以白话为标准者。凡名词、状词、古典成语,苟非一般的白话中所有者,皆宜摈弃不用。至一般的白话中所有者,则无论其为不规则之略语、隐语,不雅驯之谐语、詈语,可以随意应用。此误解之结果,必至

[①] 载《东方杂志》第 16 卷第 12 号,1919 年。

低抑文字以就语言,不能提高语言以就文字。即使文言合一,而以低度之言,成低度之文,安能负增进文化之责任乎?夫高度之学术思想,绝非低度之语言所能达。譬如吾人今日,欲摈弃新译新定之词语而不用,而以往时学究先生之谈话,传达现代之学术思想,则其扞格不入,可无待言。故吾人为增进文化计,变革普通文之语助词以合于语调则可,低抑普通文之程度以合于白话则不可。此予所以欲别通俗文与白话文为二,而表明现时流行之文体,乃通俗文而非白话文,乃以普通文为标准,而非以白话为标准者也。

或曰:"如上所言,则通俗文与普通文,仅为一部分语助词之改变,则其改变之也何益?不改变也何害?不能读普通文作普通文者,决不因一部分语助词之合于语调,遂能读能作。能读通俗文作通俗文者,决不因一部分语助词之不合于语调,遂不能读不能作。如是,则变普通文为通俗文,其于文化上之效益何在?"则答之曰:今日之提倡通俗文者,谓"变普通文为通俗文则易读易作,因之学术思想易于传布",此恐非事实。就事实言,决不因一部分语助词之改变,即能收如许之效果。唯通俗文于社会文化上确有效益,则予固信之。吾人希望文言合一,固在提高语言以就文字,然语言能提高至何种程度,以今日报纸上之时事演说,讲坛上之科学讲语证之,则凡名动状词、古典成语之类,概可与普通文无异。唯"之乎者也"等一部分语助词,决不能入于语调。可知吾国文言,本有接触点存在,其中为文字与言语之鸿沟者,即因此一部分语助词之差异。若不抉去此鸿沟,则语言之程度,即使尽力提高,而文言终不能合一。故吾人一方面既希望提高语言文字,一方面不得不变改文字上一部分之语助词,使文言合一之可能。且通俗文既以普通文为标准,则普通文亦当然以通俗文为标准。二者互为标准,一方面可以限制通俗文,使不流于鄙俚;一方面又可以限制普通文,使不倾于古奥。两相附丽,为文言两方趋向之鹄的,文言合一之基础,即在于此。

抑今日之提倡通俗文者,往往抱有一种褊狭之见。以为吾国今后文学上当专用此种文体,而其余之文体,当一切革除而摈弃之。此种意见,实与增进文化之目的不合。社会文化愈进步则愈趋于复杂,况以吾国文学范围之广泛,决不宜专行一种文体以狭其范围。无论何种文体,皆有其特具之兴趣,决不能以他种文体表示之。《史》《汉》文字之兴趣,非六朝骈体所能表;六朝骈体之兴趣,非唐宋古文所能表。即同一白话文,《水浒传》之兴趣,不能以《石头记》之白话表之。《石头记》之兴趣,亦不能以《水浒传》之白话表之。故吾谓杂多之文体,在文学之范围中,当兼收并蓄。唯应用之文体,则当然以普通文及通俗文二种为适宜。现时二者并行,须演讲宣读者,宜用通俗文;须研究考证者,宜用普通文。将来通俗文习用以后,语助词之解释确定,规则严密,则当专以通俗文为应用文。此种应用文乃科学的文,非文学的文。科学的文,重在文中所记述之事理,苟明其事理,则文字可以弃去,虽忘其文字亦可。文学的文,重在文字之排列与锻炼,而不在文中所记述之事理。此种文学的文,亦可以通俗文为之。然现时尚不发达,即使将来有发达之希望,亦不能以有此一种文学的文,即可以废去种种文学的文。故谓应用文不可倾于高古则可,若谓高古的文学文,概可废弃,则中国现时通俗的文学文,尚未成立,将只有科学的文,无文学的文。所谓革新文学者,或转有灭除文学之虑矣!至现时以通俗文所著之文学文,即所称为新体诗者,既系长短句,且不押韵,全然与诗体不同。其与通俗文略异者,仅因其有文学文之性质。有文学文之性质者,岂必名之曰诗?既非诗体,何妨另立一名词,何必袭诗之名而用之乎!

新文化之内容

君实

一年以前,"新思想"之名词,颇流行于吾国之一般社会。以其意义之广漠,内容之不易确定,颇惹起各方之疑惑辩难。迄于最近,则"新思想"三字已鲜有人道及。而"新文化"之一语,乃代之而兴。以文化视思想,自较有意义可寻。然欲诠释其内容,仍觉甚难,即叩诸倡言"新文化运动""新文化主义"者,亦未易得简单明确之解答也。

"文化"一语,于英文为"culture",与"civilization"之译为"文明"者有别。通常所谓"文明",盖指制度、文物、风俗、习惯等外的状态而言。至于文化,则兼有内的精神的之意味。然普通对于文化之见解,常分为两派,其一偏重功利的实证主义的,其一则偏重非功利的理想主义的。此两派之意见显然反对。尝考"culture"一字,本训耕种、培养,有加人工于自然界之义,与功利派之解释似颇适切。然加人工于自然界,不得不以人类之精神能力为其主要之原动力。是内力之发达,尤关重大。故此相反之两意见,实均有可取之价值。唯今日之所谓"新文化",则尤不能不以时代精神(zeitgeist)为背景。质言之,今日之新文化,乃十九世纪文明之反抗,所以补其偏而救其弊者也。故所谓新文化之内容,亦可由此反动的方面观察之。

十九世纪之文明,殆可称为唯物主义或物质主义之文明。世界大战,即此唯物主义之结局也。今后之新文化,与实际的经济生活,固非全相矛盾,且亦必以经济生活为基础。然新文化既在矫正从前之缺点,则自不能不注重于开发较高尚之精神文明,与抑制唯物主义之跋扈。故由精神力之根本的开发,以完成物质文明,乃新文化内容之一也。

个性之自由进步,为十九世纪思想史上最贵重之事迹。因极端主张个性,而权利思想遂特为发达,然其结果,乃发生孤立主义之倾向。甚且因主张自己之权利,不恤以他人为牺牲,驯致酿成人类互相攘夺互相残杀之惨祸。循此不变,则人类必有灭亡之虑。故主张个人之正当自由,同时要求社会生活、全人类生活,以努力于新人道主义之发达,又新文化内容之一也。

科学的知识,亦为十九世纪文明之生命。在二十世纪,自当仍望其进步发达。

---

① 载《东方杂志》第17卷第19号,1920年。

然当知科学的知识，并非吾人人格之全部，而仅为其一部。苟欲求其完成，更不能不有赖于艺术活动。所谓艺术活动者，决非如普通所想像无意味之空想或游戏，实可视为一切精神活动中之生命，而为最普遍的最具体的之创造活动。故新文化之内容，舍科学的知识外，此种精神力之创造活动，实尤关重要也。

最后当知新文化者，乃多数民众之文化，非少数特殊阶级或少数社会之文化也。十九世纪之文化，非不高且美也。特其文化，仅为知识阶级中产阶级之文化，于一般民众无与，故不免为偏瘠的不具的。然所谓民众文化者，并非低降文化以迁就民众之谓，乃谓多数民众，咸皆趋向于高尚文化，咸皆具有产出高尚之文化之能力，非是者，决不足以言新文化也。

新文化之内容，固非上举数端之所能尽，然舍此数者，不足以言新文化，则吾人之所堪深信者也。

文学批评——其意义及方法[①]

愈之

一、什么是文学批评

"文学批评"这一个名辞,在西洋已经有过几千年的历史了,可是在我们中国还是第一次说及。中国人本来缺少批评的精神,所以那种批评文学在我国竟完全没有了。我国文学思想很少进步,多半许是这缘故。近年新文学运动一日盛似一日,文艺创作,也一日多似一日,但同时要是没有批评文学来做向导,那便像船没有了舵,恐怕进行很困难罢。所以我想现在研究新文学的人,对于文学批评,似乎应该有相当的注意。文学批评在西洋差不多成为一门独立的科学,要把他的意义、历史、派别详细研究,自然不是几千个字所能尽的。现在暂且参考莫尔顿的《文学的近代研究》(Moulton's The Modern Study of Literature),黑德生的《文学研究导言》(Hudson's An Introduction to the Study of Literature),韩德的《文学的原则和问题》(Hunt's Literature: Its Principles and Problems)和别几部书,做了这篇,权作在我国介绍文学批评的引子罢!

那么什么叫做文学批评呢?先说"批评"一字。最先创立批评的人是希腊大哲亚里士多德。据德赖顿(Dryden)说批评的意义,就亚里士多德所指,乃是"公允地判断之标准"(a standard of judging well)。盖莱和施各德(Gayley and Scott)合著的《文学批评的方法和材料》(Methods and Materials of Literary Criticism)里,把"批评"这字向来所用的意义,分为五类,便是①指摘(fault-finding)的意义;②赞扬(to praise)的意义;③判断(to judge)的意义;④比较(to compare)及分类(to classify)的意义;⑤评赏(to appreciate)的意义。批评家对于这五种意义,有的以为只应该包含一种或数种,有的主张都包含在"批评"范围之内。又近代大批评家阿诺尔(Matthew Arnold)说,"批评"便是"把世间所知所思最好的东西去学习或传布的一

[①] 载《东方杂志》第18卷第1号,1921年。

种无偏私的企图"（A disinterested endeavour to learn and propagate the best that is known and thought in the world），这一个界说，要算最精密确切了。批评的企图，在于学习和传布，可见批评家的任务在于积极——赞扬或评赏——方面，不在消极——指摘或批判——方面。近代的批评，这种倾向，尤其显著。我们一说到批评，每以为批评便是批驳，便是攻击，这是一种误解。批评和批驳不同，批驳是对于虚伪的思想智识而发的，批评的对象，恰巧相反，乃是最高尚最良好的，不是虚伪的东西。我们一说到批评，又以为批评便是纠正，批评家居于较高的地位，和先生纠正学生的课作一般，这也是一种误解。批评家不必一定居于较高的地位；批评的目的是学习和传布，却不是纠正；批评家乃是贤弟子，决不是严师。我们一说到批评，又以为批评的态度，便是怀疑的态度，这也是一种误解。怀疑派是否定一切的，批评家不过对于所批评的东西，加以分析或综合，对于他的本身价值却始终是肯定的。

文学批评（literary criticism）是批评的一种。笼统的说一句：凡一切对于文学著作或文学作家的批评，都可以称作文学批评。其实是不然。"文学的"批评（literary criticism）和"文学"的批评（criticism of literature）不同。对于文学著作或文学作家的批评，也许是哲学的，也许是科学的，也许是神学的，也许是政治的，这些都不好算做文学批评。因为文学批评乃指讨论文学趣味或艺术性质的批评而言。譬如柏拉图的《理想国》是文学著作，但提昆绥（De Quincey）的《理想国批评》，却不是文学批评，因为里面所讨论的，全属政治的性质，所以只可算作政治的批评。托尔斯泰是个文学作家，但是毛德（Maude）的《托尔斯泰传》，却不全是文学批评，因为这书讨论文学的地方很少，所以只不过是宗教的批评，哲理的批评。反之爱狄生（Addison）的《悲剧与喜剧》（*Tragedy and Comedy*）和托尔斯泰的《莎士比亚论》却完全是文学批评，因为这两部书都是就文学的见地，来批评文学著作或文学作家的。钱玄同的《儒林外史新序》一部分可以算得文学批评，但是蔡元培的《石头记索隐》却只是历史的批评，不是文学的批评。又可见中国古来训诂之学，也只是字句的批评（verbal criticism），不好算文学批评。又像现代西洋批评界最流行的审美批评（esthetic criticism），有一部分批评家也不承认为文学批评，因为这种批评方法完全是以艺术为本位的，不是以文学为本位的。但是像这一类的限制，未免过于严格了罢。

闲话少说，现在引用亨德（Hunt）所定文学批评的界说如下：文学批评乃是"用以考验文学著作的性质和形式的学术"。（"Science and art which has to do with the examination of the quality and form of literary authorship", *Literature: Its Principles and Problems*, P. 127）此处"学术"二字是指科学及艺术。文学批评的目的，在于采集及建立批评的法则，所以可算是一种科学；又要用了这种法则，把批评文学的自身，当作文学著作的标本，所以又可算是一种艺术。

二、文学批评与批评文学

但是文学上所谓"批评",其实也是文学的一种。文学和批评的分别,只不过文学是批评人生的,批评乃是批评文学的。所以一个是直接的批评人生,一个是间接的批评人生。批评家把作品中的作者个性表现出来,也和文学创作家把小说或戏剧中人物的个性表现出来一般。一本有价值的文学著作,和一件有价值的人生事业,都可以当作文学的题材。艺术的过程,也和人生的活动一般,是繁复而且多方面的;所以真的文学批评,在一方面亦是一种文学创作。譬如像阿诺尔的《批评论文》(*Essays in Criticism*)在一方面,目的是在批评华治华斯(Wordsworth)、摆伦(Byron)等人的著作的;我们读了阿诺尔的论文,对于华治华斯他们的作品,可以得到许多了解。但在一方面,不管他批评什么,这几篇论文的本身,却一样具有文学的价值。因为这几篇论文里有批评家自己的个性,自己的思想,自己的方法,自己的目的,包含在内;就算我们对于阿诺尔的批评,不能满意,或者他的批评,于我们没什么用处,他的论文,还是很有价值的。阿诺尔是这样,别的批评家,也是这样。因此可知文学批评,起先虽当作一种研究文学的工具,但后来他的任务,却不只限于做工具,竟变了文学的一种形式了。

近代西洋出版事业发展,文学作品极其众多,所以批评文学也极其丰富。而且批评文学比纯粹创作的文学尤其发达;文学杂志和日刊周刊的文学栏里面,批评的作品,往往占到十之八九。一种文学著作,有许多的批评;而批评又有批评的批评,又有批评的批评的批评。譬如锡娄(Sherer)批评弥尔顿的《失乐园》(*Paradise Lost*),阿诺尔又批评锡娄的批评,这样的闹去,大家反把弥尔顿的原著忘却了。这种批评文学发达的情形,确是近代文学上一种奇异的现象。

三、因袭的批评与近代的批评

现在该讲到文学批评的方法了。要知道批评方法的不同,须先把文学批评的历史略略研究一下。英国莫尔顿把西洋的批评学说分为二个时期:从希腊亚里士多德到文艺复兴之后,这是因袭的批评(traditional criticism),到了最近代便是近代的批评(modern criticism)。

什么叫因袭的批评呢?便是拿亚里士多德的批评法式来做标准的那种批评。亚里士多德是文学批评的始祖,他做的那部《诗学》(*Poetics*)是文学批评最先的著作,所以后来许多因袭的批评家都拿这一部书,当作文学批评的标准。亚里士多德的《诗学》目的在于建立文学的法式。但因为他是希腊人,古代希腊是文化的中心,希腊人只知有希腊,旁的东西都看作"野蛮"(barbarian),所以亚里士多德的批评法式,也只以希腊文学为根据。《诗学》里所定的文学规律,都是从希腊的悲剧(tragedy)和叙事诗(epic)里归纳而成的。譬如像他所定的戏剧上的三一律——时间一致,地方一致,所作一致的规律——后世批评家当作不可移易的法则,其实这种规律是从古代希腊戏剧家欧力庇提斯(Euripides),沙福克尔斯(Sophocles)的戏曲里抽象出来的,当作批评古代希腊文学的法式,自然是很适当。但是后来因袭的批评家,守住这种法式,批评中古和近代的文学,那就未免刻舟求剑了。譬如像意大利文艺复兴时代,拟古派批评家仍旧拿了古代希腊的形式批评,来批评那时的文学。那时创作方面个性解放,情绪发展,要想拿了死板的批评规律,束缚丰富活动的创作,你道做得到么?到了近代浪漫文学勃兴之后,不但文学上的体裁格调,比从前繁复得多,便是思想也有世界共通的倾向,和希腊文学比起来,真有天壤之别,你道还是亚里士多德定下来的形式批评所能概括的吗?

但是这种因袭的批评法,在十七八世纪却很流行。那时欧洲古学复兴,西洋人一切都推重希腊,所以文学上也拿希腊悲剧和叙事诗里的法则来做标准。那种批评,最著名的便是英国爱狄生(Addison,十七世纪人)对于弥尔顿的《失乐园》(Paradise Lost)的批评,和法国福禄特尔对于莎士比亚的批评。爱狄生拿因袭批评法上的根本要素,研究弥尔顿的著名著作,所以很多不满意的地方。福禄特尔对于莎士比亚也竭力攻击,说他的文学是"野蛮的醉汉的想像之果"。因为莎士比亚的戏曲,虽然很富于情绪,但是从形式批评上看来,却没一篇不违背三一律的。

这种形式的批评法,据莫尔顿说,有三个缺点:(1)忘却文学的统一;(2)忘却文学的自然进化;(3)迷信一派的批评原理,变成偏见,便排斥文学的归纳观察。因为这样,因袭的批评法到了近代已不能称职。近代西洋的文学批评,逐渐退步;批评本来是居于创作之先的,是指导创作的,近代的因袭批评法,因为不能和创作适应,反落在创作后面,失却原来的地位了。

近代的批评,和这种因袭的批评,面目便大不相同了。因袭的批评法,是单拿希腊文学做标准的,但是近代的批评法,却是拿世界文学来做标准了。换句话说,因袭的批评,是以希腊文学为分野线,所以一切的批评规律,都是从希腊的悲剧和叙事诗中归纳出来的;近代的批评,以世界文学为分野线,所以注重文学的统一和进化。这种近代的批评,在一方面想从世界文学中寻出最普遍的文学原理,在一方面却想用主观的方法,把各种作品的特点,分析出来。因袭的批评是客观的,近代的批评是主观的;因袭的批评是形式的,近代的批评是个位的。总而言之,近代的批评法,是适应于近代文学的。现代文学中,批评所以还能够占着重要的位置,就因为这一番革新的缘故。

近代的批评所占范围很广,所以又可分为四种方式(types),据莫尔顿的分类,便是：(1)归纳的批评；(2)推理的批评；(3)判断的批评；(4)自由或主观的批评。把各种特殊的文学，加以说明和分类，这便是归纳的批评(inductive criticism)，这种批评法，是一切批评法式的基础。用了这种归纳出来的结论，建立文学的原则和文学的哲学(philosophy of literature)，这便是推理的批评(speculative criticism)。用了这种假定的文学原则，估量文学的价值，判断文学的优劣，这便是判断的批评(judical criticism)，这种批评，便是管领创作的批评。除这三种以外，还有一种法式，把批评的著作，当作独立的文学，把批评家认为作家，这种批评法式，就叫自由或主观的批评(free or subjective criticism)。

　　近代的批评方法，种类很多。而且也没有一定的分类法。除上面所讲的四种方式之外，还有什么科学的批评(scientific criticism)，伦理的批评(moral criticism)，鉴赏的批评(appreciative criticism)，审美的批评(aesthetic criticism)，印象的批评(impressive criticism)。法国的泰奴(Taine)是科学批评的创始者；法朗西(A. France)是印象批评的泰斗；英国的阿诺尔和露斯金(Ruskin)是著名鉴赏批评家；但是这些批评方法，现在说不了许多，以下只把近代批评方法当中最重要的两个法式——归纳的批评法和判断的批评法——介绍一下，而且里面所引用的，多半是从黑德生所著的《文学研究导言》里采下来的，这也应该声明。

四、归纳的批评法

　　文学批评的功用，从大体讲来，可分为二种：把文学作品的内容，分析或比较一下，使读者明白作品的真相，这便是"说明"(to interprete)；用了一种标准，评定文学作品的价值，他的优点和弱点，这便是"判断"(to judge)。判断的批评，目的在于判断作品的价值；归纳的批评，目的在于说明作品的内容。近代的批评当中，说明比判断更重要得多，因为在判断以前，须把作品的内容，充分了解才好，所以说明总是在判断之先的。而且近代批评家多相信，只要把文学作品的内容详细说明，价值自然显而易见，无待于评判，所以批评家的职务，只在说明，不在判断。照此看来，可见归纳批评法是很重要了。

　　但是说明文学作品的内容，决不是简单的事情。归纳批评家的职务，却是很大而很难的。归纳批评的目的：第一要贯彻著作的中心；第二要辨出著作中力(power)和美(beauty)的质素；第三要分别著作当中所包含的东西，那一种是暂时的，那一种是永久的；第四要把著作中的意义分析出来，列成方式；第五要说明著作家有意识或无意识地受着指导和支配的那种艺术的和道德的原则。凡是含蓄(implicit)在作品之内的，批评家应该把他显示(explicit)出来。作品中一部分和他部分相互的关系，或各部分和全体的关系，批评家都应该细细表白出来。作品中散在各处的质点，埋在各节的线索，批评家都应该探寻钩引出来。把一种著作，解说（explain）、展开（unfold）、照明（illuminate）了之后，才能够把他的内容，他的精神，他的艺术，赤裸裸的放在读者眼前。这便是归纳批评的目的，归纳批评的任务。

归纳批评所用的方法，全是科学的方法。莫尔顿说得好，"归纳的批评是在归纳科学的范围内"，所以这种批评，简直不是文学，已成了一种科学了。归纳的批评，完全采用科学的研究态度；准确和公正无私，是科学的要素，也就是归纳批评的态度。莫尔顿拿旧式的判断批评和新式的归纳批评两两对照，分别出三个重要的异点：第一，判断批评所讨论的，大半是作品价值的高下问题，这是出于科学范围以外的。他说："一个地质学家，决不会赞扬一块红砂石，说他是模范的岩石，也不会做了文字去嘲骂冰世纪。"归纳的批评家也和科学家一般，只问种类的异同，不问程度的高下。譬如对于莎士比亚和班琼生（Ben Jonson）的戏剧，只把他们的艺术方法，细细分别，和植物学家分别乔木灌木一般；假如说他们两人谁高谁低，便出归纳批评的范围了。虽然有时也把一个作家和别个作家，一种作品和别种作品，互相比较，但这不是比较高下，不过想借此显出作家或作品的特点罢了。第二，判断的批评家，对于文学的法则，看作和道德的戒律、国家的法律一般，以为是从外面来束缚艺术家的，道德的戒律、国家的法律，都是从外面造成，把人限制在这里面。归纳的批评家却以为文学上不该有这种法律，文学法则也和自然法则一般，是从自然现象中归纳出来的。譬如说莎士比亚的戏曲法则，这种法则决不是先已有人编定了，来限制莎士比亚的，不过是从他的戏曲中归纳出来的罢了。我们说星球遵守着重力法则，意义并不是说星球有遵守重力法则的义务，星球自身是不会知道什么法则的；我们说莎士比亚遵守着他的戏曲法则，意义也是这样。所以批评家的职务，并不是去考查莎士比亚到底是遵守着法则不是；不过是想从莎士比亚戏曲中，发见他的法则罢了。第三，判断的批评有个固定的标准，用了这标准来审判作品的价值。这种标准因人而异，因时而异，差不多没有两个批评家所定的标准是相同的，而且这些标准都不过是假定的。归纳的批评家，却不承认这种标准，而且委实不信这种固定的标准是可能的。他相信文学和自然现象一般，乃是进化的产物，文学的历史是不绝进化的；所以用了一种假定的标准，去束缚不绝进化的文学，是万万做不到的。

这样看来，文学批评完全是一种研究态度，不应该涉及作品的价值问题，不应该涉及我们个人的感觉。泰奴曾说，文学批评家乃是个植物学家，不过一个拿文学做主题，一个是拿植物做主题罢了。知道了这个，便明白归纳批评的大意了。

归纳的批评法，仔细分别起来，依着归纳方法的不同，又可以分作两派，第一派的代表要算是莫尔顿——上文已经介绍过好几次。他的批评法主张把作品公平研究，不判定作品的价值，但是他的研究范围，只以作品的本身为限，只把作品的顺序整理一下，作品的内容记述出来，就算完事。他最有名的批评著作《戏曲家的莎士比亚》(*Shakespeare as a Dramatic Artist*)便是这样的。第二派的归纳法比莫尔顿更进一步,不单是研究作品的本身,更研究作者的时代和环境。这一派的代表批评家要算法国的圣皮韦(Sainte Beuve)和泰奴。泰奴说:人种、环境、时代是构成艺术的三要素,所以他研究一种作品,很注重作者的人物、环境、时代,明白了这三件事情,对于作品的内容,才能充分了解。他的批评著作很多,最有名的是一部《英国文学史》(*Histoire de la Litérature Anglaise*),他的批评方法,采用纯粹的科学归纳法,所以又称为"科学的批评"(scientific criticism)。

还有一件事该说说。现在有人把"criticism"这个字译作"批评主义";更说新文学应该注重自由的创作精神,所以不可把西洋的批评主义认为天经地义,这话我不敢十分赞同。因为"criticism"这字,照亚里士多德原定的意义,自然也可以说是指"批评的标准""批评的原则",但是近代的"criticism"却不一定是有固定的"标准"或"主义"的。近代文学中最流行的,已不是那有固定"主义"的因袭批评,乃是没有"主义"的归纳批评,这是应该注意的呵!

五、判断的批评法

但是归纳的批评法,虽然占着重要的地位,也不过批评法式的一种,单用了这一种法式,究竟不能使我们心满意足,此外判断的方法,还是省不了的。文学究竟和自然科学不同,文学涉及个性和情绪等问题,在自然科学中,却没有这些。研究植物学或地质学的人,他的职务只在于说明那东西到底是什么,怎么会变到这样,余外的事情便一概不管了。文学却不然,除掉说明"什么"和"怎么"之外,更要研究艺术的和思想的价值。所以近代的批评家,虽然也有许多主张绝对的废去判断的方法,但是大多数的意见却仍旧承认判断批评的重要。譬如像莫尔顿批评莎士比亚的戏曲,所用的虽然全是归纳的方法,但是他所以要把莎士比亚的艺术详细说明,仍旧是因为莎士比亚具有伟大的艺术价值;所以至少在出发时候,他无论如何是要用着判断方法的。

在文学上判断乃是一种普遍的倾向。小学生对于教科书里的文字,也晓得评论好歹;小孩们口里所讲的故事,那一桩有趣,那一节没趣,他们自己也都有定评。我们遇见朋友手里拿着一部新书,总得问一声:"这部书好不好?"所以判断的批评,乃是我们研究文学时发生的一种自然的要求。到了近代,作品的价值问题,更加困难复杂了;从前认为天经地义的文学法则,现在应该重新批判,重新评价了;因此判断的方法,更有重要的价值。判断果然难得成功,而且批评家要寻出一致的判断标准,是办不到的。但我们却不能因为这样,便因噎废食;归纳的方法虽然很好,判断的方法可是仍旧不能废除的。

在判断的批评中，批评家俨然是一个裁判官：他宣告艺术上那个优，那个劣；那个好，那个不好；那个错误，那个不错误。他把各种艺术的价值，相互比较，所以又称为价值的批评（criticism of values）。英国的判断批评家麦考赉（Lord Macaulay）把自己比为无冠的帝王；把他的著作室比为帝王的宝座；他手定的文学原则，便是法律；古今文学作家，便都是臣属，照品级排列着，受他的判断。但是这种判断方法，到了最近代，已不大流行。近代的批评家，已不是帝王，不能拿自己的命令，当作法律了。近代的判断批评，受两个条件的限制，要是超过了这限制，便不免于错误。那两个条件是：

（1）除非经过了归纳的批评，不能便下判断。这个道理，明白得很，因为作品的内容，未曾完全说明，单拿固定的标准，来下判断，是免不了错误的。旧式因袭批评的最大缺点，也在乎此。所以批评文学作品，应该拿归纳方法当作第一步，拿判断方法当作第二步。

（2）判断批评最重的是批评家的个性。判断批评中所表现的不是文学作品，倒是批评家自己的思想、自己的情感。譬如批评莎士比亚和弥尔顿的著作的，有福禄特尔、约翰孙（Johnson）、波魄（Pope）、爱狄生这几个人。福禄特尔所下的判断和约翰孙不同；约翰孙所下的判断和波魄不同；波魄所下的判断，又和爱狄生不同。但是莎士比亚总只一个莎士比亚，弥尔顿也不会有两个弥尔顿，所不同的不过是他们四个人的思想艺术罢了。所以他们四个人的批评当中所表现的，与其说是莎士比亚、弥尔顿的思想艺术，不如说是他们四个人的思想艺术。所以文学的判断，是因人而异的；我们想拿了一个人的判断，概括一切的判断，无论如何总是不可能的。

（附志）本篇本来想再把文学批评的效用，和我国现在建立文学批评的必要，详细讨论一下。因时间不及，所以只把文学批评的意义和方法，略略说明，别的俟将来另题发表。

九年十二月十九日草成

艺术独立论和艺术人生论底批判[①]

唐隽

现在作艺术的论文复杂得很。有的说劳动要艺术化，有的说艺术要民众化，有的又说生活要艺术化。所以"劳动艺术""民众艺术""生活艺术"等之论调，到处都是。这些论文，大概都是根据人生论发出的。又有一辈人看了这种论调，很不表示同情；并且持着反对的态度说："什么是劳动艺术？""什么是民众艺术？""什么又是生活艺术？"艺术是独立的，是不为别的东西所妨害的。我们为什么研究艺术？就是为艺术而研究艺术。所谓什么目的我们是一点儿没有的。如因为"劳动"等而使用艺术，那是失掉艺术的价值了。这种的论调，不但在我们美术混沌时代的中国常常发现，便是欧西诸国也时有所闻。这个问题，可算是艺术中最大而且最难解的问题了。他们一方面是主张人生的，一方面是主张独立的。这种极端相反的论调，看起来很是奇怪，其实并不稀奇，就是欧西古来美学家也已经争论过多次了，现在让我略略的举点出来。

首倡艺术独立论的人就是雷欣（Lessing），他说："艺术的目的只有一个美，他的本能是不为政治、宗教、道德等的方便的。如果以别的用意而使用艺术，那是与普通功利没有什么分别；因之艺术的转变就没有一定，尊贵的价值也将随他物而变迁了，这是应该注意的。"又康德（Kant）也是主张艺术独立的一人。他说："美之所以为美，无目的而有目的，无关心而称关心，无什么概念可以表示而可使人喜悦。"即所谓无关心无目的的快感也。窥他的意思，也是说美是独立的。康德以后，还有几个人的论调有艺术独立的倾向。但本篇不是介绍论文的，可以从略。现在只要能表明艺术独立的意义就够了。

主张人生论的，柏拉图（Plato）是第一人。他说："美之所以为美者，善也，美待善而始成者也。"还有费德（Fichte）也是主张人生艺术的一人。他说："美的价值，不是美的可贵，是善的可贵。"可见费氏是主张功利的。有人说费氏是个教育家，故立论以功利为主……

古来美学家大概持独立论的占多数，主张人生论的要算最少数。至于现今的艺术批评，又多是偏于人生的了。像俄国托尔斯泰（Tolstoi）、克鲁泡特金

[①] 载《东方杂志》第18卷第17号，1921年。

(Kropotkin)的提倡民众艺术,英国威廉·莫里斯(William Morris)的主张劳动艺术,还有美国一般人所提倡的实用艺术,以及我国现在报纸杂志上所发表艺术的零碎论文,都是说艺术要实用啦,要民众化啦。其实他们只晓得艺术的一部分,全部的意义,他们对之还是闷葫芦!

  上面关于两派的主张都讲过了,现在来批评批评。关于这两个论旨,我劈头一句便要问:什么叫艺术独立论?是否对人生论而说的?我又要问什么叫艺术人生论?又是否对独立论而说的?如果以为是的,那我便可以说这两个论旨都早已立错了。为什么要主张艺术独立论与人生论对抗呢?艺术果与人生无关么?又为什么要主张艺术人生论表示否认艺术独立呢?难道定要立一个艺术人生论才有人生的价值么?又难道定要立一个艺术独立论艺术才有独立的必要么?我以为艺术的本旨原是独立的,原是与人生有关系的。说他与人生有关系也可以,说他要独立也可以,但两者不可立于绝对的地位互相反对。所以不能说艺术对于人生发生关系,便失了独立的价值。又不能说艺术独立便与人生没有关系。独立尽管独立,对于人生发生关系尽管发生关系。有一种艺术品与人生的关系一般人看不出来,因为看不出来,就硬说他是独立的,是和人生没有关系的,那是错了。其实他对于人生很有关系。他是督促现实的、虚伪的人生,向理想的、正当的人生前进。就说他的独立的,也不过是说保持他前进的精神,不为现实的、虚伪的人生所妨害;这才是独立的真义。因为要想得到正当的人生,而艺术越发要独立。因为艺术越发独立,而人生也越发正确,越发有价值。所以倡绝对独立论是错的,而倡绝对艺术人生论的也是好为多事了。

  现今说艺术的人,多半是倾向人生论的。听到俄国劳农政府是怎样的设施民众艺术;托尔斯泰、克鲁泡特金是怎样的主张民众艺术;又威廉·莫里斯等是怎样的提倡劳动艺术;他们也不研究个底蕴,大家都说艺术要民众化呀,艺术要普遍及劳动者呀。其实他们那里晓得艺术的真义,硬把德谟克拉西的意义渗加到艺术里面来。有一天吕澂先生对我说:"现在艺术言论界真是混浊得很!甚至有人说德谟克拉西的艺术的。德谟克拉西,别的地方还可以应用,怎好加到艺术里面来?也许他们所说的艺术是另一种艺术呵!真真奇怪!"不久又在《美育》第五期里读到他的一篇《什么叫民众艺术?》解释得很是清楚,大家可以参看。我又不知在那里看到有人说:"煤炭堆里,烂泥坑中,不知消失了多少艺术家。"这都是德谟克拉西的里面发生出的误会。要晓得"艺术家"不是个个能当的。所谓民众艺术者,不过是要使一般的人,都能领受艺术的趣味,都能向艺术的方面去求遂生的方法。如果艺术家创作艺术,一定要叫他向民众的现实生活里去求材料,那是非拉下艺术家的艺术不可。——表面上看去并不是拉下,不过要他适合民众,他的艺术当然只有拉下的。真正的艺术的趣味,很难获得。那么,艺术的进行定会停止了——那不但民众不能得到遂生的方法,便是艺术家他自己的遂生也不能充分。他自己艺术家的地位,也不能完成了。这是极危险的！要晓得艺术家是为遂生而研究艺术的一个人。艺术是遂生的一个方法。艺术品是艺术家遂生所流露出的成绩。他能将艺术家的生活，情感——人格——传达到观赏者的意识里。并能给观赏者意识里以浓密的信仰，跟着他一路进行。这便是艺术品的价值。德国人福尔培（Dr. Phil. Theoder Volbehr）说："艺术家是一群飞禽中向前进行的头一个。"所以艺术家虽不必叫群众跟着他来；而群众要想遂生，是不能不跟着他去的——因为目的都是遂生。法国女文学家涡勒尔夫人（Madame Aurel），她批评陆亭（Rodin）说："我极希望妇女们都要向着他的作品走。"她又说："妇女们若是达到他那作品的地位，便是在完成的路上。"她又说："陆亭腕底下成功的女人，确是赤裸裸永久不朽的规范。"把她这些托着了，便可以晓得艺术家是怎样的一个人，艺术家的艺术品是怎样的一个东西了。所以只有民众向上去跟着艺术走，艺术是万不能适合民众的。若要艺术来适合民众，那非拉下他的艺术的进行率不可。那么艺术也就永无进步，而高尚的艺术趣味，也终是得不着的，人的遂生也是永远不能了。提倡民众艺术的人，这一点是要注意的呀！切不可把眼光只放到艺术的一部分呵！

　　至于现在主张艺术独立论的人，也是偏于极端。我上面已经说过艺术独立是对普通一般说的，是说不能为普通一般的人生妨害他的独立，不是说与人生脱离关系，因为人不能离生活而存在。我以为宇宙无论什么问题都是跟着人生问题走的，无论什么问题都是用他来解决人生的。如果人生问题不成立，那么美术、哲学、宗教、科学的研究……可算是多劳的了。所以艺术与人生是有密切关系的，断不能离开人生而谈艺术。有人说："主张绝对的艺术独立论的人，太神秘了，太玄奥了。因为他们否认与人生有关系的艺术有尊贵的价值，硬要莫名其妙的东西才算是美的。"这种话虽不能说是很完全，但也有他怀疑的理由在。我以为艺术本具有神秘性和人生性的。但他的神秘性——对人说——是一时的，不是永久的。他的人生性是永久的，不是一时的——对人说——当时一般人虽不能领悟他的神秘，而将来总有领悟之一日。当时一般人虽觉得和他们没有关系，而将来总觉得很有关系。不要说未来派（futurist）、立方派（cubists）的艺术，一般人不易理会；就是自然主义（naturalism）——内心的不是外形的——陆亭的作品，在当时也常常受人家的非难、排斥，不是人人都能懂得的。因为一件超越的艺术品，一般人当然不知其所以然。这个"不知"是时间的问题，不是绝对的不知。不过创作者的正当的人生，比一般的人先得到，先享受罢了。不能说当时一般人领略不到，便是与人生没有关系。其实他对人生的关系，就在这当时一般人不知的里面哩！如果一般人都领悟得到的，那是很平常的，不是真的人生、极乐的人生流露出来的成绩。艺术品在当时虽只有创作者一人享乐——好像艺术家一人独有的——其实是带有普遍性的。所以艺术与人生有极密切的关系。离了人生还求什么艺术。研究艺术就不应该离掉人生。所以持绝对艺术独立论的人，也是错了。

我不是不赞成艺术独立论，我又不是不赞成艺术人生论。我确是以为这两个论调是相谋而成的，并不是极端相反的。所以我以为极不应绝对的成立。绝对的成立而偏主张那一派，那是一孔之见，有伤艺术的全体哩！我所不赞成的就在这里。

　　现在提倡民众艺术的人，切记不要说艺术家的思想过高，以为不与民众相周旋。主张艺术独立的人，也切记不要说与人生有关系的是没有艺术的价值。总之艺术独立论是艺术人生论的根干，艺术人生论是艺术独立论的枝叶。根干啦、枝叶啦，都是一棵树上的东西，又何必分作两样呢？分作两样，便不成其为一棵树了。

一九二一、八、一七、重作

　　这篇东西是我为《美术》作的。因为他遭了火灾，我一时又没有工夫把他重作出来，所以在三卷一号《美术》里竟缺了他。但是这个问题是很重要的，我便不能不抽点空把我没有忘记的思想重新整理出来，借《东方》来发展，或者也可以和《美术》同时与人相见，这是我赶快重作这篇文字的意思。还有两篇，要慢一时整理了（题目请阅《美术》启事中）。请阅者等着罢！隽附志。

智识阶级的使命

［俄］爱罗先珂讲演　李小峰、宗甄甫合记

　　我从各方面听说中国没有新文学，现在的中国人中没有大诗人，也没有大著作家；最可悲痛的，是缺少领袖，而且只有极少数的人研究或留心去研究文学。这是什么缘故呢？在这四万万人民的国中怎么只有极少数的文学家和喜欢文学的人呢？这件事实是很希奇的，可是亦很容易解释的。

　　作工的人没有空闲去学习，更没有空闲去研究白费工夫而难见功效的希奇古怪的中国字。

　　我们敢说没有一国的文学和其余各国文学之隔离像中国这样甚的。自然这似乎不但是中国的损失，亦是全世界的损失。但世界各国所觉着困难的，中国人也一定觉着困难。在事实上，似乎全世界没有一个民族的文学和民众完全隔绝像不幸的中国文学这种样子的。现在的一般工人并不是对于文学没有兴趣，他们亦许是非常有兴趣的；他们不爱文学，只是因为终日要作工，没有希望能制胜这种希奇古怪的文字的困难。因为中国有这种文字的障碍，你们智识阶级不但与欧美的土蛮相隔绝，并且同你们自己的人民相隔绝，这种障碍比古代的万里长城更要坚固，比专制君主的野性更要危险。

　　民众离了文学的光明就要变为迷信愚蠢，变为自私自利；智识阶级隔离了民众也要退化为书呆子，退化为孔雀、鹦鹉，或者退化为更坏的东西。如埃及人离开了文学之光，就退化到没有学问的僧侣，只剩下金字塔和模糊的古哲。印度人离开了他们伟大的真理和道德原理之光，就退化为偶像崇拜，保守梵文学的有学问的僧侣也跟着退化，所留给后人的，不过惊叹他的伟大。离开了耶稣基督之光，中世纪的人退化到迷信、残酷的地位，甚致焚杀男女以殉教，圣徒和教王也跟了退化，他们在人心中所留下的，只是些对于他们的行事、信条和生活的恐怕及憎恶。俄国的农民和牧师离开了文学及科学之光，退化为轻举妄动的妖精，他们在耶稣复活节残杀犹太人，焚毁异教的村庄，村中的妇人和孩子都活活的烧死了。很不幸这类的例在人类历史上太多了，要一一回想也太痛心了，但仅是这几个例已可证明无论那一个民族要离开了人类理想之光一定会退化到可怕的地位。

---

① 载《东方杂志》第19卷第4号，1922年。

这种事情各人都知道的,亦许在这里的每一个人都比我知道得多。现在让我们回头来看中国的人民是怎样一种情形。我想各人的见解无论如何不同,有一点是大家相同,就是中国很需要教育,愈能快使一般人受教育愈好。简直说,谁应该教育民众? 政府豢养对于人民毫无用处的兵队还愁没钱,国中的财主虽然有钱消耗、赌博、讨姨太太,但没有人肯拿出钱来教育民众,因此这种责任就完全落到国内智识阶级的肩膀上,落到没有领袖的文学家,没有学生的教员和没有教员的学生等小团体的身上。我不愿在这里讲外国的制度和外国的组织,因为他们都有特别的目的,和中国及中国的教育一点没有关系。现在我且把四五十年前,俄国的智识阶级和他们对于俄国人民所做的事情告诉大家。那时正是俄国的农奴解放不久的时候。俄国的政府方屈服于一八五五年克里米之战,给英、法、土耳其、意大利的联军打了个大败。在本国之内又被自由党的胁迫,于一八六二年释放农奴,政府所有的钱财全用在抵御俄人、保护俄国的军队上,自然没有钱财也没有余力来干这些危险的事情——教育刚解放的农奴。那般贵族失掉了千万的奴隶以后,都跑到巴黎、伦敦和罗马的阔旅馆里,拼命的忘掉自己的国家,并且为了这个目的,任意挥霍他们从前自农奴身上剥削来的钱。教养后代子孙的完全责任,统统放在一小部分的文学家、教员和高级学校学生的肩上。

　　在这些青年男女里面,发生了 V Narod 的呼声。你们想,V Narod 的呼声就是叫我们跑到美国去,在纽约的大学里学英国的文学罢了。但是你们可闹错了。V Narod 的呼声,是叫我们到民间去,到在离文明中心很远的黑暗村落,深入祖国腹地的地方去。他们离开自己学校,丢去都市里的安乐,为民众为家庭为朋友牺牲掉自己。因为他们要得着光明底社会事业、名誉和世界的光荣,便积极的致力于祖国的改变。他们教育民间的儿童,医治民间的疾病,扶持民间的少年,看护民间的老弱。他们这些工作,常常是教人而没有校舍,治病而没有器具和药品,并且没有一点靠得住的薪水和报酬。不特如此,还要受地方官吏的压迫,贵族的猜忌,牧师的怨恨,和那头脑简单不识不知的农夫的惊怪。这些无名的男女英雄所经的困难和苦楚远在所描写的以上。他们里面不知有多少是得痨病死的,得瘟热症死的,和别种变化不测的病死的。又不知道他们里面多少是忧郁悲伤死的。他们的坟墓大家都忘记了,没有谁来凭吊他们,除了杨柳树;也没有人来悲伤他们,除了杜鹃鸟。但是他们的工作做完了,俄国已得救了,他们唤起了民众,惊醒了睡汉。是的,俄国睡汉的惊醒全凭他们幽静的声音,和霭的感触,及温柔的接吻,并不是无政府党炸弹的轰烈,也不是革命党的手枪声音所做成的。这些无名的青年男女在俄国的乡间点着希望的火把,引导民众到自由里去,竭力的和一切危险、一切专制奋斗。如果必须牺牲的时候,他们先自己牺牲。不错,那时俄国的智识阶级轰轰烈烈底做出他们的工作,遂使各个人——无论是俄国或外国的——永远底敬仰他们。

　　现在我想告诉你们在大战和鲍尔希维克革命前一点俄国智识阶级的另一故

事。那个时候智识阶级各人都承认了；政府亦很听从文学家的说话；有时政府也去请教他们，可是都拿些不要紧的事；中产阶级怕他们，牧师恭维他们，劳工们都向着每个学生的帽子鞠躬致敬。正在大家敬礼他们的时候，有许多人开始堕落了，堕落的开始最先是对于他们的环境改变了态度。没有大声的呼喊"让我们到中产阶级里去，让我们到贵族阶级里去"。但是各个教员，甚至是初等学校的，现在也做起大城里的快乐议员的梦了。高级学校的学生现在也不想到什么小村落小城市的地方去了，现在他们用全副精神要在莫斯科或彼得格勒找个位置了。现在一般文人也叹息皇宫的富丽同他们所有的跳舞，奢华的午餐，坐汽车，听戏剧等等。智识阶级仍和从前一样继续的同政府及中产阶级奋斗，但是他们的目的现在已经改变了，他们只要求分享贵族的权力和特殊利益，他们要求分享中产阶级的财产和利润。他们恨贫穷和穷人，他们不喜欢艰苦的工作和肮脏的工人。他们现在对于那般农夫的可怜的、粗糙的、肮脏的、卤莽的性质，还看得清楚一点，但是他们苦痛底想说而说不出的困难心思，他们现在不知道了。这般智识阶级仍和从前一样能听得着农夫要田地耕种的呼声，工人要面包养家，要教育他们的儿童的呼声，但是他要求朋友的叹息声，现在他们听不到了。当托尔斯泰招呼大城里的民众说"回到你们的乡间，回到你们的田里，用你们自己的手来赚你们的面包！"的时候，或者就是讥诮俄国智识阶级的第一声。现在他们不要做农人的生活，他们愿意各个人都住在皇宫里过贵族的生活，鉴赏美术的作品，除掉娱乐自己以外不做他事。他们不要改变贵族和中产阶级的奢华的习惯和态度。他们要使各个人——工人和农夫——都过阔绰的生活像他们一样。

后来鲍尔希维克起来革命，把贵族及中产阶级都推翻了，连俄国的智识阶级也一扫而空。好像他们对于革命一点贡献没有，好像他们对于劳工阶级一向没存过好意。如果说鲍党破坏了对于革命贡献或者比鲍党还多的智识阶级便是傻了，如果相信是如此，就算更傻。俄国的智识阶级爱他们的理想一直到底，他们很知道怎样去为他们奋斗，怎样去为他们效死，但是他们不爱民众，在我的意思，这就是他们堕落和失败的原因。

我们常常为了些永久不灭的理想，便忘掉了创造和赞美这些理想的有死的人。……然而我主张俄国里没有那个政党能像共产党这样的亲爱民众，没有那个政党能像鲍党这样的诚实地和无私地尽力于大多数贫穷人的利益。据我的意思，这就是他们成功的秘密。他们不爱民众不尽力于贫穷人的利益的时候，用不着东方西方人的帮忙，他们就要一败涂地，不可挽回；如果他们还爱穷人，还尽力于穷人的利益，纵然合起全世界的力量，也不能损其毫末。但这是我私人的意见，对于无论谁都没有些许价值，除去了我自己。

现在我想告诉你们我去年九月在哈尔滨遇到的一部分的智识阶级的情形。那是一小部分的文学家、画家、音乐家等等。他们在哈尔滨创设了一个组织，叫做

"dorm raboehih",就是工人的会所,最使我受刺激的,是他们的对于自己及对于工人的态度,在我看来,是极端地新的。他们的信仰是现在的智识阶级对于艺术不能有新的贡献,不能产生文学中的天才。那么,在文学和艺术里真的新生(renaissance)的渊泉,只能出自劳工阶级。他们相信在工人中找出这样的天才,首先在艺术的路上引导他,是智识阶级的最高使命,这不但是在哈尔滨,全世界都如此。他们为工人创设一个中学,为他开了音乐、绘画、雕刻和文学的科目,开音乐会及排演戏剧,出版一种杂志,组织讲演等等。他们又极相信东方各国里如日本、朝鲜、中国,在艺术中有许多东西是必须要学的。他们极坚固的希望是东方的艺术家文学家联合成一个大的艺术会友,共通学习,互相教授,互相扶助,在人类的艺术和文学上从此可以启出一个大的新纪元。

让我们再回到中国,望你们不要怪我光是讲俄国的事情,这并非因为我自己是俄国人,实在是我对于中国的事情一点都不知道。

要扶助、引导一个民众从黑暗的域中经过了各种的危险和困难到自由幸福的光明路上去,有一件事是绝对不可少的,这件事就是牺牲自己的伟大精神,而且这种自己牺牲一定要是出于自愿的;不是受人强迫的,我相信我们有完全的权利为我们自己的理想去生死。可是我们没有权利强迫别人为我们的理想而生死。无论这些理想有多么高尚多么尊贵,我以为我们有为国家为社会为人类而牺牲自己的权利,却没有为同类的事情强迫别人去死的权利,然而我信我们有权利强迫每一个人为别人为社会为国家为人类而牺牲他们的财产,他们的特权,他们的时间,他们的才能。这就是我对共产党最表同情之点。

据我观察所及,上海的学生、教员、文学家、社会党、无政府党,一点没有牺牲自己的伟大精神,虽然他们亦许会为自己的理想而牺牲别人。要是明白告诉你们,我就要说,为鲍党一扫而空的俄国智识阶级所有的罪恶,中国的智识阶级——就我观察所及的——样样都俱备,而他们的好处却一样都没有。中国的教员、学生、文学家都渴望物质的享乐,凡冠以伦敦、纽约之名的,不加辨别,都以为是好的,他们梦想过中产阶级和贵族的安乐的生活,他们求娱乐,求淫佚,可是他们没有爱真美的心,不能领会音乐、跳舞,和戏剧的精美的滋味,对于绘画和文学亦没有深切的了解。这确是俄国的智识阶级所可自夸的:他们爱好快活,爱娱乐,却在俄国替艺术开创了一个新纪元,俄国的歌舞剧及诗歌是驰名世界的。而中国人的爱奢侈娱乐,似乎反将艺术和民众降低了。俄国的智识阶级,就是末日临头,依然挟着他们的理想去奋斗,去牺牲。中国的智识阶级似乎连爱及生活的理想都没有,至少在我看来是如此的,但我很希望我的见解是错误的。

现在试静想一会,四万万人民隔离了文学科学之光,让他自己顺着下等的冲动走,受各种情欲的支配,内有兽性的强盗互相残杀,外有强力的压迫,这种国民要退化到什么田地,弄到怎样的混乱和无政府的状态呵!这样一种民族,挟着他的各种黑暗、恐怖和罪恶，不但在本国，且将在全人类中造成个可怕的地狱，其祸患恐怕比拳匪伤害无辜的孩子们还要大。德皇预料的黄祸，到这时候真是实现了！可是这种黄祸不是用政治及经济的侵掠所能减轻，亦不是每天压迫或科罚这不幸的民众所能免除，这种种方法不但不能免除黄祸，并且要增加黄祸，速成黄祸。要是那种危险果然实现了，使后代的人受苦，这种完全的责任应该在你们及国中智识阶级的身上；因为他们将说引导民众使人类避免灾难是你们的使命。那么怎么办呢？我不知道，因为我不知道你们或你们的人民，不知用你们的能力及趋向可以做些什么事。如说："到民间去，教导民众，反对国内或国外加于人民的压迫、不公道及各种科罚，为力争国家的自由故，奋斗到底！"这些话光是说说是很容易的。但要见诸实行时，不是那些衣服比我们穿的齐整和讲究的男女们所能担当的，应该有比我们更纯洁的心，更尊贵的灵魄，更伟大的精神。

  在结束这没有系统，没有秩序的谈话时，我要说：让我们尽力改善日常的生活，让我们提高自己的人格，格外诚心的处理公私的事务，于是看他发生的结果对于人类是善的还是恶的。要是我们不能扶助我们的国家、社会和人类，也要让后世不诅咒我们，让他们同情我们，可怜我们，至少也要使他们对于我们永远地一声不响。

日本的阶级文学问题[1]

祁森焕

一、日本文坛近况

　　文艺（这个名词，若广义言之，则凡论文及感想随笔等均包含在内，然在此处所表示者，则指诗歌、戏曲、小说等，即艺术的作品而言，因日本现时阶级艺术争论，殆均指此）对阶级的问题，近在文坛成了议论的焦点，我先调查他是从何处又依何种理由而发生的呢？近数年日本文坛非常沉滞，表面上看着很热闹，不过浮花罢了。量虽多，至于质上，则非常浅薄索寂。这是因为文坛生活成了一种生活样式，作家都千篇一律了。这生活样式是什么呢？就是贵族的样式，虽非贵族的人，一入文坛圈内，立刻变了，其结果文坛都带有贵族的臭味，那些作品不拘如何受欢迎，也不过是属于贵族式的趣味和心理罢了。

　　所谓文艺之社会化，已明白成了社会现象之一，实则不过是贵族阶级读贵族式的文艺多了而已，决非是鼓舞民众精神之生命之粮的那样文艺，广行于民间，只是给人类之魂以暂时的魔睡药而与以不值钱的休息，这就是最近数年来之文坛大势！

　　文艺之事情如此，在他方面，社会运动勃兴，其中心思想，不用说就是劳动阶级。于是起了一种见解，即凡非为劳动阶级或为之友者均无意味，社会学、心理学、哲学、宗教，各从其所处之地，为劳动阶级尽力，于是文艺家方面，自然也就举了为劳动阶级尽力之旗。这就是文艺和阶级接近之第一步。

二、文艺和阶级问题之争论

　　这个问题争论的近因，不用说是因为有岛武郎在《改造》（新年号）上发表《宣言

---

[1] 载《东方杂志》第19卷第8号，1922年。

一》一文,现在择译几句于次:

> ……若说克鲁泡特金和马克思的大功,在那里呢?我以为克氏是对自己所属非劳动阶级之阶级的人,与以某种观念和觉悟是也。马克思的《资本论》,也是这样。劳动者和《资本论》之间,有什么关系呀?……今后第四阶级者,亦霑资本王国的余润,劳动者或者可至于理解克氏、马氏,和其他深奥生活之原理,于是成一革命,也未可知,但我不能不疑惑其革命的本质,请看现今俄国,称为以民众为基础所起的最后革命,但俄国大多数农民,未沾恩惠……由现在的思想家和学者所刺激而起的运动,于是提起运动之人,自称属于第四阶级,其实不过是第四阶级和现在之支配阶级之一私生子罢了。……

他的文章过长,其结论说道:

> 我生长受教育在第四阶级以外的阶级,故对之直无关系。我绝对不能成为新生阶级,也不打算做,也不能为第四阶级立论辩解和运动的虚伪。今后我的生活,不拘如何变化,但到底是从前支配阶级的产品,黑人用多少肥皂来洗,也不失为黑人种,所以我的事业是不外拿诉诸非第四阶级的人为始终。世有所谓劳动文艺的那种主张,又力说的评论家,他们拿第四阶级以外的阶级所发明的文学构想和表现法漫然描写劳动者的生活;他们以第四阶级以外之阶级所发明的论理思想和检察法,来临文艺之作品,挑选是否劳动文艺,我决不取这样态度。若阶级斗争为现代生活的核心,那我的前说,也为正当,不论什么学者、思想家、运动家和头目们,如非劳动者而欲有什么贡献于劳动阶级,那明明是僭分的,第四阶级因有这些人徒劳,不过是扰乱罢了。

总之,有岛是先肯定阶级意识,自己承认自己不配滥竽于劳动阶级(即第四阶级)去假充,也总算是自量,不过其他的错误很多。自此宣言一处,首先提出抗议的,就是广津和郎和中村星湖两人,这两人都是以为文艺应超出于阶级斗争以外,为超阶级的超时代的东西。有岛立刻又在东京《朝日新闻》上发表《答广津氏》一文,其中大致分文艺家为下列三种:

> 第一是其人之生活全部没头于纯粹艺术境,这是最可尊敬的艺术家;第二是艺术和自己现在实生活之间,思想不能不迷惑的人,若非在自己实生活和周围之实生活之间作出合理的关系的,其艺术亦不能生;第三是欲用自己的艺术,和实生活之便利的人。总之自己之现在生活如能顺利则为贵族吐气可,即为劳动者提灯亦可。此第三种的人是卖艺生活,无可取。那末,我自己可算是

第二种人，我不幸不能当第一种人，只可勉强归入第二种，因此不得不取要发表《宣言》的态度了。今广津氏对于我之所论，有所置喙，诚是关心我的话了，只要关心我，则已然不能成为像我所说的第一种艺术家了。明明属于第二三种了，但竟主张第一种人所要主张第一种艺术家所要主张的事，未免滑稽矛盾了。

广津如何能受这样冷水浇头的话，遂在《表现》杂志上（三月号）发表《致有岛武郎》一文，去反驳他，大意如次：

把艺术家分成三种，乍看好像是对的，但稍一深思，像他那样简单的议论是不行的。如小说是以人类之现实为对象的文艺，必在以人类生活为对象之处始能生成的艺术，故小说家在自己之实生活和周围之实生活之间，果然有什么间隔呢？不管人世生活，安闲自在的去做，决非可取之事，更是不可有之事，那末，还是第二种艺术家，到是最有希望的态度。

战端既开，许多号称文学家的人，自然不甘缄默了。以下摘要叙说。

三、诸家主张的概略

片上伸作《阶级艺术之问题》一文，以难有岛，其言大略如下（下同此意）：

我对于 proletarian（编者注：无产者）的新兴，承认其事实和价值，于是认有岛那样的智识阶级为一种 bourgeois（编者注：布尔乔亚），但虽是 bourgeois，并非不能插手于 proletarian 的事业。他说为他们有什么可尽力的事业，但那是什么事，他并未曾提到（说明）……

田中纯说：

这是对于新兴的 proletarian 阶级的势力，社会全体所感的某种恐怖，也投影于文艺上，但这是投影，是影，影的后面，必有实体，从见其正体，则可矣。

加藤武雄说：

所谓 bourgeois 或 proletarian 必在断绝此等阶级的区别的根本人性，才有艺术的立脚点。这两方哪一方是正呢？我不踌躇，就以 proletarian 为正。因其生活可视为人间法正当发达之路，艺术如果是以正为友，则艺术家当然就是 proletarian 的好友，应以全艺术去服事他们。

佐野袈裟美说：

不晓得富人是绞取无产者的根源，而以自己的生活和第四阶级甚么关系的人，那恰如 bourgeois 的作家们，以自己的文艺和第四阶级是无关系是一样的，这决不对。诚如有岛的论，对于第四阶级毫无关系，实可说是于不知不识之间，给第四阶级之觉醒以恶影响。

宫岛资夫作《第四阶级之文学》一篇，大意是以为艺术可以成为超然的呢？还是不能呢？已无再论之余地。

武者小路实笃说：

我承认文学没有国境，同时又承认文学是超越阶级的……斯特林褒一生主义屡变，然我们对于他的作品，社会主义时代的作品，贵族时代的作品，无神论时代的作品，入天主教的作品，均是爱的，人类是比主义、国家，和阶级更远大的，不知此者，殊可怪也。

加藤一夫说：

一艺术是有阶级的，
不许中间艺术之存在，
已有 proletarian 的艺术存在，
此艺术的创作者不一定必要劳动者出身的人。

由此可知，日本现在的文学家，主张第四阶级文学的气势日盛，随着第四阶级的勃兴，而尽力于其文学之专门杂志，则有《自由人》《种苆く人》《前卫》……此外更有佐野及加藤诸人为中心之文艺杂志《シムーン》，傍题为"贵族文艺之扑灭"等字样。

四、社会主义者的见解

社会主义者反对有岛宣言的，要以堺利彦为代表。其《有岛武郎绝望之宣言》

一文,载于《前卫》杂志上,大要如次:

> 凡以社会之中坚自任,以社会救济之原动力,社会矫正之规矩标准自任之中流阶级的人道主义者,若被一新起之劳动阶级所排斥非难或敌视之际,其所取之态度,约有三种:第一是怒劳动阶级之无智,而斥其粗暴,另立自己的好理想,以为逃避的独善的,他们信此可以救世,多为宗教的,如武者小路的新村,即其标本之一;第二是指摘劳动者之无智和粗暴和第一种相同,然非斥劳动阶级而欲离之者,他们教中流阶级或智识阶级之价值于劳动阶级,而唱提携之必要。他们以阶级差别观或斗争观为误,告以妥协,依然以正义人道之代表者自居,其实则为劳资调协主义,现状维持之辩护士,如吉野作造即其标本之一;第三种和前两种不同,承认劳动阶级的处地,而以自己为智识阶级,不可参加于其运动,他们另立中流阶级之地位,能尽多少力就尽多少力,有岛即其标本之一。

堺利彦把有岛列入第三种人道主义者之中,其意即说,有岛谓"自己所能的范围内之事,而限于诉诸非第四阶级之人"那样女性的厌昧和绝望回避实无必要,他又说:

> 李宁、马克思、克鲁泡特金因以智识阶级出身之故而目之为革命运动之恶化者,决无理由,因此有岛氏的宣言,不过是温良的人道主义者所试做的绝望的回避的宣告罢了。

有岛答堺书,载在《我等》杂志三月号"杂信一束"中,有岛提到堺氏第三种人道主义者之定义中"处地"(日文为立场)字样,而述次言:

> 所谓立于其地者,只单是打算立在劳动的处地就可以呢?还是自己成为劳动者呢?若是前者,则堺氏不拘如何,总算是立于劳动者的处地了;若是后者,虽堺氏我也不以他是已立于劳动者处地的。

又提得"参加运动"句中之"参加"两字说:

> ……和从前不同的,今后要以自力而运动的劳动阶级,只以打算做的生活态度而参加劳动者的运动,果然可以得到劳动阶级之承认吗?我不能无疑……

其结论之义,则诘责堺利彦也不过是"从自己中流阶级的处地而努力去做"的一人罢了。旗鼓相当都言之成理。他们这回争论,究竟得到甚么结果？有岛氏一发奋起把他自己的财产全部约五十万元都抛弃了！自劳自食决心为一个 proletarian 立于社会。在北海道的农场也白让给佃户去种,只留下他的母亲的生活费和分给兄弟一些以外,自己一线不剩,租房去住,从事著作。他这一办,堺氏立在《前卫》四月号上赞成此举,于是此问题的中心争论才暂告中止,其余波所及,已影响于文艺界不少。今将诸家之主张分类如下,以作本篇之结束。

（1）主张第四阶级文学（proletarian literature）；

（2）承认第四阶级文学,但自己不愿参加,又谓自己不能参加（即不配参加也）；

（3）主张文艺当然要超越阶级意识。

至问此后影响文坛如何,有如何的成绩使我们看见,那全凭他们的努力了！

一九二二、四、末、在日本

安诺德文学批评原理[1]

华林一

从前不唯文学家,就是一般人,都鄙视批评(criticism),以为批评不过是些无聊的人,专以寻求别人的过失错误的文字;他的本身,没有什么价值。我们中国,如今还不知有多少人,把"批评"两字,当作全是说人家不好讲;以为批评别人,是一己之败德,是丧人格的行为,是自己"刻薄""不恭"的表现;所以说"罔谈彼短"。这也许是中国人崇尚谦恭的结果。单就文学批评而言,也在在足以使我们怀疑,在在足以使我们感觉批评文字之不可靠。例如安诺德说摆伦是英国十九世纪第二大诗人,而施温伯(Swinburne)则以为摆伦不过是二等诗人,不足与华次华斯、薛雷、克次等相提并论。这样看来,文学评论的作用与价值,实在令人难晓。所以史帝芬(Leslie Stephen)他说:"我们要鉴赏文学,那些批评文字,愈少读愈好。"莫利思(Morris)更骂得厉害,他说:"批评家都如乞丐一般,把他对于别人的意见,出售与人,借以谋生,岂不可笑?而人们竟愿购买,尤为奇异!"也可见他们对于批评的意见了。

如今却看安诺德对于文学批评的态度:文学批评是个人对于文学,对于文学作家,或特殊作品所发表的意见。这些意见,在个人自己固然发于中心,自以为是真确不二的见解。但这见解未必定能得人人的同心,也未必定是不谬。因为人们的性情、好恶、环境,各有不同,所以同是一书,各批评家所下的判断,往往有很大的出入;各人的学问经验,亦有深浅之不同,他们的见解,自然又有高下之差异了。况且真理这样东西,我们无论如何,是不能获得的。如果真理一旦获得了,那末什么争辩都没有了,什么讨论都用不着了,还有什么批评,还有什么文学批评呢?因为真理唯一,这唯一的真理已经得了,便无真伪之辨,便什么问题都没有了。故真理非人力所能获得的,人类也正不必设法获得这真理。文学批评的最大、最重要的作用,并不是想求得绝对的真理,只要我们能向真理的路上走,能日近真理,就算达到目的了。安诺德说:"常常试欲向各方面接近真理,不中止,不叹息,也不过于勇猛前进,自信自负,唯有这样,我们人类,或可希望一见这神秘的女神(案指理想指真理);而这女神,我们还只能见其大略。"照这话看来,安诺德也以为真理的价值,是要靠个人与个人的见解的。评论家如果真心诚意,以走近真理为目的,那末他们的

---

[1] 载《东方杂志》第19卷第23号,1922年。

意见及判断,虽时有出入,我们却不能因为他们不一致,就怀疑其价值,就鄙视文学评论的本身了。

华次华斯恨当时的批评家,所以说:"那些评论家,如果把他们批评别人的著作的时间,去从事创作,不论他们创作的是什么,总比化了时间去批评别人的著作好些;因为从事创作,才能知道他自己的程度,而对于别人,也少犯无数伤情的事情。"华次华斯这话,非唯以批评文字为废文,且以为无用而反有害了。其实批评与创作,各有其价值与作用,我们不能轻视评论,就和我们不能轻视创作一样。照安诺德看来,文学批评的价值与作用,实在大不可言。他说:"自由的拿创作的能力去从事创作,自然是人生最高的作用,因为自由创作,我们能够得到真正的快乐;但若一人不把他的自由创造的能力,用来创造文学与艺术,他把这能力用之于别的地方,我们也不能阻止他的。(中略)创作文学和艺术,虽是极高贵的事业,然而并不是什么时代,在什么环境,都可以有的。不能有创作的时代,也要从事创作,恐怕徒劳无功,倒不如从事预备的好。因为要创作,必定先要现成的材料,没有材料,创作的能力,也无从下手。文学创作的材料,是'意思'(idea)。先有流行的意思,而后才能有创作的文学。"他以为文学家的事业,并不是要发明新的意思,只是做总合解释的一种事情。所以必定要先有意思,感动了他创造的冲动,然后他才能创作出好的文学来。他所谓大作家,必定要有大时代及丰富的背境,就是这个道理。不过大文豪及大时代,很不易两得的。有时其时代材料很丰富,只是没有真正大文豪来表现;有时有了具天才的人,又苦没有相当的材料。文学批评的最大事业,就是"要造成一种富于知识的空气(intellectual situation),以备创造能力的采用;要造成有系统的意思,这意思虽然不是绝对真正的,比较看来,总可说是真正的;要使最好的意思,布满于知识界。到这些新意思风行于社会之后,真理所在,就是人生所在,然后社会上各处都起重大的变动,从这重大变动里,就生出伟大的文学创作时代了"。这样看来,文学批评,是开文学创作的先路的功人;有文学批评先造成最好的意思,先开辟清了路径,先预备了材料,然后创作的能力,才能动手施行。然则文学批评的事业,何等重大!那里容人轻视呢?

退一步讲,无论什么作家,想创造有价值的作品,也应该要有批评的能力,和批评的精神。譬如诗人,他于作诗之前,应该作一番人生的观察,先要洞悉世道人情,有真正精深的经验,然后一字一语,才能免违情背理之病;可是现今的世界,现今的人生,多少复杂,多少混繁,要是一诗人没有批评的能力,他断乎不能辨别分理,断乎不能得到确实真切的概念,表现到文字,也断乎不能完全:这样的诗,还能引起阅者的同情吗? 总之,文学评论是求"实"求"真"为目的的。他的事业,是要分别高下,使最好的意思,风行于社会上。他的地位,并不低于创作。换句话说,就是文学批评有极大的价值与作用罢了。

观上所述,安诺德对于文学评论的态度,大概明白了。现在我们再讲他文学批评的原理。

　　无论什么批评家——文学批评家尤然——他最重要的一件事,是严守他的规则。这规则是什么?就是"不志乎利"(disinterestedness)——和一己没丝毫利益的关系。因为我们倘或"志乎利",那末我们就不能自由的批评,就不能说我们要说的话了。这个意思,安诺德看得极为重要。我们读他的书,处处可以看见他发挥这个意思的文字。他说:"批评家的事业,是要知道这世界上最精美的思想,最精美的知识,还要把这最精美的思想知识,造成一种有真正新鲜意思的空气。他用他相当的能力,真心诚意的做去。这就是他真正的事业了。别的事情,都不在他责任以内。结果有效没效,可以实用不可以实用,都不是他应当顾及的。"但是这原理,我们讲是很容易讲的,实行起来,就知道难了。我们试把社会上一般的批评文字,拿来看一看,有几篇不有政党的臭味?有几篇不带营业的性质?有几篇不是互相标榜的文字?互相谩骂的文字?没有利益关系私人关系的文字,实在很难找得出来!譬如《爱丁堡杂志》,是国民党的机关报,他们的评论,就以国民党的主张为根据,与他们的主张相合就好,不合就反对。又如《季报》是保皇党的机关报,他们的评论,就以保皇党的主张为根据,与他们的主张相合就好,不合就反对,也讲不到真理。不偏不私独立独行的评论,简直没有。《中外学报》安诺德以为是最公平最无偏的,然而竟不为英人所容,不久就停刊了。这样看来,我们也可知道独立无私的批评家之难为了。真正的批评家这样少见,也无非这个原因。

　　安诺德平生最不喜抽象普通的定义;然而他对于文学批评,倒下了一个很明白简单的定义。他说:"我自己的批评的定义是:没利益观,只努力去研究世界上最精美的知识与思想,然后再把这最精美的知识与思想传播到人人的脑里。"从这个定义里,我们可以看出安诺德的世界主义来。他想以世界的学术为单位,集合世界上最精美的思想知识和言论,造成彼此共同的结果。一个批评家,并不是懂得自己一国的文学就算够了。因为一国的思想知识,是极有限的,况且我们把外国文学来和本国文学比较研究,才能了解本国文学之所长,及其所短,外国文学之所长,及其所短,也就明白了。他说:"英国并不全有世界上最精美的知识和思想,大部分的最精美的知识思想,是要到外国文学里去找的。"又说:"我们应当把全世界文明的国家,当作一个集合体看,知识方面,精神方面,都以全世界为一大团体,向一个普通的目的,并力合心的做去。这团体里的各分子,都有他们过去的文化,根据过去的文化,相互进行,这就是歌德的理想。他的理想,不久将成今日社会普遍的理想了。"因为照安诺德的意思,文学批评家是只以最精美的知识与思想是问,不顾什么疆界的。安诺德自己也能够实行这个主张;我们试把他的批评文字统计起来,恐怕批评外国文学的,倒比批评英国文学要多些呢。

　　文学批评本来是一种工具。批评家是要辨别真伪,辨别善恶,使新鲜的意思,布满于人世,以达最高的文化,使世人得享完全之人生的。安诺德再三申说,我们人生，必当向各方面平均发达，不应重此轻彼，以致失去完全之人生。又说："我的目的，是要使人之全体，完全发达，使各方面连接融合，还要使各部分都发达到极点，不使一部分稍有欠缺。"懂得他这层意思，我们才能明白他许多批评文的目的。他立志要拿世界上最精美的思想与知识，来造成完全的人生。文学批评家应当以这意思为根据，然后他的批评，才能有补于世。因为人生是由多种能力组织而成的，这多种能力都有他们一定的用处，都应当平均发达的。譬如道德能力、知识能力、美术能力，及社交能力等，那一种能力是可以缺乏的？安诺德道："文化是要以人类各方面的经验，并合起来，才能得一完全满足的解决；这各方面的经验，是包美术、科学、诗学、哲学、历史、宗教等而言的。"这是他的文化的定义，也就是批评家的事业。现在却看他一生的活动。他对于重要的运动，都加以评论。文学自然不必说，就是对于教育、宗教、政治、社会，也都有一己之主张，个人的论断。"*Popular Education in France*"，"*A French Eton*"，"*Schools and Universities on the Continent*"，"*High Schools and Universities in Germany*"等书，是论教育的。"*Culture and Anarchy*"一书，大概是论政治与社会的，而散见于他的杂文里尚多。"*St. Paul and Protestantism*"，"*Literature and Dogma*"，"*God and Bible*"，"*Last Essays on Church and Religion*"等书，是论宗教的。他所说的，几乎与无论什么人都有关系，范围之大，也可以想见了。但他的范围虽大，批评虽广，却有中坚的主张；根据他中坚的主张去批评学术之各方面，所以议论一致，毫无矛盾，这就是他特长的地方。

  我在这篇文里，把安诺德普通的文学批评原理寻求出来，其实他最不喜抽象空虚的原理与定义的。他以为文学评论家最忌的，是先有了一己的原理。因为一个批评家，如果先有了原理，他就不得不去找材料来证明他的原理。他自己的原理错不错，他却不讲，只勉强去找和他原理相合的材料，来做他的主张的证据。这是最危险的一件事。他说："有的批评，出于无知；有的出于不解；有的出于嫉妒。还有一种所谓系统的批评，这种评论最没有价值；因为这种批评的作家，并没有看清楚他所批评的东西，他只想利用这东西，以证明他的原理，对于他所批评的东西，他并没切实的议论，也不讲明他自己不解的所在。"这些评论家，长于傅会，善于合凑。譬如我们中国抱国粹主义的学者，以为无论那方面，中国总比外国好，虽彰明昭著人人知道的地方，他也竭力的寻求了些无什么关系的证据来辩驳。至于反对国粹主义的人，则凡是中国的，都以为不足取，凡是外国的，总比中国的好。这种批评家，都是因为先有了成见的缘故。有了成见，他们的论断，就不能自由了。

  文学批评家与考据家有别。文学批评家，只要能够辨别优劣，有鉴赏文学的天才，高深的学问并不是必要的。至于考据家，专研究事实，专研究文学家的生卒年月，著作出版年月，及作品与环境之关系等，而于其文学的本身之优劣，本身之价值，倒忽略不讲了。所以安诺德说："牛门（Newman）君说我怀恶意，错了，说我不学，他是完全对的。可是我非唯不肯改过，我还以为评诗，我情愿比我现在还要不学些。我们评诗,于各方面皆宜守平均的态度,一方面稍重一点,这事情就坏了。性情和想像,固然能够损坏我们的批评,就是学问,也是能够损坏我们的批评的。"因为干枯的学问愈加,赏鉴文学真正的滋味的能力就愈丧失了,批评的能力更不必说了。

以上所述,都是安诺德对于文学批评的态度,及他的普通重要的原理。现在我们再说他文学批评的方法。

文学批评的方法,大概可分为三种:一名裁判法,一名印象法,一名历史法。裁判法(judicial method)创于亚立士多德,亚氏在《诗论》里,立了诗学原理。因为他的原理,都很合于情理,都是根据希腊诗家的著作而立的,所以影响极大。亚氏以后的评论家,都认亚氏《诗论》为批评的最高根据。他们批评一书,不过把这书押到亚氏的法庭上,根据亚氏的原理,来决断这书之价值罢了。这种评论法,至今犹存。其法之最要的,是标准。这标准并不是定于一己之好恶,是存在于个人之外的,是相传下来的。这派批评家,最竭力反对的,就是个人为批评一切的根据的言论。印象法(impressionistic method)起于何时,很难确说。有说是创于朗吉纳(Longinus)的。这种批评方法,与有规律的批评方法相反。他们批评一文的优劣,只看其文是否能感动他们的感觉,是否能引起他们的同情。要是能引起他们的同情,能感动他们的感觉,其文就好,更不必问什么理由。所以这派批评家,并不以批评的能力来批评,他们是以官觉来批评的。他们的事业,不过是把他们对于一文所受之印象,所得之快乐,写出来与阅者共享,并没有什么根据,并没有什么原理的。班德(Pater)说:"批评家最重要的,并不是抽象的美术定义,是要有一种性情,有一种能力,能够见美丽的东西而深为感动。"这话很可代表这派评论家的方法。历史法(historical method)发达最迟,在欧洲是近代的产物。这种批评的目的,并不是在评断文学作品,并不是要定其作品的价值,也并不是像印象派的批评家,要把他们所得的快乐传给阅者。这派批评家,是要解释文学作品,考证某作品作于何时,在怎么的环境之下,怎样会有这事的作品,与作家的时代有什么关系,与那时代别的作家有什么关系等问题。这派批评家的事业,是科学的事业,并不是真正的文学批评,所以又称为科学的批评(scientific criticism)。

我们要问安诺德究竟是用那一种方法呢?我以为他是三种方法并用。不过对于第一种,比第二、第三种似乎更多用些。因为他的判断文学作品的价值,严重无情的态度,确切无疑的论断,不时引用别的批评家的言论,对于文学标准的坚持,都是古代批评家所采用的方法。况且他对于历史法、印象法,都有反对的言论。他说:"一首诗或一诗人,可以用历史方法来评断,可以用个人方法来评断,也可用真正的方法来评断。如果拿历史方法来评断,那就要研究一国之文字思想与诗的演进的程序,把这诗或诗人看作历史上全体演进的一部分,就不得不说这诗或这诗人的重要,而过誉其值,其实并不是这样重要的。这种谬妄评诗的方法,我们叫他为历史方法。我们评一诗人或一首诗,也可以个人为根据,因个人的爱恶,对于某诗人的著作,以为怎样重要,其实此诗人的著作并没像他说的那样重要,这也是过誉,也是谬妄的。这种评诗的方法,我们称之为个人方法。"这样看来,他对于历史法和印象法,当然的不赞成了。但他也不是纯粹的裁判法;因为他常说知识要解放(intellectual deliverance),评论要独立,不受外界的节制。我以为他的方法是:以个人批评的能力为中心,加以相当之学问,再拿别的大批评家的言论,来作参考,自由的批评文学价值的高下。这就是他所用的方法,这就是他所谓"真正的方法"。用这方法来评论文学的高下,并不在于立出抽象的定义抽象的原理来,以该括一切,而在于引具体的例,来表明文学之优劣。他说:"诵读文学批评家的批评,远不如直接去鉴赏最好的诗为佳。就是我们不得不批评的时候,我们也不要讲怎样是最高品质,为什么是最高品质,我们只说最高品质是什么,在什么地方就是了。"这一段话,很可表示他的方法。

我们现在再把以上所说的话,总结起来。安诺德对于文学批评,十分重视,以为文学批评,有极大的作用与价值,其作用与价值,并不亚于创作。文学批评家的事业,是要研究贯通全世界最精美的思想与知识,无偏无私,自由独立的论定其价值,再把最精美的思想与知识,广传到人人的脑筋里,以造成完全的人生,以造成完全的文化。这是安诺德文学批评的目的,也就是各批评家应持的目的。

本篇取材,多有资于 Brewster's "*Specimens of Modern English Criticism*", Gate's "*Introduction to Selections from Matthew Arnold*" 及 Sherman's "*Matthew Arnold:How to Know Him*",附志于此。

美学所研究的问题及其研究法

[日]大塚保治　鸿译

审美的事实,大要可由三种殊异的旁面观察他,所以,美学所研究的问题也得别为三组,其研究法也不得不有如许不同的范畴。

一

审美的事实,在其根柢上或其终局上,常为心理事实底一部。凡有的美的现象,无论他属于赏鉴或属于制作,从其一面看去必是意识上精神上底事实,如其离了意识撇了精神毕竟无复有美。所以从此推勘进去,美学竟可视为心理学底一部,或得叫作一科底应用心理学,其研究法当然须循心理学的研究法。如此专从心理的旁面下观察,美学所应负担的重要任务,约有如是两项:

第一,审美意识自身底分剖解释;

第二,审美意识底起原和发达底阐明。

细说起来,关于第一问题约含以下各个重要问题。先问:所谓美意识是指如何的状态? 和别的重要意识,如学术的意识、道德的意识,或宗教的意识差别如何? 再问:构成美意识的要素是甚么? 客观的要素如美意识底材料、内容及形式如何;应接他的主观的要素即审美的感情(美感)底性质又是如何? 其次是:这两要素所构成的美意识底性相上的区别,即崇高、优美、悲壮、诙谐之分类考究。最后是:赏鉴意识底说明及制作活动底解释。第二问题是研究关于以上这些精神作用所结合的个人的发达;这研究底取材务须求其广阔,儿童及蛮人底心状固须注意,高等动物底精神状态也该挐来比较考察。以上两样问题,各各可以从一般的美的事实概括研究,也各各得以就特殊的美的事实(例如各种美术)论定其性质关系,所以美学研究往往分为概论和分论。

---

① 载《东方杂志》第19卷第23号,1922年。

二

其次，审美的事实，从别一面观察起来，又尽是社会的事实。假如有一美术品在此，其审美事实的根本理由，不待说是在美术家所胚胎，赏鉴家所领受，直接存在意识上的事实；但这意识上的存在，未必便是纯个人的或物，未必单是一个意识底特产而为一个意识所独有。在通常，都间接地是多数意识底共同出产而又是多数意识底共同受用品。换言之，即常为社会的事实。因审美的事实一面如上所述是社会的事实，所以他底研究法，也有一面不得不用社会学的研究法。由这见地，美学又可以视为社会学底一部，所以有人把美学研究叫作美术社会学。但这面的研究比之心理学的研究当极幼稚，因其只是发端，未成系体，所以列举事项也颇为难。约略说来，其重要问题似乎应有以下几项，即第一，艺术和通常文化底关系，及其互相牵涉底情形，以至艺术和宗教及道德底关系如何？其次，艺术之体会的体系如何？作家和公众及批评家底关系如何？收藏家及艺术保护者底任务如何？复次，艺术及趣味之社会的起原及其发达之法则如何？——等问题。这等问题，自然也得概括研究，或就各种美术分别研究，与心理学的研究一样。

三

最后，审美的事实又得成为哲学的研究底动机，成为哲学的研究底对境。何以故呢？因为审美的事实无论从心理学的旁面考察，从社会的旁面考察，在其根柢上都与人生底价值有密切的关系。而吾曹底知的要求或情的要求又非比较诸价值，按次考量其优劣高下，以至得到最高的标准，最上的理想，是不肯中止的。换言之，吾曹对于价值的研究，到底不能停止在相对的科学底范围，必进而入乎绝对的哲学底圈限，才可希冀得有满足的解释。如此说来，美学又就是一种价值底研究，当然是哲学底一部，古来许多美学家站在这见地，已组织了高大的系统。从这见地研究，其中心问题当然是美之本性和世界本体底关系。以这为根原，其他如艺术在人生中的意义，艺术和道德及宗教之根本的关系，天才创作底秘奥，艺术赏鉴的极致，自然美及艺术美底优劣，艺术底诸种类及诸倾向底异同轻重，艺术发展底归宿，这些问题皆须凭哲学的见解才得根本地而究极地完成其说明。

因为美学底研究有着三种的观察点，研究底方法又有这三种的区别，所以有人以为美学并非一科独立的学问，简直可以分裂，把他分属于三个独立的学问。从美学研究底现状察来，这说或不无一点理由，此分功的研究原不过是斯学发达底径路上一时的现象。而且以上诸研究既然同以审美的事实为其对境,也自有正当的理由可以综合起来,组成浑然的统一的学问。

只从斯学变迁上说,都因时代因邦家而异其研究的中心,从未统一罢了。古代及中世,概系断片地研究,到了近代,英国底美学多偏于心理的研究,法国底美学往往加入社会的研究,而德国底研究又以哲学的该博与深邃为其特色。最近一般的倾向,是排哲学的考察专主张事实底研究,可是也只有心理的研究独盛,社会的方面还只渐渐显见出组织的攻研底端绪。

新文化运动之价值①

潘公展

中国近来思想界之变迁,其近因固由于西洋文化之输入,而远因则种于清代汉学家研究学问之方法。自宋儒大讲理学,程朱陆王之争虽各是其是,而历元明以迄清代无不以宋学朱熹一派为正宗。但是清初大师,异军突起,反动宋儒以主观解经之态度,致力于文字、训诂、校勘、考订之学,不但使古书真伪可以辨别,古书文义可以诵读,且为后来者辟一考求学问之新方法,其有功于学术,不下于西洋自然科学之输入。至于西洋近代科学之传入中国,其初大抵得之于传教之士,明清之交,天文、地理、历算之学已启欧化输入之门。其后教会在华广设学校,虽宗旨固含有传教色采,而近代科学及西方思想之初步,则未尝不借此为灌输之具。加以中国受外界激刺,派遣学生出洋留学者,年增一年,此辈归家,多少总为传导西洋文化之媒介。欧化东渐,其初固不免有冲突之迹,然曾不数年,中国人变惊疑而为模仿;其在政治界之影响,则有一九一一年之革命,其在思想界之影响,则有一九一五年以来之新文化运动。

新文化运动之在中国,犹欧洲之有文艺复兴时代也。新文化运动之领袖,不问而知为著名之学者,即中国旧日之所谓士流;故欲知新文化运动之影响若何,当先略略认识中国士人之地位。士流阶级,在中国社会本占有异常之潜势力,所谓四民,士居其首;故由中国历史以观,士流之言语动作,每足以移易风俗,改造政治。夫中国士人之所以有此权力,非一朝一夕之故,而揆其原因,约有二端:其一,中国人对于学问向来视为高尚尊崇之一物,而其所谓学问又往往与政治有关,以为士人求学即为从政之预备;故普通人对士人固认为不可侵犯,即士人之自视亦颇以未来之治国平天下者自居。"学而优则仕,仕而优则学",此最足代表中国一般士人之心理。而士人之从政者,颇以廉耻道德相砥砺,以忠诚耿介相期许,卑污苟贱在所不齿,雷霆斧钺在所不惧,故社会对之,肃然起敬。其二,中国政治素富于平民精神,而士流阶级即所以代表平民掌握政治者。愚前已言之,在中国旧日政制之下,一家之间至少当有余力供给一二子弟之入学,而蓬门寒士往往身致显贵,与专制君王为抗颜批鳞之争。是故中国固有之选举制度(即考试制度),虽考试科目容有未当,而

---

① 节选自《东方杂志》第21卷第1号《从世界眼光观察二十年来之中国(之八)》,1924年。

其制度之精神,实在不分门第,选拔人才,与平民政治暗相吻合。不宁唯是,由科第进身之士人,其执政也,往往关心于民间疾苦,用之则行,舍之则藏,未尝因一度为官而自成阀阅,故人民之爱戴亦为当然必致之结果。二点既明,则中国士流阶级之地位,可以了然。今日时代虽有变迁,而人民对于士流之心理大都依然如故,此新文化运动之呼声一起,所以影响于全国者至大也。

新文化运动,以著名学者为领袖,以全国学生为中心;其传播之媒介则为出版物,为公开演讲,为组织会社;而其使用之唯一工具,则为白话文。新文化运动之目的乃多方面的,政治、社会、经济等等,均有亟待改革之宣传;而其中心思想,则在打破一切因袭的传统,一切旧有的权威,一切腐败的组织,对于文物、制度、学说、思想均一一重行估定其价值。故十年二十年以前,中国人之视西洋文化以为不过一种富国强兵之法术,学得其法术则可以如日本之自保;而今日之见解则有异于是,以为中国人不但当模仿西洋科学发达后物质文明之产物,尤当采取西洋人研究科学之精神与方法,自动的研究一切自然界之现象及中国固有之学问,于皮相的物质文明之外,更启其精神文明之宝库以贡献于世界。换言之,新文化运动之真义,非谓新者皆优良而旧者皆恶劣,故一味使人模仿西洋而蔑视或摧毁一切中国固有之文物制度,不得谓为传播新文化之真价值。提倡新文化者,其宗旨在使中国受西洋近代科学之洗礼,无论求学处事,一以求真为鹄的。偶像不问为孔子,为孟子,为苏格拉底,为亚里斯多德;学说不问为章炳麟,为康有为,为杜威,为罗素;政制不问为君主立宪,为民主共和,为苏维埃,为基尔特;社会不问为个人本位,为家庭本位,为资本主义,为社会主义;风俗不问为养生,为送死,为婚姻,为祈祷,为亲族往来,为朋友酬酢——诸如此类,皆当本时势之趋向,为真确之估价,而不容丝毫出于盲从。夫如是,而后新文化运动之取径,可略得而言矣。

人类之所努力者,其目的包含真善美三者;故新文化运动亦不仅以求真为满足,而必于求真之外,更获其善与美之珍品。新文化运动之所谓善,非个人独善其身之善,其目的乃在善其人群。如提倡平民教道,优待劳工,解放妇女等等,皆为努力求善之表现。新文化运动之所谓美,则由文学与艺术之趋向表现之,而提倡美育以代宗教,尤足见其求美之精神也。

以中国之新文化运动与西洋十五世纪之文艺复兴时期相较,似同而又不同。文艺复兴时期以前之人民乃野蛮之条顿人,而中国则数千年来文物典章早已灿然具备。中国昔日文化进步之所以迟滞,其故有三:一为崇拜古人之心理,一为典雅贵族之文学,一为学者求学之未谙方法。今自新文化运动起,而三者之弊俱免;学者既有便利之工具,适当之风范,而更不受古人学说之桎梏,可以本其真知灼见,为学术界放一异彩,此后一二百年之内,中国人对于科学之贡献当甚伟大也。

不宁唯是,中国固有之文献,其所包含之学问,亦正如无价之宝库,苟得西洋科学方法而整理之,则无异开一窨穴。近来整理国故之潮流,随介绍新学之潮流而俱起;将来苟有潜学深思之士,分途努力,则其所得之结果,未始不足为东西文化开一沟通之路,造一熔铸之炉。果尔,中国新文化运动之价值,又不当仅凭中国学术界所受影响而估计,世界文化之别有天地,亦未始不赖乎此也。

现代之美学[1]

俞寄凡

一、现代美学之趋势

现在所要略述的,是从十九世纪末叶起,至二十世纪初叶继续发展的新美学之趋势。就是费希纳(Fechner)做了先驱,以支配现今美学界之经验的美学。美学的进路,在现代除了这经验美学,尚没有别的新倾向。在一九〇〇年前后,对于经验美学范围内的重要问题,已略有解释,至一九一一年,是很劳作的一年,把诸问题之解释,推扩于种种方面。而康德提出"判断性批判"之一七九〇年,亦可说就是现代美学之出发点。

要述现代美学之趋势,恰和研究别种精神科学相同,亦不得不追溯之康德。康德以为"美"是从精神诸能力(理性悟性感性)的调和活动上发生之主观的"合的性"。较详的说,就是对于根据客观世界之目的,不求适合这目的之意识,纯由主观之谐和上生出之合的(合目的)印象。所以"美",不在他的表现内容,而在他的要素结合之形式。要从官快(官能的快感)利用上,或脱离"善"之纯形式上发生之快感,才是美的快感。从这一点看来,康德之美学,实在是形式论(formalismus)之先驱;至于海尔巴脱等之形式论的美学,他们的滥觞,亦可说都发自康德之美学。不过康德之美学,他的表面,虽是形式论,然他的出发点和归着点,都不是形式论。康德之判断性批判,元来是从调和被"纯粹理性批判"及"实践理性批判"所峻别的"自然世界和意志世界"及"必然世界和自由世界"之对立上所生的第三种批判哲学。自然世界每被必然所支配而不自由,所谓自由,只能自由于本体之世界。所以这两界,在康德以前,绝未发见他们交通之可能。直至康德,才从判断性方面,求取交通两界之桥梁。先观察可能实现本体(目的)之现象,从这观察的判断性上,以求交通两界之桥梁,于是才有调和必然和自由者,就是"合的性"之观念。这合的性,在主观

---

[1] 载《东方杂志》第 21 卷第 2 号,1924 年。

的表现时，便是美的判断；至于立证于客观世界者，便是目的论的判断。康德之哲学，是偏于主观的倾向。目的论判断之适用范围非常狭小，对于这判断可能之信念，亦甚薄弱。所以康德每从美的判断之主观的合的性上，求判断性之职能。这亦就是康德美学之所以成为形式论之原因。但是要想调和"自然和意志""必然和自由""现象和本体"，则不得不在自然之中，观察含寓本体的自由之可能；更观察示现于本体之性上，及现象中之"内存性"。要不是肯定这样观察之客观的合的性，便难得调和之完全。事实上，康德当解释高等艺术及天才时，亦曾肯定这样客观的合的性之美的意义。且康德之美学，在这一面恰和海尔特（Herder）以来之历史的精神相合，以成立把理想的客观性当做中心义之形而上学的美学。经希尔来（Schiller）至于显尔灵（Schelling）、黑格尔（Hegel）而圆熟的所谓浪漫派之美学，实在是这理想论（idealismus）之美学。照理想论说起来，"美"是宇宙本体的精神，较详的说，就是观念及意志之感觉的示现。所以美之根本义，不在形式而在表出之内容。因为形式要在表出内容之处，才得享受美的意义。内容既成为理想论之立脚地，当然成为哲学的真内容，艺术和哲学，原有共通之内容，相差不过在观察之态度罢了。

　　康德以后之美学的二派中，做十九世纪美学之主潮者，是显尔灵、黑格尔及一辈理想论者。至于形式论，则已成为理想论之反动的傍流。但我从理想论者，因反抗思辨的及形而上学的倾向，而重视现实和经验之精神看来，海尔巴脱派所主张之实在论之美学，恰成为现代美学倾向之预言。即被称为现代美学之鼻祖的费希纳，他的美学之系统，亦未尝不汲自海尔巴脱派之美学。时至费希纳，已把现代美学之经验的倾向，明了揭示。费希纳第一先就朱亚新（Zeising）所力说的"黄金截"（由二部分所组合成之全体，则全体和大部分之比，须等于大部分和小部分之比，才是黄金截，才能成其为美。例如5∶8是有近于黄金截之关系者），试以实验的研究，以定实验美学之基础。第二更试以美学之经验的心理学的研究，以定现代美学之一般的基础。费希纳对于美学界之功绩，在他所创始的所谓"从下的美学"（aesthetik von unten）。照他说来，从来的美学，都是"从上的美学"（aesthetik von oben），把出发点置于普通的概念而从上向下，他的主要努力，不过是定美学体系上之概念位置。至于从下的美学，则是从美的事实上，求出发点，把经验做基础，第一决定表现美的事实之概念，第二确立支配美的事实之法则：这就是从下的美学之职。这二样的美学，原来都属可能的，不过一是从上，一是从下。因方向之差别，而他们的领域，亦成相覆。但是从上的美学（思辨的美学），要是不把从下的美学（经验的美学）当做预备，亦难得确实之地盘。从下的美学，亦断不能不把从上的美学当做准备的。费希纳便依了这思想而创从下的美学。

　　一方面属于理想论系统之美学者，亦渐次带有经验的心理学的倾向。像费休（Vischer）是过渡期之代表者，从他的著述上可以追索他的思想变迁之迹。他的美学说，大体虽不能脱离黑格尔流之形而上学的泛神论的倾向；然确亦富有得到肯繁之心理的洞察。至于被称为思辨的美学之健将哈德门（Hartmann），证之他的著述，亦属过渡期之美学者。即现代美学大家福尔开尔脱（Volkelt）亦渐向育于哲学的美学之教养中的心理学的美学进行。至于利泼斯（Lipps）亦可看做属于这系统的美学者。

从上述的趋势看来，康德以来之哲学的美学，形式论之系统，理想论之系统，都已带有经验的倾向。至于他的主眼处，是美的事实之心理学的解释。不过现代美学之经验的倾向，又通过各路而现于各方面了。就是把"美"及"艺术"，从社会学或生物方面，加以说明。在法国，则从投爬斯（Abbé Dubos）之著作《关于诗及绘画之考察》《美术哲学》《英国文学史》上，可以见其先踪。在德国则读海尔特之《历史哲学所感》亦能见其前驱。尤其是十九世纪初叶之沈培尔，因主张社会学的（或客观的）美学，而开拓艺术样式研究之途。沈培尔每研究艺术的样式，而从利用之目的（实用或宗教的社会的象征的意义），或材料及手法，或风土及人文之影响，或个性之差异，以说明这研究。依这系统，而从美意识及艺术之"发生""进化""境遇"上，以说明美意识及艺术之现代美学者很多。

要之，现代美学，大概都带有经验的特色，因历史之不同，所以生出主观的心理学的美学及主观的社会学的美学二流。现代之美学，便从这两方面渐迫于复杂的美事实之全局面，以求解释。所以问题之范围，自然很广；解释的方法，亦自然很多。

从上述之历史，亦可以说明关于现代的美学，及美学的性质之两种对立事情。第一种"规范的美学"（normative aesthetik）及"记述的美学"（beschreibende aesthetik）之对立，实在就是"哲学的美学"及"经验的美学"之对立的余韵。第二种对立，美学上之"主观主义"（subjektivismus）及"客观主义"（objektivismus）之争，到底亦由对于美的事实之观察点之相异上发生的。这两样的对立不妨改称为现代美学之经验的特色。从第一对立说，现代的美学者，大多数把美学当做记述说明之学以解释。把记述美的事实，把发见支配美的事实之法则，当做美学之责任。从事于"解美学""立规范""布命令"之美学者，则有杨纳斯珂恩之"普通美学"及福尔开尔脱之美学说等。但是细观这两个美学者当做规范学以说明者，实在就是美的心理学，或者是把记述说明之部门所得的见解，翻译而变做规范的言语罢了。至于从美之形而上学的解释演绎来的规范之确立，则绝不看见。所以现代美学上之规范学和记述学的对立，其实并不是思辨的倾向和经验的倾向之对立，不过是漂泊于经验倾向中之二分派罢了。从第二种对立说，要想明了美意识及艺术之进步发展分化，虽不能说只有心理学可能，然从美的事实之根据，必存于各个人之美的经验上看来，则缺少心理的分析基础之社会学的生物学的见解，当然亦难用于美学。所以社会的研究之成功，一定先立于心理学的分析上，而更加以某物的。从上述的解释说，则上面的两种对立，把他概括做一种见解，亦非不可能的。

关于美学之现代的解释，可说已被利泼斯所说尽。照利泼斯说起来，美学是美之学，"美"就是唤起美的感情于我们意识中之对象（客观）的性质。所以美学，第一先应确定分析记述限制被美的对象所唤起之美的感情。因为要使生美的效果，所以须发见对象之充分条件，及使用这条件之法则。依这意味说，则美学亦就是心理学之一分科。第二美学者对于自然及艺术所得之美对象，应阐明美的意义。对于对象，可应用心理学的见解，依这意味说，则美学便是应用心理学。第三要是变换上述之记述说明之美学的立脚地，则便成规范之学，所以所谓唤起美的感情之条件，就是不得不有多数把唤起美的感情当做目的的人们（艺术家）。依此条件，对于艺术家就与以规范命令作用。美学对于艺术家之有规范的性质，恰等于生理学和医学之关系。

心理学的美学之第一问题，是美的玩赏之心理；第二是艺术制作之心理；第三是所谓艺术品之客观的存在，就是利泼斯所谓"应用心理学"之艺术论。支配这样问题之方法，在心理学的美学之内部，更有各种差别：（一）出发于美的经验之内省的"纯心理学的方法"，像利泼斯及福尔开尔脱等，都是利用这方法的大家。（二）从生理的心理学之立脚地上发生的实验美学之方法，像雷猛（Lehmann）、丘尔培（Külpe）、莫依猛（Meumann）等，都是应用这实验方法的代表。（三）是主张生理学的美学者，把各个人之美的经验，还原于生理学的事实。有阿伦（Grant Allen）之立脚于进化论的生物学者，及希尔脱（Geory Hirth）之立脚于纯生理学之两派。除上述外，更有关于各个艺术之研究，接触于艺术之社会学的方面。关于天才及制作之研究，则接触于生物学、生理学、病理学，及社会学。这各种美学，自然脱离了纯心理学的美学，而趋向各方面。这种分离现象之所以发生，实由于学者不满于美的态度之内部的叙述，更兴起探索他的根据之欲望所致。不过要是把美的态度之纯心理学的事实，归纳于生物学、生理学及社会学之原理以说明时，则一定脱离内面之主观的说明态度，而移于外面之客观的说明态度。但是说明之主题，要是只限存于各个人之美意识，则虽是生物学的生理学的美学，亦可以当做心理学的美学之一分枝看待。即把对象之性质，直接当做兴味中心之艺术论，在限制归于一般心理学上之原理而说明时，亦不能说不是心理学之一种应用。只有美学之客观的倾向，把美的事实，当做一种社会现象看待时，则已和心理学的美学之领域相异，而到达于"社会学的美学"（soziologische aesthetik）。

已说过，制作之问题，各个艺术之问题，是有接触社会学的美学之一面的。陶冶制作者之个性的势力方面，有社会人文之历史及环境之感化。艺术制作动机上，有把人和人之关系当做目的的社会的动机。所以支配艺术之"起原""作用""发展"之大势力，便是"社会"。社会学的美学，从这方面说，确能解释美的事实。至于社会学的美学之问题，则可以归纳于（一）艺术之起原，（二）艺术之作用，（三）艺术之发展的三个问题。这种问题便是现代美学之新局面。艺术起原之问题，或对照动物及儿童之艺术，或考察先史民族之遗迹，野蛮人种之现状，而提出种种说明。关于一般之社会学的美学，则法国之夏氏（Guyau）富有创见。关于艺术之起原问题，则德国之鹑洛赛（Grosse）、瑞典之希尔恩（Hirn）等，都有精密的研究。

以上所述，是现代美学之极粗杂的轮廓。现在再把关于美的态度之根本的性质，就是现今之心理学的美学之见解，略述一回。

二、心理学的美学之根本问题

关于美的态度之性质的现代美学，大概有三种概念，都可说都是继承前代之遗产。第一是从康德经希尔来、黑格尔、哈德门等之雕琢而来的假象（schein）之概念，主体是伦呆（Lange）著述《艺术之本质》中所主张之错感（illusin）的概念。第二亦是发源于康德，至乌脱（Wundt）所主张之静观（kontemplation）的概念。第三是海尔特等之浪漫派美学。至利泼斯、福尔开尔脱而凝成之感情移入（einfühlung）之概念。三概念之中，做成现代心理学的美学之主潮者，是感情移入之美学。因为从这感情移入之立脚地出发，自然能触到他的二概念。今请略述感情移入的美学之大要，以结束此文。

费希纳在他的《美学入门》中，立了多数原理，其中更着重于"联想之原理"。照他的主张说来，美的印象，在活动我们的美感时有二种要素：第一是外部的客观的直接的"感觉的要素"，第二是从这外部的印象上，间接来的"精神的要素"。美之内容，完全是这样的，"美学之半部实合于此原理的"。费希纳之后，像伦特门夫人（Landmann）等，更从费氏之道，以阐明联于美的印象之联想作用之性质。但解释联想，要是以为不是表象必然性质之融合，而以为是外的偶然的多数之表象间的随伴，则联想作用，尚不足以说明"美的对象之感觉的存在"及"精神的内容"间之密接融合之事实。即不把联想，以为单行于表象和表象之间，而以为得行于一切意识内容之间，然这联想概念中，要是不含意识内容之"先后及并立"之意味，且排除"相即"（ineinander）之意味，则联想概念，又不能尽说我们之美的经验之事实。要在联想的概念中，包含有意识内容相互之必然的相即融合，于是我们之美的经验，才能依了联想之概念以说明。感觉的对象和精神的内容，行这样的融合，就是所谓"感情移入"。

意志感情，原属我人之事实。若大理石像，本来是没有生命的，然而我人之美的态度，第一是把我人之生命移入大理石像上；第二把移入于大理石像之生命，当做大理石像之本来具有的生命看待，使移入之生命和大理石像成"直觉的一体"（intuitive einheit），以享受客观的存在之威严。从这样的阶段看，则我人之美的态度，恰好像鹑洛斯（Groos）所谓"从对象以经验""与对象共经验"之态度。简单的说,就是"追感"及"共感"之态度。如是,则感情移入之说,和错感及静观之概念相接触。把我们所移入之生命,当做从外吹来之生命看待,舍人我之主我的活动,而成没入于对象之一种静观。把无生命者感做有生命者,把自己之生命移入,而以为是客观的存在,就是所谓错感。不过把这样名之为错感,似已与认识论的见解相混。从美的美态之极致说,则确有严然之实在,所以与其像福尔开尔脱名之为错感,不如像利泼斯之名之为"美的实在"来得适当。

所谓感情移入之"感情",究竟指着什么,是不可不解释的。(一)这里所谓感情,包含一切主观的活动及必要之表象。简单说来,就是生命,就是内部的一切生活。(二)这里所谓感情,是把我人置于对象中,而以为是对象本来所有的感情。福尔开尔脱把感情区别为三种——(A)对象所具有的"对象感情"(gegenständliches gefühl);(B)玩赏对象之结果,独立的兴起于我人主观的"状态感情"(zustandsgefuhl);(C)因同感于对象之生命,对象和主观相交涉而生的"同应感情"(gefuhl der teilnahme)。状态感情与同应感情,均不能归于感情移入之中,被移入之感情不过是对象感情。读悲剧而厌现世,或与悲剧之主人翁表同情而洒泪,虽是感情移入之结果,然不是感情移入。本来之感情移入,不过读悲剧而与其人物共悲喜罢了。(三)像这样的悲喜之情,究竟是现实之感情(wirkliches gefühl)呢?还是感情之再生(gefuhls reproduktion)呢?还是感情之表象(vorstellung der gefuhle)呢?关于这一点,福尔开尔脱之思想,不甚明了。利泼斯则以为是现实之感情。莫依猛则从现代心理学之立脚地,明白的解决此问题。"所谓感情之表象,是不得存在的。表象的感情(做表象内容之感情)恰好像被化于木之铁。不能把感情之再生,便当做表象。伴于感情之再生的表象,不过是随伴于感情周围之事情的记忆罢了。要使感情再生,而像感情一般的存在,则不得不再复活于我人之胸中。"如此说来,则感情移入,是行于日常一般生活的。所以能了解他人之感,都依据于感情移入。不过美的感情移入,与日常生活之感情移入,确有所不同。日常生活方面之感情移入,每被先入智识所妨碍,而不得直接移入,实践上认识上之动机,常阻害感情移入之纯一。至于美的感情移入,则我人可以把内生活直接移入对象中,而不许一切妨害要素之窜入;且我人之感情移入,可以完全的旺盛的行之于对象之细微局部而止。当我人对大理石像时,绝没有妨害我人专心的先入主,所以觉得大理石像之手足肢体,比现实之人物更有活跃之生命。

一二,一二,一二于忆慧楼。

生活美化论[1]

[日]本间久雄　从予译

一

To live is the rarest thing in the world, most people exist, that is all.

生活是世界上最稀有的事；至如一般人，不过是生存罢了。

这是偏激的文学家奥斯卡·王尔德的话，其中实含着不可掩没的真理。

一般人虽都是这样的生着，绝少有因饥而死的，但只是生着罢了。他们的生活方法，与鸟兽完全相同。这实是有背于所谓"生"的。故我们若不能自觉生的意义，不能享受生的喜悦，决不能说是生。换言之，这只是王尔德的所谓"生存"(exist)，决不能说是"生活"(live)。

不幸，事实所示，世人的所谓生活，实都不过是一种生存。这真可悲叹得很！

但是，在世界上，除一般不相信人类的进步与不希望人类的向上者外，对此可悲的事，想大家总是不肯任他这样下去的罢。生存与生活的区别，我们若单从唯物史观来说，固然是不能废除某种物质的条件。不过所谓生的自觉与生的喜悦，决不是单借物质的条件便能解决——固然也须具有某种或某种程度的物质条件。但是除这物质条件以外，我们为着享乐生活及使生活感饶有兴味起见，还须具有根本的某种必要条件。

在近代的社会改造家中，有许多人潜心此事。这就是说，只是生存着茫然地渡其生涯的人们，虽然很多，但努力于不虚此生而生的，也不一其人。随便的说说：像罗斯金，像穆里斯，像卡本脱，像爱伦凯，像罗曼罗兰，像罗素等等都是，此外可得而称述的，还不下四五人之多。

---

[1] 载《东方杂志》第21卷第11号，1924年。

这种想把无声无臭的生存变为不虚此生存的生活的人，他们的主张，细说起来，固然是不能尽同；但其根底，却有一共通之点——就是想把生活成为美的事物：这是他们主张的焦点。换言之，我们如欲将只能名为生存的实际生活，成为真正的生活，至少的一个条件，须将我们的生活加以美化；这是他们主张一致的地方。故简括的说来，他们的主张，亦可说就是提倡生活的美化。

我以下就来说明这些人的主张，并论述在近代提倡生活美化的事。

二

把生活加以美化，其中有二种含义。一是照普通的解释，将生活依据着生活以外之美的标准而加以美化。唯此处所谓生活以外之美的标准，在许多地方实就是艺术上具象的美，所以若以此美为标准而将生活加以美化，结果便将生活变为艺术。换言之，便是使生活去模仿艺术——生活以外的既成艺术。现代主张生活当模仿艺术的唯美主义运动，便是最足以代表此生活美化的思想的。

把生活加以美化的还有一种意义，是不求美的标准于生活以外，而只求之于生活当中。换言之，便是将生活成为美的事物，成为艺术。如主张"生活的艺术"（art of life）的卡本脱及穆里斯便是此第二种意义上代表生活美化的思想的。

由上所述，把生活加以美化有如前的二种意义。因是，在不论什么情状，生活的美化，同时也就是生活的艺术化。不过在这生活的美化——即生活的艺术化之二种意义中，我们究应采取那一种呢？

这不消说我们应采含第二种意义者。盖就第一种意义的生活的美化而言，其美的标准，实为生活以外的既成艺术。固然，这种既成艺术也有十分的价值，可是我们若以此为标准而加以模仿，则有许多情状，徒将我们自己的生活圈于既成艺术的观念中，结果只把自己硬化。反之，若第二种意义，则因这是以生活为艺术的，故不求美之标准于生活以外，不为既成艺术所拘束，而只是努力于生活。上面自罗斯金以下的各思想家，他们的主张生活的美化，便就在这点上，实为现时最重要的思想问题及社会问题。

现在，我要问：在那第二种意义的生活的美化，详细的说来，到底是怎样的呢？怎样将生活加以美化呢？并且，因着美化，我们能有什么效果呢？这种效果，他个人的意义是怎样，社会的意义又是怎样呢？

兹先述生活的美化，详细的说来，到底是怎样？换言之，便是以生活为艺术是怎样一回事？那主张"生活的艺术"的卡本脱的学说，便是一种很好的解释，并且在此地来述说，也似乎是最相宜。

我们若以生活为艺术，那末这个生活的人也无异是艺术家。固然，所谓艺术是不限于既成艺术,而所谓艺术家,也不是如向来的观念,只限于画家、雕刻家及诗人。凡一切的人,依着某种条件,都可以说是艺术家,并也都有这种可能。现在我们且进而述卡本脱的主张。他说:

> 凡是人类,动物,植物,都一样有自己发展的法则;并且因着自己表现,有一种喜悦。如有些树结橘的果实,有些则放蔷薇的花。可知一切健全的树,对他自己的事业都有一种喜悦。不过只是在他自由的或创造的时候,只是在他依着本性而开花结实的时候。我们人类,也当如此,各依其自己发展的法则,而自己表现。要是能够这样,那末这个时候,便是他为艺术家的开始。

艺术家,从广义的说来,和树木动物一样,只一般依着创造的冲动,能自然而健全的活动的人,才配此称,也只是这种艺术家才可说是幸福。至若以艺术家为只限于画家及文学家音乐家的,那真是愚妄之尤。因为在艺术中最伟大的便是"生活的艺术"。例如有一个洗衣的女子,她对于其自己的事业,能感到光荣与兴味,能将一切的利益都置之度外,而只专心一意地谋事业的完成。那末,她在她的事业上,便是一个优美的艺术家,并且是比一般为着出品于展览会而画的人,还要优美的艺术家。

这就是说,人们能实现其自己发展的法则,或者能依其创造的冲动发挥其自己天赋的特质及个性的,这人的生活,便是一种艺术,他自己便就是艺术家。质言之,我们生活的艺术化或生活的美化之根本条件,实在那人天赋的创造冲动之实现与充足。

三

发挥创造的冲动,使我们的生活成为美的或艺术的事物,此固不始于近代;可是到了近代的社会,人们到处在不能发挥其创造的冲动之状态中,所以尤有倡导的必要。盖在现代的社会,我们的所谓"自己发展的法则"已蹂躏殆尽。欲实现此法则,使我们自己的禀性及气质得以生长发展,已成为不可能。这便是我们现在的生活——一切劳动生活的苦痛之由来(我为使论中的内容更加确切起见,前此所用的"生活"一语,此后拟改为劳动生活,至少是这种意义。至所谓劳动,则不问其种类如何,只要是我们生活的主要部分好了。故如一般不以劳动为主要部分的阶级——在现在世界当然有这种阶级——关于这种阶级者的生活,我以下所述,实与之毫无关系)。

固然,人们的自己发展的法则,若能不受阻碍,得以自由活泼地发展出来,便能自己造成生长的快乐及创造的幸福。我们的劳动生活,若能有生长的快乐与创造的幸福,那末这种劳动也就是卡本脱的所谓生活的艺术。威廉·穆里斯曾说:"艺术系由我们劳动中所生的快乐之表现"。这真是至理名言。至如近代社会的劳动,因没有快乐之可言,所以也无可为其表现的艺术,劳动生活以无快乐,故亦无艺术,因是,遂只成为劳动的苦痛。为苦痛的表现之生活或劳动,实只是生存,岂足以当生活的名称?退一步言,就是不苦痛惨酷,亦岂足以副此?

可是,我要问我们的劳动为什么不能有快乐呢?换言之,为什么在我们的劳动中,我们创造的冲动不能十分发挥呢?在论述这个问题之前,我要将从事于现在的劳动事务者,为什么因着不能发挥其创造的冲动,致处于惨苦的状态这问题,依着卡本脱如诗般的记述,先说一说。

卡本脱在其所著《往工业的自由》中,将现代劳动生活的惨状,就其自己之所目见,赤裸裸地描写出来。

有一次,我坐着火车经过海岸。那时,正是春季,光辉的阳光,耀眼生缬。举目一望,是一片广大的原野。有二个农人正在耕地。原野的前面是海。景色真美丽得很!羊毛似的云在天上漂浮着,青黑色的海中布满着起伏的波涛,海鸥在海边上下的飞着,茶褐色的田野,还有壮健的耕马:举凡目之所见,莫不充溢着生命与希望。可是一反观那耕田的二人,是怎样呢?——他们穿着褴褛破旧的衣服,贫困而且苦恼,像如非常疲惫似的,我把他与周围的美景一相比较,真不调和极了,可是为什么会这样呢?

卡本脱既以如诗般的观察,对照自然的美与人间的污浊,一面乃转而述工场劳动的惨苦,而工场劳动实比田园劳动还要来得惨苦。工场内黄色的房子,鳞次栉比的,空气的恶浊不消说了,机声轧轧,震耳欲聋,所以身处其中的男女工人,莫不面容憔悴。所谓人生的美与喜悦,是不能求之于工场中的。卡本脱为证明这种惨酷的情状起见,曾如下的说道:

有一次,我站立在格拉斯哥附近某工场旁的桥上。那时正当午正中饭的时候,工人都陆陆续续地从工场散工出来。男女工人一万人如潮水般冲过我立着的桥,真可说是人如潮涌。我让立在桥的一旁,目睹他们的面目觉着已无入工场考察的必要了。为什么呢?因为一看了他们的面目,便可以推知工场的内容了。他们都是面貌疲惫,目光迟钝,表情单调,皮肤既污秽不堪,体躯亦瘦削可怜,并且还表示着一种性欲的外貌。我一见之下,心中便起了一种非常受压迫的感情,走开去了。

卡本脱又曾描写坑夫的苦痛:

> 在现今五十年前,我还不过是一个小孩的时候,那时,我们住居在勃雷登地方,常常可以听到北英矿山中矿工的事实。原来我们日常所用的煤,都是从那山中掘出的。因是,在我幼稚的心中以为他们为着我们日常不可缺的煤,不辞劳苦,冒险而深入矿穴,他们的体格一定是很强健,他们的人格必当受国民的尊敬——实际上真应该如此。但是到了现在,我因为住居在距泰比沙东北的煤矿附近,才知道了本地煤矿工人的生活,我常常在乞斯斐尔车站上看见从远方回来的矿工,当时的第一印象,我到现在还很明白的记着。我从前幼稚的想像中所描绘的伟丈夫,现在都混杂地聚在火车上,衣服褴褛,自惭形秽似的,现着疲乏而过劳的状态,急急地从月台走下。固然,其中也不无肥硕而高兴的人,但这是例外。后来,我对于他们的情形,渐渐知悉,这个第一印象也日益明白。他们虽然是做社会上所必要的工作的人,可是他们的生活,能有生的光明与生的喜悦么?

卡本脱又转而述劳动者家庭生活的惨苦。大意谓在他们的家庭中,实无可以滋养他们灵魂的养料,而要自枢衣般愁惨的单调的日常生活中,把他们救出,则在他们的生活,也无何等的刺激。其后,复述故事一则,以为例证,兹译如下:

> 有两个一年到头只在简陋的田舍中过那单调生活的手艺劳动者夫妇俩,一天休息日,他们带着二个孩子,到海边的某市去。他们向鳞次栉比屋宇整齐的一家旅店去投宿。他们在检点所仅有的行李。无暇去照顾孩子的时候,两个小孩就溜到街上玩耍去了。过了一会,他们在房中,忽听见孩子在外面惊呼的声音。他们以为孩子一定有什么事故了,连忙急急地走出来看。可是这两个孩子除面容颓丧在哭泣着外,一点也没有什么。原来这两个小孩,在街上走了一程,待至回来,见所有屋宇,都是一式,不知那一家是自己的旅店,所以惊异的哭着。这在孩子们真无异是可惊的梦魇,在他们的生活上,大概是始终不会忘怀的。

卡本脱如上面般曾举了许多实例,以为现代的劳动阶级,把人间生活上所最必要的事物——健康、喜悦、爱及美——都失却了:这是深可慨叹的。

四

　　一般劳动阶级者的所谓生活，真是非常困苦，只能说是生存。这是无待卡本脱的记述，我们大家都能想像而得的。不过这种困苦堪悯的惨状，换言之，就是为什么会失却健康、喜悦、爱及美？对于这个问题，卡本脱以为这是由于不能发挥其创造冲动的缘故。他这种诗人的、哲学的解释，实是我们所不容轻轻看过的。

　　关于这个论点，在现代与卡本脱比并而亦竭力主张的，还有英人罗素。

　　罗素在他的《政治理想》及其他著作中，将人间的冲动分为所有冲动与创造冲动二种。人间最善的生活，便是使所有冲动最少活动而创造冲动得最大的活动。所有冲动是私有财产制的基础，是想蓄积自己需要以上的富的欲望的基础，至如近代社会的资本主义及商业主义，则不消说是建筑于这基础上的事物。若那以创造的冲动为基础的事业及运动，则在近代因所有冲动的完全暴露，与由这冲动而具体化的商业主义及资本主义的跋扈，反不得不销声匿迹。我们由此可知近代的劳动生活，所以无健康、喜悦、爱及美者，实即由于罗素所谓所有冲动的极端发达——或宁说是变态的发达；而创造的冲动，反极端或变态的被压迫而萎缩。所以我们如欲将我们的生活，值得"生活"两字，我们不可不将内心的所有冲动减至最小限度，而将创造冲动扩至最大的限度。

　　真的，我们的劳动，若能以创造的冲动为基础，劳动便更会愉快，而更能得生活的喜悦及幸福。卡本脱说他自己知道有一个小儿，虽然每天在污秽的工场中，如奴隶般劳苦了十小时，可是一回家来，他把茶一呷，便飞也似的跑入污秽幽暗的地窖，借着暗淡的烛光，简单的器具，做那细小的事物。而当他做工的时候，反好像很愉快似的，把日里的苦痛都忘怀了。他根据这事，以为我们倘能依着自己的创造冲动，而为自发的工作，那是无论怎样总快活幸福的。

　　卡本脱以为一切工作或劳动，不可不依着自己的创造冲动；由这冲动人们乃能成为艺术家，故我们要当努力于此。他道："凡人都不可不为一种的艺术家。这样，他才能从其工作感到自己的表现，自己的解放，而求快乐于其中，在这世上充满着喜悦。"以上所述，便是卡本脱所主张的"生活的艺术"之要点。

　　我们一定要将生活变为一种艺术，那末在世上才能充溢着喜悦之情。但是，不幸得很，在近代社会中，如要将生活成为艺术，却不可能了。固然，所谓劳动，所谓生活，倘劳动者或生活者能以其创造的冲动为基础而谋自己的解放，他便能得到快乐及幸福；但是在目前的时代，劳动或生活如欲以创造的冲动为基础，已是不可能了，快乐幸福全被剥夺，更有何喜悦之可言？故在近代，劳动的概念，业务的概念，实不过是苦痛。于是亦有以快乐为非业务的游戏，只能求之于生活或劳动的游离状态中者,如哲学家桑泰耶拿(Santayana)所主张的业务苦痛说,便是其中的一种。他以为人生若能把业务次第减少,游戏次第加多,那末同时苦痛就会减少而快乐也会增多起来。质言之,他以为快乐与劳动是不能完全调和的。

至如一般唱生活美化的思想家,则对于劳动与快乐,排斥这种二元的看法而主张调和——就是求快乐幸福于劳动之中。换言之,便是劳动的快乐化。如爱伦凯的所谓"更新的教养",穆里斯的所谓"民众艺术",其立论的方式虽各不同,但其以劳动的快乐化为主要之点,却是相同的。

爱伦凯所热心主唱的更新的教养,就是使现代的劳动生活有活力及清新之气的一种教化运动。详言之,便是使现代背负着劳动的重担,而毫无慰藉的劳动生活,再有新的活力勇气的一种运动。因为这个缘故,所以爱伦凯主张从人间的快乐中,选取生产的快乐——使人再有勇气活力以从事事业的快乐;而拒绝非生产的快乐——徒使身心疲惫无复益处的快乐。换言之,我们每日的生活及劳动,因着精力的消费与供给能够相称,于是乃能常充溢着活力及清新之气。同时,所谓劳动不单是苦痛的表象,而为生活意志的表象,为生活享乐的表象。这便是爱伦凯生活美化论的中心思想之所在。

五

至若威廉·穆里斯,其主张近代生活的美化,议论尤为鲜明。他在所著《有用的工事对无用的劳苦》中说道:

> 今日一般人都以为一切事情是有用的,那有福的人也以为一切事情都是有望的。质言之,不论有福与否,一般人的意见都以为虽是无用的事情,倘能够去做,总可以为自己生活之资。因是,一般有福的人们,以为劳动家要是能黾勉将事,忘去一切的快乐,为着神圣的劳动目的舍去休息而心满意足,那才可以称誉。一切劳动就其自身而言,都系善的:这是近世道德信条之一。可是在一般借他人的劳动而生存的人看来,则不过是便其私图的一种信念罢了。然事虽如此,那被人剥削的劳动者,总不能茫然承认此事,当对此仔细加以考察。

他由这立场点,进而探论劳动问题的根本。

凡既为人,总须劳动,否则唯有一死了事。二者之中,必居其一。固然,我们决不能袖手而得生活之资,一定要从事某种类或某程度的劳动才能得到。而我们的勉强去从事劳动,也决不是毫无报酬的。

穆里斯接下去再说道：

当然是有报酬的！由人们自然的本性，要是那人是健康的话，那末在某种条件之下，对于他的事业总有一种喜悦；这便是自然所给予的无上报酬。虽然那伪善的赞赏，以为凡是劳动都是善的；但我敢说其中有幸福的也有可咒诅的。劳动者甚至于死也好，在工场和牢狱里也好，在那边幽闭以终也好，只是束着手不去劳动，而在社会在他们自身反而有益的事情，或者也有。

他又道：

由此看来，可知事情大概总可分为二类：即一是善的，一是恶的；一是祝福人生，是光明的；一是咒诅人生，是苦痛的。

穆里斯这样将劳动区分为二种；但是所谓幸福光明的与苦痛而可咒诅的劳动，其差别果何在呢？说起来实不外一在内心持着希望，而一则并不怀抱着什么而已。不过我要问，所谓内心的希望，到底是什么希望呢？是含着什么特质的希望呢？于是穆里斯乃转而论此问题，他道："这个希望，便是休息的希望，生产的希望，事务本身上所生的快乐的希望。我们要当使之相当丰富，成为具善良性质的希望。如于休息时，我们若欲其有益，则当为十分适宜的休息；至于生产，则除非是无意识的禁欲的人，我们当为有价值的生产；快乐则在从事工作的时候，我们不可不十分自觉地感到快乐。如那般无聊寂寞的人，或手弄丝带以自消遣，这种毫无希望的举动，只不过是单调而惰性的快乐罢了。"穆里斯说了这一段话，又如下的解说道：

休息的希望，系最单纯而最自然的希望。要是没有这希望，我们的精力，便将疲惫困顿，毫无生气。所以我们对于休息，不可不有十分的享乐。这不但要恢复我们工作时所费的精力是一种必要，并且能与我们以新的力量。

所谓生产的希望，申言之，便是我们对于能产生什么，这问题所持的希望。上面曾说过，自然强迫着我们为生产而劳动，我们也能因此得到什么东西。真的，毫无所得的生产是没有的。至少能够生产我们必要而有用的东西。我们要是能于此加以注意，那末一定能活动我们的意志。

事务本身上所生的喜悦的希望，这是最要紧的。原来一切生物，对于其自己精力的活动，总有一种喜悦，就是兽类，他对于轻快敏捷的强力，也有一种喜悦。故实际上，人要是有事务，有依照其自己意志的事务。则凡对这事务，想谋存续因而为之之人，谁都想由此活动其自己的体力及心力。记忆与想像，对于事务，实在有助于那种人的。不但其自己的思想，就是过去人的，也足以引导他。这样以人类的一部,他从事于创造我们的事务,必要这样,那我们才能值得称为人,我们的生涯也幸福了。

穆里斯如上的解说劳动中的希望,而于此最感兴味的则为第二种生产的希望与第三由事务自身所生的喜悦的希望。唯生产的希望,一定要以由事务自身所生产的喜悦的希望为其根基,始有成就的可能。而事务自身所生的喜悦的希望,则以合于自己意志的事务的自觉为基础。若无这种自觉,我们便不能选择那一种是值得名为生产的事务。由此以观,则在上的三种希望中,尤以第三种希望——由事务自身所生的喜悦的希望,实为最重。这是无庸疑虑的。

由上所述,可知穆里斯的主张与卡本脱的实极相似。其所谓由事务自身所生的喜悦的希望,实同于以创造的冲动为基础的劳动。这是不待烦言而自明的。

六

上面说劳动的快乐化与值得称为生活的生活,就是实现"生活的艺术",生活的艺术化,生活的美化。但是由此所生的人生的效果,到底是怎样呢?

据卡本脱所言,劳动的快乐化,其利益有二:一是共着劳动者自身的自己表现及自己解放而生的劳动者自身的快乐,换言之,便是创造的喜悦;一是从这创造的喜悦而造成的价值。他道:"在制造厂或店铺所售卖交换的物品,要是成于喜悦中的,则此物品中实含着制造人的精神,能反映于此物品的购买者及使用者。恰如钟表上耀眼的彩色,曝置日中,到了夜间便能反射出相同的光辉一样。"

换言之,劳动者由劳动的快乐化,乃能自己享受其创造的喜悦,同时,那使用劳动的结果——产物的,亦得分有这创造的喜悦。像这样,那物品的制造者及使用者,俱能同有其幸福的世界:这便是劳动的快乐化及生活美化的社会的意义之所在。而穆里斯之以民众艺术为"由民众创造及为民众而创造,不论制造者使用者都能同有幸福的艺术",其意义亦不外如此。

但是,我们当怎样去求快乐于劳动中呢?换言之,要怎样才能将生活艺术化或美化呢?由上面所述的劳动的快乐化及生活美化的条件,谓当使我们内心的所有冲动减至最少限度的活动,而将创造冲动扩至最大限度的活动。不过我们如欲将创造的冲动自由的产生出来——将那条件加以实现,到底要怎样呢?唯那末我们有绝灭所有冲动使不至大大的暴露出来,使具体化的近代商业主义不至强横跋扈,造成一个能给我们各自由发展其创造的冲动的社会。

近代商业主义的绝灭——无论穆里斯、卡本脱,他们破坏方面的思想之根本,实都在此。他们以此为根本,为谋劳动的快乐化起见,因指摘现在劳动生活的弊端,而谋这状态的改善。

由上所述,可知为现代劳动生活根本的弊害的是由于商业主义的跋扈,及资本主义的横暴。因着商业主义及资本主义,于是人只极端发挥其所有本能,竭力以谋意义误谬的"富"的蓄积。结果所至,使人们的劳动,亦如商品般可以买卖。那购买劳动的资本阶级,自己一点也无须劳动,只收买他人的劳动;出卖其劳动的劳动阶级者则不然,因有出卖其劳动的必要,于是便不能依其自己的意志,而不得不服从买主——资本阶级的意志。穆里斯谓从事这种劳动的人,"他们的生活兴味,已不在劳动的中心;他们的事务,不过一种劳役——在他人的意志下而得活计,不过是一种机械,说起来只是一种毫无意志的人"罢了。并且这种劳役也只是生活的劳役。因其是为着劳役的生活,所以完全系一种奴隶的境遇。

这种奴隶状态,固不仅一般从事劳动者如此,就是使用劳动的结果及购买劳动的结果的也同有此状态。如穆里斯所言,现在一般具有善于买卖的才能的购买者,已变为市场的奴隶。不是为人的市场,是为市场的人:这是近代商业主义的标语。故其结果,在劳动者自身及那产物的受取者,同样浪费了许多精力。

照此看来,我们如欲改善这状态,应当这样呢?据穆里斯之言,谓劳动者,当具有为有用的事务的觉悟。有用的事务是什么呢?他又道:

> 这就是能应自己的必要及邻人的必要的东西。可是在近代,劳动的当事者之必要与使用劳动的结果者之必要不同了。我现在为便宜上将劳动的界限,只限于日用品的制造上。则在制造者方面,他殊不感到什么需要,只为着不足为其日用品的东西劳动着。在使用者方面,则对于其自己所用的物品,一点也不知道是怎样制造的,只是使用着。故在使用者与制作者之间,在物品的使用上及制作上,都没有何等同感。这实是最不该如此的事!在使用者与制作者之间,对于劳动着的事务,似非有可以互换的关系不可。例如有一个木工,为一个金工造箱;同时,金工为木工造杯;于是二人对于工事乃有一种同感。这就是说木工的为金工造箱,乃恰似为其自己用而造的,同时,金工也好似自己需要为自己造的。因是,在相互中间,对此互造的物品,感到如自己般的必要而造以为人用的自觉。凡事业之具有这种自觉者,就是有用的事务。

穆里斯这样又用别的语调来解释有用的事务的意义,他道:"我们之生活的美的部分——生活的快乐即肉体的及精神的,科学的及艺术的,社会的及个人的快乐——当以自心迸发的对于事业的欢悦为基础,有对于此事自己及邻人将都有利益的自觉",这是最要紧的。我们由此,大概可以明白所谓有用的事务的意义了。

七

　　有用的事务的第一种特点,既如前述,对于劳动者自己及其邻人,都有一种必要。倘使没有这种必要,便失其有用的意义,故如将自己及邻人的必要加以蔑视的劳动,乃是从商业主义的命令的劳动。由这种劳动所产生的物品,只是供游惰阶级的奢侈品,或为市场而制的粗制品,二者必居其一。凡制造此等物品的制造者的生活,对此物品,必是漠不相关,因是,他们的劳动亦毫无创造的快乐,只为一种劳役。

　　所谓有用的事务,既如上述,可是若要将其变成更加愉快,应该怎样呢?穆里斯对于这具体的问题,尝列举二三条件。其中一条,谓当使事务有变化,以破单调的寂寞。

　　夫强迫着人每日从事相同的事务,并且又毫无变化,不能规避,则那人的生活,试问与幽闭在牢狱而受种种苦楚,有何差异?归根结底,这全由于商业主义的暴虐之所致。凡既为人,至少当可应付三种职业。如坐于室内的事务,或在户外劳动体力。我们生活的一部,在一切事务中要算最要而最愉快的——耕种田地——在这种事务上过生活,大概没有人不喜欢的罢。因是,可知要事务有变化不致单调无味,也不是不可能的事。

　　其次,要使有用的事务更为愉快,首当改造劳动生活的环境。

　　讲到环境的改造,则不外使劳动生活有愉快的环境。穆里斯说道,我们文明人的惨痛污秽,一般人以为这在劳动生活是必然无足异,好如有钱人家也有其相当的污秽的处所一样。可是有钱人若不以为意的在客室中堆积着煤屑等物,在餐室旁造着厕所,把昔日美观的庭园,满布着垃圾,被单不洗,台布不换,父母子女共寝一床,那末一定非被人讥笑或责为狂妄不止,不过这种惨痛难堪的境遇,在目前的社会,反以为当然而毫不为意的过着。这是多狂妄的事呀!

　　穆里斯像上述般讥评现在劳动生活的环境,后复进而论工场中的劳动状态。他以为像现在一般的工场劳动者,都像猪一般幽闭在狭隘的市场的陋巷中,这是不应该如此的。所以一定非使劳动者心境愉快,使劳动的工场,在他们看来,至少有好的社交生活的机会,有知的活动的中心,像自己的家庭般为慰安愉乐的源泉。穆里斯为实现这些事情起见,于是自己去经营马尔登阿倍(Milton Abbey)工场,以愉乐的环境及变化的工事,制造人生日常生活最有用的物品——家用器具及其他的工艺美术品。

　　我对于劳动的快乐化,生活的美化的思想的根据,已如上面所述。就是说,倘是要使生活不单为生存,能当得起生活的名称,那末不可不使每日的劳动快乐化,因着这样,而创造出"生活的艺术"。这便是生活能同时美化的由来,也便是劳动的快乐化与生活的美化，具有社会的意义的由来。换言之，就是要使劳动快乐化，要能真的实现美化的生活，那末对于今日的劳动生活不可不有一种觉悟，不可不改除前非。这便是我在上面对于卡本脱及穆里斯的约言，也就是近代生活美化运动的思想的根据，但是在近代生活美化运动之重要的一面的实际运动，例如前面所述的马尔登阿倍工场，其组织到底是怎样？在那边做工的人，其所过的生活又是怎样？为着要使生活丰美，其所做的事又是怎样？我由这几个问题更想起：以近代误谬的商业主义，人生的美的方面，及生活的艺术的方面，究竟受了多少损害？唯以时间及篇幅的关系，对于这些问题，一时殊不能尽加解说。当然这些问题，若不能有明白的解释，这篇文字殊不免不澈底。所以我想在将来，再做一篇以申述之。不过我在本篇之末，对于上述生活美化的思想与"富"的观念的关系，还有几句话要附说于此。

由上述的意味，如欲将生活变成丰美，使值得生活的名称，这不消说与向来所谓"富"的观念有大大的差别。而且谓之差别，毋宁说是相反，但是，这个"富"的意义——在劳动状态如上所述般时的"富"的意义，与生活美化的思想是毫无冲突的，穆里斯道："富是'自然'赐给我们的，是明白道理的人为供给合理的用途，从自然的赐物中造出来的，太阳的光，新鲜的空气，洁净的大地的表面，不可少的分量的衣食住，所蓄积的各种智识与此运用智识的能力，人间得以相互融和的途径——艺术品以及人在最如人的，最精进的，最富于思想的时候所造出的美——这一切都是真正健全的人的喜悦的生活方法，这就是富。"

"富"的意味若由此解释，则上面生活美化的思想与富的观念，便丝毫没有冲突的地方，而反可以说这便是"富"的观念。

我们由这所论的意味，可知生活美化的思想及运动，实就是人生新"富"的创造的思想及运动。

文艺批评概论[①]

胡梦华

一、发　端

　　文艺批评倡自亚里斯多德，希腊以降，代有闻人：若篮迦楼（Longinus），若歌德（Goethe），若雷新（Lessing），若圣钵夫（St. Beauve），若泰因（Taine），若安诺德（Arnold），若培德（Pater），皆希世之文艺批评家也。其在我国，梁世刘勰、钟嵘之徒，品藻诗文，褒贬前哲，其后或以丹黄识别高下，于是评点之学或即谓文艺批评。然而《文心》《诗品》以后，虽"诗话"数见，而诗文杂评，亦多散载于私家笔记论著，但求其有统系之批评，著为长篇阔论者，不可多睹。盖文艺批评未成专门学问，宜乎彦和（刘勰）、仲伟（钟嵘）而还，后起者之无人也。

　　我国历来文艺之变迁，批评家实未与有若何之影响。而自伟大国民文学——《诗经》出世以迄今日，从无一部有统系的中国文学史叙述我伟大之文学，尤见我国文艺界缺乏批评之精神，与文艺批评家之需要。清末维新，文风为之一变。吾家适之博士谓晚近五十年来之中国文学有四大派别接踵而起：一曰严复、林纾的翻译的文章，二曰谭嗣同、梁启超一派的议论的文章，三曰章炳麟的述学的文章，四曰章士钊一派的政论的文章；此所谓议论的、述学的、政论的文章，似近于批评矣，然犹鲜及文艺之域。《新青年》崛起，颇多文艺批评之作；然大都不免失之偏激，而立论亦仅限于直觉。近有专致力《诗经》、屈原、陶渊明、李白、杜甫、韩愈、白居易，而著为专篇者，则或泥于考据，不足以语文艺批评；或敷会牵强，未得文艺批评之真谛。夫以代表东方之中华伟大文学乃不能于世界文坛占有重要地位，无文艺批评家出而标扬之，实为一大原因。今而后吾人欲发扬中华文学，则于文艺批评不可不三致意焉。

[①]　载《东方杂志》第 21 卷第 4 号，1924 年。

二、诸家之文艺批评观念

　　西洋十九世纪以前,文艺批评犹含有"指摘弱点"之义,迨辜勒奇(Coleridge)、韩士立(Hazlitt)、加雷尔(Carlyle),相继倡为"批评须有同情之了解"之说,"指摘弱点"乃不为近世所道,而群以扬善为指归。然见智见仁,主观各有不同;文艺批评之标准,若医师之诊案未能划一,至今犹无定论。因之尝启纠纷,而引读者入于歧途。史有明证,罗斯金(Ruskin)仅列拜伦(Byron)于第二流诗人,安诺德乃次之华茨华斯(Wordsworth),为第二,史文朋(Swinburne)则谓其不独不可居第二,较之华茨华斯、克茨(Keats)、雪利(Shelly)、辜勒奇等且相差殊甚。文艺批评家主见之不同如此,谁谓定文艺批评,有一定不易之标准乎?

　　今兹举历来各家对于文艺批评之本质、功用与价值所立之定义,以示一般。哥林士(Collins)之言曰:"文艺批评之于文学,犹立法行政之于国家。使操其事者为强干之才,忠实之人,进行必佳;若入卑劣欺诈者之手,则或捣乱与恶作剧。"安诺德尝有名言曰:"余奉行吾自创之文艺批评定义,不含功利思想,以努力于学习与宣扬世人所知所想之最高者。"又曰:"文学者,人生之批评也。"培德约谓:"所应注意者,一个批评家不仅须有一正当之抽象的美的观念,以求知识,当具有一种修养,要有深锐的鉴别美的物件之能力。"罗伯生(Robertson)谓:"批评之主观互异,乃文艺批评家之潜判断力未经锻炼也。"以上诸家所持之文艺批评方法虽异,而重视文艺批评之功用则一。圣钵夫尤重视此点,尝谓:"一个文艺创作家应有一个文艺批评家为之匡导,法国十六世纪莫里哀(Moleire)等之戏剧得波楼(Boileau)从旁批评之,故有伟大之成绩。十八世纪福禄特尔(Voltaire)等以无批评家之助,遂稍逊焉。"何威尔士(Howells)则反其说,谓:"文学运动之始尝受反响,但终不为批评界所扼。文学家尝因其优点受贬,顾终不受若何之变易也。"又曰:"文艺批评尝非难文艺界之新企图,为旧者辩护而排斥新者,因之平庸、陈腐、消极之作品尝受其蔽护。"雷斯力斯提芬(Leslie Stephen)曾致书现代小说家哈第(Hardy)曰:"君欲余介绍批评之书籍,余谨告君,无以相报。余以批评者之资格为君再进一言,著作者以少读文艺批评为佳。君具新鲜之创造力,能少注意批评者之议论,当可少受钳制与约束。余宁读大著作家如莎士比亚、歌德、司各德(Scott)等著作,以彼等思想精深,而不强定规范,若圣钵夫、安诺德仅批评家中之足一顾者,罗威尔(Lowell)其庶几乎?"斯提芬之父尤贱视文艺批评,其致约翰文(John Venn)之书曰:"余不能重视批评,盖以其为自足、侮慢、肤浅、卑微之作品,余当自勉,勿蹈此道。"而最贱视文艺批评者,则后印象主义派之莫里士(Morris),其意即谓文艺批评有若乞丐,以己之意见售之他人以求生,并热望他人之给与焉。

综观诸家对于文艺批评之观念各执一词,安诺德与何威尔士、莫里士不同;培德较之罗伯生互异。自安诺德观之,文艺批评固高尚而兼理想化,何威尔士则以为无足轻重,莫里士则贱之为商人买卖焉。而培德以为个人感觉之判断,罗伯生则以为此等判断乃供吾人分析之材料者。诸家之论点纷歧若是,吾人宜更进求其相同之点而粗释文艺批评之定义。

以上所引诸说,虽仅就特殊书籍或著作家而发,不可以概括全体;顾皆颇有历史上之价值。真正之文艺批评,固当"不含功利思想""操其事者应为强干之才忠实之士",并"宜努力于学习与宣扬世人知识思想之最高者",文艺批评家"当具有一种修养——具有深锐的鉴别美的物件之能力",并"宜蓄有潜的判断力"。天才为之,宜其成功,然文艺批评家亦不免有商业化者。今兹可明文艺批评乃对于一个作者,一本书或一种艺术主义所发之意见。此等意见尝武断的定之,盖各个批评家皆亟望其理想中之意见成为正确之事实,或且自信以为然。但自吾人观之,或仅如詹姆士所谓之"生在"的意见。倘假以时日,读书稍富,接触较多,则其意见当可加以修正,而或有成为"生在"的事实之一日。故善述文艺批评史者宜胪列各家之说而并存之,盖此等偏于主观的文艺批评,固难强之雷同,而鲜有一样之定义与意见也。

文艺批评上意见之不能统一,乃不可避免之事实,盖各人之赏鉴眼光与主观见解,原不能一致之故。然吾人若偏信卓著批评家之言论,而蔑视其他一切,则亦不当。卓著批评家之言论未必尽是,其他批评家之言论当亦有可采者。且世无绝对的真理,则尤宜博览兼修,以深造就,而宏学识。

三、文艺批评之意义目的与方法

凡为批评,宜兼顾程序(process)与形式(form)二者。所谓程序,使前题之分析为健全的,乃可建设事实,是为指示的方法;其目的乃在寻求真理。故批评亦如真理可分为若干类,而文艺批评亦仅为其一种耳。文艺批评志在阐明(define)文学,但此等方法不可与科学一例言。世之解释文学者,主张不一,有注重思想者,有注重人格之表现者,有注重内心与精神上之意念者。然其初步要在建设事实,次再判断此等事实之价值与重要,而此等判断又新成一种事实。故文艺批评乃建设文学上之事实、真理与真实。第一应注意其所批评之材料,第二应注意其所用以批评此等材料之方法,而进求其结论。

因材料而分类,可得下列数种文艺批评之方法——读本式之文艺批评志在订正作者原著之谬误,此法颇费精力。传叙式之文艺批评叙述作者之生平,与其著作之关系,更从而推及作者之著作思想与其时代环境之关系,处于何种势力之下,受何种思潮之影响,其著作思想乃由产生,复旁征其所受于前人、时人、国家、种族之薰陶为佐证，以资论断。或仅综合其时人之意见，而参以己意，但精审之历史的文艺批评家不取之。此外有以作者或作品属于某派某种而定批评之方法者，如约翰生(Johnson)之论理智派诗人(melaphysical poets)与戏剧诗、散文诗、史诗、抒情诗等类是。因其种类派别之同异，此等文艺批评之方法又尝以比较为之。

然文艺批评之属于鉴者则尤以能了解与解释作者思想为主。解释的文艺批评家不若传记或历史的文艺批评家之注重事实，其方法以运用己之意见以解释作者之作品。此等解释的文艺批评，近于创造，最可效法。近于解释的文学批评为训诲的文学批评，则以道德为批评之立脚点，安诺德主之最力。爱伦坡(Allen Poe)反之，主唯美主义，因之有为人生的艺术与为艺术的艺术。

以上就取材之分类，共得读本式的——考订的、传叙式的——历史的代表式的、比较的、解释的、训诲的、唯美的，六种文艺批评法。此外尚有因取材而分类之其他文艺批评法，兹不复赘。而因批评家各人之情性、嗜好、训练、眼光之不同，又有其他之文艺批评法，略言于左。

就文艺批评家个人之倾向而分类，最简单，最妥实者，宜莫如印象的文艺批评法。所谓简单，以其为批评家一时之感触，而又仅属于个人的。所谓妥实，以其由批评家个人负责而弗强他人以同调，且本自直觉，矛盾无妨。篮姆(Lamb)最称此派代表。近于此派者为欣赏的文艺批评法，其意在褒扬作者之思想与特性，而以公正之眼光批评之。其批评不限于作者个人之著作，或其作风，其主旨则在欣赏。其异于印象的文艺批评法有一点，前者就作者作品内之优点加以欣赏，后者则批评者施其主观之眼光以批评作品之优劣。培德实为欣赏的文艺批评家中之健将，辜勒奇、韩士立亦私淑于此派。反于此二派者为判断的文艺批评法，先立一绝对的标准，遵之以批评任何文艺创作，各种文艺批评法似皆有其标准，但判断的文艺批评法之标准，非循批评者自身之好恶而定，有若印象派；然亦非依作者自身之意见而定，有若欣赏派；其标准乃外界的，超于批评者与作者之好恶。其最鲜之例，为侠飞(Jeffery)，奉十八世纪之思想而批评十九世纪初年之文学。此何威尔士所以斥之为陈腐也。安诺德实为此派健将，彼尝奉道德的文学为标准。而唯美派之韩士力亦奉有一种标准。反于以上诸派，有科学的文艺批评法，主张纯粹用科学的方法，搜集材料，比较之而评判之。其法以能超脱个人的与成见的论调为佳。此等企图为辩论的，但推论之结果对于文学绝少贡献；罗伯生可为此派代表。此外有所谓破坏的文艺批评法与建设的文艺批评法。前者推翻文学上之一切定论、原则与原理，后者建设之。

综上所论，又得印象的、欣赏的、判断的、科学的、破坏的与建设的五种文艺批评法。此等分类，乃就西洋历来文艺作品归纳而得，亦仅示趋势之一般，俾国人知所采择耳。

四、结 论

　　今者国人方从事白话文学之建设与国故文学之整理,文艺批评实有极宜提倡之需要。欲证吾言,先释文艺批评之功能。
　　简言之,文艺批评之功能有二:一以匡助创作者,使知非而改,勉力达于完美之境;一以指引读者,提出注意之点,而增进其欣赏力。唯批评者之作品虽未尽可恃,而有赖于创作者与读者之善于选择遵从;然文艺批评具此二大功能固为可能之事实。关于今日国内创作界之幼稚,群众欣赏力之薄弱,与整理国故文学者方法之谬误,可见文艺批评界匡助指导之责,所关非轻;余固私淑于安诺德者,请引其言以终吾笃,兼以自励。

　　批评宜取独立之态度,避除实用之精神与其目的。即正当之实用有损于理想者,亦当指斥之。故批评宜忍以有待,具伸缩活动之能力。何者宜与之近,何者宜与之离,须观察明晰。凡能增进精神上之完善者,纵与实用抵触,亦宜允许之;否则,纵与实用相合,亦宜否认之。

　　今再论文艺批评应注意之材料。概而言之,批评之途径,可由其主律之意义决定之。即以客观态度,竭力研究与宣传世人所知所想之最高者。而由此养成一正确新颖之理想之潮流是也。按事物情理,英既无代表全世界之资格,则世人所知所思之最佳者,必多属诸异国。顾今日英人思想潮流中,每易忘此。故英国文艺批评家对于异国思想,应加注意。更宜详审各部,以免遗漏。人每谓判断为批评家之能事;然有价值之判断,应自然发生于清静公平,并曾加以新知识之脑海。因此,批评家宜注意常新之知识。

　　夫传播新知识,加以判断,固批评家之贡献。然其下判断也非若抽象之法律家,乃流露于自然,若互相辅助者。有时欲确定一作者在文学上之地位,与其对于适当标准之关系(不为此则世之最高文学安从发见)。于此,其文艺批评,或为新知识而无待于新知识,特判断与原理而已。此处宜注意者则当下笔时,须能自觉所言之真,勿使流于抽象;否则必有误也。虽然,无论如何,判断与原理不能尽文艺批评家之能事。若数理然,但见其重复,不若新知识能令人感受创造力之活动也。

　　或谓此辈空谈耳。吾辈所谓批评异于是。吾辈乃指批评今日之英国文学也,而希望于今之批评功用亦仅为此。则应之曰,使诸君失望,余甚歉,然余必坚持吾前定之界说——即以客观态度研究与宣传世人所知所思之最高者。

以上节译安诺德《今日批评界之功用》中一段。尝读其原著全文,洋洋数万言,意深词讽,切中时弊,几不知其为十九世纪之英国,抑为今日之中国说法也。国人有志于文艺批评者,亦有所感耶!

表现主义的文学批评论

斯滨加　华林一译

表现主义之行于西洋，盖有年矣，而国人亦有为之介绍者。数年前曾见李石岑君以表现论教育（参看《教育杂志》第十四卷第十号），去年复见章克标君介绍德国之表现主义剧（参看《东方杂志》第二十二卷第十八号）；然表现主义的文学批评论，似犹未有人论述。故特选斯滨加（J. E. Spingarn）之《新的文学批评》(*The New Criticism*)一文，译之以饷国人。斯滨加者，表现主义的文学批评论之代表也。观左篇所言，不唯可知其主张表现主义之坚强，并可见其有将文学批评革命之思想也。中国文学批评，尚极幼稚，吾人苟欲图谋发达，自当以西洋对于此方面之研究为参考；而最足以资吾之参考者，吾以为非亚理斯多德之《诗学》，乃最近之表现主义的文学批评论也。故予介绍西洋文学批评原理，自斯滨加始。

——林一附识　十五年二月一日

"大学教授每谈文艺，往往足以令人失笑。"这句话，见于福罗贝尔（Flaubert）的书牍，可算是世界上一般人对于文学批评的共同意见。世界上一般人对于文学批评的意见，可以一个意大利诗人的观念来代表，他说："僧侣和大学教授，简直不能编撰诗人的行传。"只是采取富于文学经验的人的言论，以为他们自己对于文学的意见。然而诗人并不是和文学批评有特别的仇恨，所以特别反对；诗人对于无论那一种批评，都持反对的态度，因为他们所要求的，不是批评，却是非批评的赞扬。少年的歌德（Goethe）喊道："打死这个狗儿，他是个评书的人。"最近有一个莫理斯（William Morris），对于那种出售个人对于他人的著作的意见以谋其生的人，十分轻视。幸而文学批评的存在，不由于诗人的受惠，对于诗人，就是最上等的批评，也不能有多大的贡献；批评的存在，存在于没有诗人的天才又没有批评家的明察的人的感恩。今天晚上，我想说明诗人对于批评家的事业的观念是错的，并希望能使诸君相信我的话，因为批评家靠着存在的力，应当是诗人和批评家所共有的，这个力的秘诀，渐渐地入人之手，而人类由此而得的知识，已经把他们对于文学批评的观念改变了。这个秘诀是什么？文学批评跟了这个秘诀走到那条新的路上去？那就是

---

① 载《东方杂志》第23卷第8号，1926年。

我今天晚上演讲的题目了。

上　篇

十九世纪的末年,法国又占据以继承欧洲文化者为观众的舞台的中心了。世界各国,都引领而听法国人的讨论和演唱,讨论得最有精彩的,要算文学批评的权威问题了。详细地叙述《两球评论》的批评家,怎样拿新的科学的武器,拥护旧的规律,怎样严正博学,勒美脱尔(Jules Lemaitre)、法朗士(Anatole France)一班人,怎样主张自由运用鉴赏的心能,怎样艳丽智巧,思想怎样精雅柔密,不是我的目的,诸君或者早已知道。由争辩磨砺出来的几种言论,已经成为固定的泰斗,文学批评学上的名言了。例如法朗士的描写批评家,不是一个审定罪状的审判官,却是叙述他"游览名著时的奇遇"的一个敏灵的人。

法朗士是个印象派的批评家,他以为文学批评的作用,在于见了文艺的作品能生感觉,并且能把感觉表现出来。他似乎可以下的话表示他对于文学批评的态度:"这是一首美的诗,譬如说雪莱(Shelley)的《伯罗米修士的解放》(*Prometheus Unbound*)。读这首诗,我经验到一种深入我心的快感。我读这首诗的快感,就是一种评判,我还可以有更好的评判吗?我所能为的,只是讲明这首诗怎样感动我,我从这首诗得到什么感觉。他人读这首诗,能够得到他种感觉,表达出来,自亦不同,他们也有和我同一的权利。我们各人,要是很能觉察印象,很能好好地表现出来,就可自成一种新的文艺作品,来代替那种给我们感觉的作品。这就是文学批评的艺术,这个界限以外,文学批评就不能到了。"

照他那样说,岂不是把兴味从文艺作品移到他自己的印象上来了。如果我们把这点指出,我们并不是妒忌法朗士的得到快感,并不是反对他的崇拜感觉,他也决不会因此而手忙足乱的。假使你们问他:"我们并不是对于你个人有兴味,我们是对于《伯罗米修士的解放》有兴味。描写你自己的精神状态,不能帮助我们了解或欣赏这首诗的。你的批评,常常想抛弃文艺作品,把注意力集中于你自己和你的感觉。"

然而他可以从容地回答道:"你们说的话,完全对的。我的批评,固然有渐渐远离文艺作品而表现我自己的倾向;然而,一切批评,都有抛弃文艺作品而代以他物的倾向。印象派批评家,固然以他自己来代替文艺作品,请问其他那种批评能和《伯罗米修士的解放》日见接近呢?历史的批评,叫我们离开文艺作品,去研究文艺家的环境、时代、种族及诗派;叫我们去读法国革命史,葛德文(Godwin)的《政治正义》(*Political Justice*)、伊士奇(Aeschylus)的《伯罗米修士的被缚》及加尔德伦(Calderon)的《一件怪事》(*Magico Prodigioso*)那些作品。心理的批评,把我从这首诗提开,去从事于诗人的行传的研究;我本想欣赏《伯罗米修士的解放》这首诗,心理的批评,却叫我去熟识雪莱那个人了。武断的批评,根据规则和标准来评判文艺作品,也不能和文艺作品接近;这种批评,不使我知道雪莱的诗如何缺少戏剧的真际,如何不符这类诗的原理,却叫我去研究希腊的戏剧作家,莎士比亚,和亚理斯多德的《诗学》或达尔文的《物种原始》;这是叫我去研究其他作品,并不能帮助我了解《伯罗米修士的解放》。美术派批评家,叫我去研究艺术和美,更把我提开得远了。我希望你们不要自欺。一切批评,都有把兴味从文艺作品移到他物的倾向。别的批评家,给我们历史、政治、传纪、考据,或玄学。我只是重做诗人的梦,要是我似乎写得轻易,那是因为我已经醒了,自笑把梦境误作实情。我至少竭力想拿文艺作品来代文艺作品,文艺只能在文艺之中寻求变易的自我。"

把反对印象派的批评家答复法朗士的话,详细叙述出来,似乎太没意思了。攻击这派晚出的印象主义的主要武器,有文学学问和演化科学两种。然而前者笨重得不易使用,后者对于美术赏析是无用的。印象派的地位,至少有数方面是很巩固的;可是有两点易为反对者所攻击。反对者可以辩驳欣赏力可代学问或学问可代欣赏力的观念,因为欣赏力和学问,都是文学批评所至要的;他们又可以说欣赏力的相对,无论如何,不能影响权威。这样讲来,印象派文学批评的错误,只是没有像判断派文学批评那样利害罢了。

这种论辩,我如今一概不管;我要指出来的是:近今客观派武断派文学批评和印象派文学批评的互相攻击并不是一件新的战争。这种战争,要是不和诗人的感觉性同样的古,一定人类最初反省到诗的问题那时候已经有了。近世的文学,也始于同一的疑问,同一的论争。十六世纪时,意大利人组成一种古学的法规,控制欧洲凡两世纪,就是到了现代,如布轮退耳(Brunetiere)等人,还是处处遵守,不过披了自然科学的装饰品罢了。他们创设戏剧的三一律,更成立许多规则,诗人蒲伯(Pope)以为"依然是自然,是受了方法化的自然。"然而当斯卡力泽(Scaliger)倡言"亚理斯多德是我们的君主,一切文艺的永久权威"那时候,就另有一个意大利人阿累提诺(Pietro Aretino),深信天才的想像以外没有法规,个人的欣赏力以外没有判断的标准。

意大利人把火炬传给十七世纪的法国人,从十七世纪到现今,两派的争辩,在法国文学批评的演化史上,未尝有过间断。霸罗(Boileau)和圣退甫耳蒙(Saint-Evremond)的互攻,古学派和浪漫派的互攻,武断派和印象派的互攻……深入法人天性的相反性,实在也在文学批评本身的性质里边。请听下面的话:"我很自由的讲论味吉尔(Virgil),并不是要评定这个高尚诗人的价值,也并不是想损坏他的名誉。他的美丽的诗的贡献,世人自会继续思念的;我并没判断,或不过讲我所思,讲他的诗对于我的心所起的反应。"这几句话,的确出于勒美脱尔自己的口。"我并没什么判断;我只是把我所觉得的讲出来罢了。"这几句话,却是米耳(Chevalier de

Mere)说了。米耳是路易十四时代的一个才子,上面的两句话,是他写给权威总枢法国学会的秘书信里边说的。所以在霸罗的时代,已经有人以为文学批评只是"游览名著时的奇遇"罢了。

这种战争,绝对不是新的战争;这是文学批评上永久的冲突。无论什么时代,我们都可以看到印象主义(或欣赏)和武断主义(或评判)的彼此攻击。这两种批评实在是文学批评上的两性;我说无论什么时代都是这两种批评,就是说无论什么时代都有男性的批评和女性的批评。男性的批评,或者强以自己的标准用于文学,或者不强以自己的标准用于文学,然而总不会受制于他所研究的对象的;女性的批评,反应文艺的眩诱,有一种被动的快乐的。霸罗那时代,是男性批评强盛的时代,我们现代,则除大学以外,是女性批评盛行的时代了。要是不是神秘地竞敌着,这两种批评,就是没有最高的能力,也可以继续同时存在——判断派建立法令,成了勉强而不自然的标准和惯例,欣赏派则沉没于感觉犹豫昏迷之中。

然而我们细察现今这两派相反的文学批评,我们觉得两派并不是没有共同点的;其实两派只少有一种见解是彼此相同的,不过这种见解,是以前各时代的各种文学批评所没有的。希腊人以为文学不是创造力不能已的表现,是从理性出来的摹仿,或人生材料的重型;亚理斯多德说诗是人的摹仿性的结果,因为所讲的是或然的或可能的,不是真实的,所以和历史科学有别。罗马人把文学看作高尚的艺术,以为虽然假托快乐,其实是以人生理想感化人类为目的。十六十七世纪的古学派,大概多取这种观念;他们以为文学是一种训练,是一种研习古代名著而得的手艺,以希腊、罗马文艺对于自然的解释为指导。照这类人看来,文学是理性的产物,和科学或历史是一样的。十八世纪时代的人,引进许多含糊新奇的标准,如"想像""情绪""欣赏力"之类,文学批评因以繁复,然而他们和古代传习脱离的,也只有一部分罢了。

自从浪漫运动勃兴以后,发生了一种新的意思,把十九世纪的一切文学批评统归于一了。十九世纪初叶,斯塔厄尔夫人(Mme. de Stael)等人,创立一种观念,以为文学是"社会的表现"。库争(Victor Cousin)首创为艺术而从事于艺术的一派,更说明"基本的规则是:表现是文艺的最高规律"。其后有圣柏甫(Saint-Beuve)者,发达这种学说,更拿例来说明,以为文学是人格的表现。泰尼(Taine)受了自然科学的影响,得了黑智尔(Hegel)的暗示,发生一种观念,以为文学是民族、时代和环境的表现。极端的印象派,以为文艺是细妙活动的感觉或人生的印象的精雅的表现。以上许多批评家和理论家,对于文学所表现的是什么一个问题,立说虽有不同,有的说是经验,有的说是情感,有的说是外界的,有的说是内部的,有的说是个人自己,有的说是个人以外的事物;然而,视文学为表现的艺术,却是各派批评家的共同观念。

现今一切客观的、武断的,或印象的批评家,事业虽大有不同,可是他们的一切著述,总有表现的观念。他们彼此都有这一点血统的关系;他们不仅是男子和女子,简直是兄弟和姊妹;他们的父或祖父,同是圣柏甫。我们读尼采的《偶像的薄暮》(*Twilight of the Idols*),细察他对于圣柏甫的天才的精确分析,很可以看得出圣柏甫的根本能力的两方面,就是女性的敏感和男性的客观。尼采以为圣柏甫并"没有一点男性;漫游于雅致、离奇、疲倦、柔弱的人们之间,只是一个女子,有妇女的复仇性和感动性,他是一个没有标准没有坚志没有脊骨的批评家"。尼采这里所批评的,是印象方面的圣柏甫。可是尼采同时又骂圣柏甫"拿客观二字作假面具"。其实这客观方面的圣柏甫,成为一切历史派、心理派批评研究的源泉,这几派批评,影响及于现今的文学思想,无形中引导思想自经验研究走到经验规律。圣柏甫以后,两派的谱系,不难推考:一派从圣柏甫经过为艺术而艺术而至印象主义,一派从圣柏甫经过泰尼而至布轮退耳和他的同党。

法国的批评,注重表现的观念,已有一世纪多了,可是除德国思想的少数含糊应声以外,法国还没有人想了解批评的美术的内容。赫德(Herder)和黑智尔间的德国人是最初给表现原理以哲学的解释及根据表现原理创设批评方法的人。那时一切哲学思想的力,都集中于这个中心概念,批评家都竭力地开凿这个金库去富裕他们自己。我想诸君大概还记得喀莱尔(Carlyle)描写那时代德国批评的成绩的一段著名文章。喀莱尔道:"文学批评在德国已经得到一种新体了。这种新的文学批评,从他种原理出发,怀抱较高的目的。主要的问题,现在已不是半世纪以前多数批评家研究的关于文质、比喻连接、情绪适合,文艺作品中论理的真理的问题,也不是现今第一流英国的批评家常研究的心理的问题,当自诗人的诗发见和说明诗人的特殊天性以解答的;却包括其他的两个问题,是个关于诗的本身的特质和特殊生命的问题。现今的问题,不是决定爱迭孙造句作喻的方法,是莎士比亚如何组织戏剧,如何能以生命和特性给亚立厄尔(Ariel)、汉姆列德(Hamlet)的较为精微神秘的方法。生命在什么地方?人物如何能得到那种形像和特性?能使人物全身发光和能像有魔力的射入一切人心的冲天的火,到底从什么地方来的?莎氏的戏剧,是否不仅逼肖,且是真的?不杂的实际的特质,既以较能表现的明喻表现于戏剧,他的戏剧,是否比实际还真?这个快乐的单位是什么?各种著作,既出于思想的普通分子,发达而成形体,更自己向外发展,我们加以较深的思虑,是否可以明悉这个快乐单位是不可再分的,必然存在的?我们不但要问那个是诗人,他怎样作诗,还要问什么是诗,怎样算是诗,为什么是一首诗,不是叶韵的演说词,为什么是创造,不是比喻的情感?这些都是批评家应当研究的问题。文学批评,是个解释的人,居于感发和没有感发的人之间,居于先知和听先知之言,得到一点物质意义而不能了解精深关系的人之间。"

我怕没有一个德国的批评家,能完全实现这个理想;然而德国人能创立这种原理,就是实施上没有相当的例证,也算是他们的成绩了。德国人最初发见艺术只要能够把自己表现出来，已经尽了艺术的作用了；德国人最初以为文学批评是表现的研究。歌德道："有一种是破坏的批评，有一种是创造或建设的批评。"第一种拿机械的标准来考验文学，第二种解答根本的问题："作者心中原定的计画和目的是什么？实施他的计画，得到怎样的成功？"喀莱尔在论歌德的一篇文章里面，说道：批评家最重要的责任，在于看清究竟"什么是诗人的真实目的，他要作的事业怎样立在他的眼前，他运用搜集的材料得到怎样的成绩。"——差不多用歌德自己所说的话。

　　这是中心的问题，近世一切文学批评的北斗。从哥尔利治（Coleridge）到佩忒（Pater），从圣柏甫到勒美脱尔，一切批评家所从事研究的，都是这个问题，不过有的不获成功罢了；就是自欺的批评家，以为研究的是其他的问题，其实还是这个问题。这不是亚理斯多德时代的批评家的理想，那时批评家和他们的许多后学，贬斥一部文艺作品，以为是"不合理性的，不可能的，于道德有损害的，自相矛盾的，和方法的真确不合的。"这不是霸罗攻击塔索不把世俗神话输入史诗而把耶教神话输入史诗时所用的标准；也不是爱迭孙拿勒波绪（Le Bossu）的规则考验《失乐园》时所用的标准；更不是约翰孙博士痛惜《李尔王》（*King Lear*）没有善恶因果或武断地说莎士比亚不应该"数郁金香的条纹"时所用的标准。诗人想做的是什么东西？他对于他的志愿究竟达到什么程度？他竭力的想表现的是什么？他怎样表现？他的作品对于我有点什么印象？我怎样才能最完善地表现这个印象？这些是近世批评家对着诗人作品所发的问题。要想解答这些问题，只有一个警戒应当注意，就是：判断诗人的意愿，应该在见于文艺作品的创造活动那时候，不应该依据创造活动已成功之前或后诗人自以为是真正意愿的那个含糊大志。

下　篇

　　表现的原理，视文学为表现的艺术的概念，是一世纪以来一切批评家的共同点。然而对于这个基本观念，发生了多少荒诞之说，多少复杂的系统，多少混乱的现象；批评家的完全了解这个观念的意义，何等迟缓。要想认清这个赤裸裸的原理，非先扫除一切混乱复杂的情状不可；对于这个原理看得最清楚，推求效果最多智力和毅力，要算现今意大利的思想家和批评家克洛栖（Benedetto Croce）了。自从七八年以前，巴尔福先生（Mr. Balfour）在他的《近世罗马文学演讲录》里边正式介绍之后，克洛栖在用英语的世界的地位，日益强固。可是我不必有人介绍，才去研究他的著作；我早就投入他的旗帜之下了；如今我所说的，也以他为根据。他把美术的思想从文艺是表现的概念，推考到一种结论，以为一切表现都是艺术。详述对于这个结论的反对和赞成的争辩，既不是时间所允许，也不是理性所要求。要是这个表现原理一旦为人承认——其实近世一切批评家已混杂地承认一部分了——文学批评上的死物和野草,就完全扫除清楚了。我现在只在指出这个死物和这些野草。换句话说,我们要考察这一世纪的批评思想和实际,究竟归到什么结论,旧的批评和旧的文学史上有什么分子已经不见于新的文学批评了。

第一,我们已经打破一切旧日的规则了。提起"规则"二字,已足使吾人回想到魔巫的时期,使近世人记得那没理由禁止神话故事的英雄述说的那些神秘文字。规则是野蛮的禁律的遗物。亚理斯多德从文学的经验把他自己限制在经验的归纳范围以内,他的著作里边,只有几条不自由的规则,然而到了后期的希腊修辞学者和罗马人,经验的归纳,就硬化而成为定理了。贺拉西(Horace)为未来的戏剧家制定规律如下:"你必不当令三个演员同时扮演于戏台;你必不当使你的剧本超过五幕。"推考这种规则的历史,或表明其数目如何增多,十六十七世纪的古学者如何把这些规则排列成为系统,如何压迫那时代的创造艺术,似乎都不是必要的。这些规则,始终不能没有反对的敌人。我们知道阿累提诺(Aretino)怎样攻击斯卡力泽,圣退甫耳蒙(Saint-Evremond)怎样攻击霸罗;无论什么时期,诗人往往越出规则而不失其美,使批评家看着惊异;到了十八世纪之末,浪漫派学者,始把这些规则完全逐出于文学批评的范围以外了。现今的迂腐,从历史上借了"成规",从科学上借了"方术",以代过去时代的旧程式;其实这些东西,不过是旧的机械规则的新名称;一旦文学批评明白地承认各种文艺作品都当受治于其自己的规则的精神创造,这些东西自然也自行消灭了。

我们已经打破文学的种类的分别了。文学种类的历史,和古学规则的历史不能分离。若干文学作品,有许多相似之点,为便利起见,归成一类,例如抒情诗、喜剧、悲剧、史诗、牧歌等;古学学者,不察所以,把各类制成固定的规律,以为是不可违反的。文学种类的分离,是古学主义制定规律的结果。喜剧不能和悲剧混合,史诗也不能和抒情诗混合。可是规律初经成立,已为不耐受或不知道这种束缚的艺术家破坏了。批评家没有法子,只得勉强解释此类违反规律的理由,或渐渐的改变规律的本身。要是文艺是有机的表现,我们对于各种文艺作品都应该问:"这种文艺作品所表现的是什么?表现得如何完全?"那末,是不是和批评家的分类符合或是不是和从分类而来的规律符合的问题,就不能占有地位了。抒情诗、牧歌、史诗之类,都是抽象的名词,在文艺世界上是没有具体的真际的。诗人无论怎样受这些假伪的抽象名词的欺骗,其实并不在那里作史诗、牧歌,或抒情诗;他们只是表现他们自己,这个表现,是他们唯一的体裁。所以文学的种类,不仅三个、十个,或百个;有多少个别的诗人,就有多少种类。这种分类的谬误,在文学史上边,最为显著。莎士比亚著有《李尔王》、《维那和阿多尼斯》(Venus and Adonis)及许多十四行诗。诗学史家把这三种作品彼此分开,这三种作品不复和独一的创作家联接,倒和没有多大关系的他种作品归入一类,创作的艺术家的莎士比亚,不知成了什么了?把英国文学史分成多部,而标以喜剧、悲剧、抒情诗等目,完全误解文学批评的意义了。要是材料不是机械地关连,而分成多部,勉强排入,则文学史就成为逻辑的背理的东西了。这些名词之中,只有一个似有深义,就是用"抒情"二字表文艺的自由表现。一切艺术,都是抒情的,《神曲》、《李尔王》、罗丹的《思想家》(Rodin's "Thinker"),帕德嫩(Parthenon)、柯乐(Corot)的写景,巴哈(Bach)的追逸曲,或当坎(Isadora Duncan)的跳舞,或海涅(Heine)、雪莱的歌,那一个不是抒情的?

我们已经打倒喜剧的、悲剧的、超卓的,及其他许多相类的抽象名词了。这些名词,发生于亚历山大时代的批评家的类推,到了十八世纪,更得到一种新的生命契约。格雷(Gray)和他的朋友卫斯特(West),互通书牍,讨论超卓的问题;其后席勒尔(Schiller)分辨朴素和感情;保罗(Jean Paul)下诙谐的界说,黑智尔下悲剧的界说。要是这种名词是代表艺术的内容的,则可和快乐、仇恨、忧愁、热心归入同类;我们说某诗是喜剧的,就应该和说诗中的快乐表现用一样的普通方法了。要是这些名词是代表诗的抽象的分类的,则用于文学批评,和文艺的性质根本不合。每个诗人,各以他自己的方法重表宇宙,无论怎样一首诗,都是一种新的独立的表现。所谓悲剧的,在文学批评上并没有存在的地位,文学批评上只有伊士奇和加尔德伦,莎士比亚和拉辛(Racine)。用"悲剧的"三个字来表示相似的诗,固无不可,若是想寻出规律来范围和拿了这种规律来考验创造的艺术家,那就不过给旧时规则观念以一种较为抽象的形式罢了。

我们已经打倒文笔原理,暗喻、明喻及希腊罗马的修辞学上的一切名称了。这种名词的存在,由于误认文笔是和表现分离的,可以加入,也可以从文艺作品中取出,是笔的修辞,表面的装饰,不是诗人个人的真际观念,不是他"全身的音乐"。然而我们知道文艺是表现,本身已经完全,把他改变,是创造其他的表现,也是创造其他的文艺作品。譬如诗人描写春天,说:"如今是血流于金的时候"。他并不是用来代替"血在我们的血管里丁丁作声"等表现的;他表现他的思想已经完全了,除掉他自己的语句以外,没有其他的语句能和他的语句相等的。这种语句,在教科书上边,仍旧称为暗喻;可是暗喻,明喻和古代修辞学上的一切旧名,都不过是黄道带上的十二宫,魔巫的咒语,星占学上边的程式,只有喜欢古董的人是喜欢研究的。照蒙旦(Montaigne)看来,这些名词,很像"侍婢的空谈";照我看来,很像许多女教师的沉浊的歌唱。我们如今还可以听到人们讲什么"超卓的文笔",论文笔的文章,还同两世纪以前的"诗的艺术"一样,继续地有人在那里写。可是文笔的原理,在近世的思想上,已经没有真正的位置了;我们知道离开文艺作品去研究文笔,和离开滑稽艺术家的作品去研究滑稽的原质,是一样的不可能的。

我们已经打破文学的一切道德的判断了。贺拉西说,快乐和利益,是艺术的目的,批评家对于"快乐"和"利益"两名词的争辩,已经过许多世纪了。有的说诗的目的在乎训诲;有的说仅在娱乐;有的以为训诲和娱乐都是必要的。浪漫派批评家,最初发现一种原理，以为舍表现以外，文艺没有其他的目的；表现完全，目的也就完全了；"美是文艺存在的唯一原因"。谋道德或社会的进步，不是诗的作用，正和传播世界语的不是建筑桥梁的作用一样。要是诗人的成绩，是表现他所选的任何材料，而表现得又很完善，道德观念在文学批评的判断里边，显然不能占有位置。视诗是道德的或不道德的，和说等边三角形是道德的，两等边三角形是不道德的，或讲乐器的弦或峨特式的拱不道德，一样的无意义。只有在以下的餐后谈话的世界，或者有这样的谬论："这盆花椰菜，要是预备的时候，能和国际公法符合，那就好了。""你知道我的厨子为什么能把馒头做得这样好？因为他从来没有说过一句谎言，从来没有骗过一个女子。"我们考验工程师的筑桥或科学家的研究的时候，并不想到什么道德不道德；我们可以进一步说，寻求真理，不顾道德的原理，是科学家的道德责任。美的世界，和这些标准隔离甚远；既不以道德为目的，也不以真理为目的。美的想像的创造，不想假冒实际，所以不能拿实际的标准去判断。诗人之为诗人，其唯一的道德责任，在对于他的艺术表示忠实，在尽力表现他的实际的幻想。假使诗人所倡导的理想，不是我们最欣慕的理想，我们应该不归罪于诗人，而归罪于我们自己：因为在专计道德的世界，我们不能供给诗人以适当的材料，去建造较为高尚的大厦。现今没有一个有权威的批评家，拿伦理的标准去考验文学了。

我们已经打破戏剧和戏园的混杂了。戏剧戏园的关系，在戏剧批评上闹得已逾半世纪了。戏剧不是创造的艺术，是戏园的物质环境的产物：这种学说的发生，远在十六世纪的时候。那时代有一个意大利的学者，最初主张剧本须在某种拘束的物质情形之下，于许多复杂的观众之前，在戏台上表演的；戏剧的表演，发生于这种情形，所以观于剧本给复杂的观众的快乐，就可以知道剧本的价值了。几个德国的浪漫派批评家，因为要解释莎士比亚的戏剧不合古学规则的理由，遂拿这种观念作根据。他们以为我们不当拿希腊的戏园的规则，去判断莎士比亚，因为戏剧是戏园情形的必然的产物；这些情形，在依利萨伯时代的英国，和在伯里克理斯（Pericles）时代的雅典不同；所以拿索福客尔（Sophocles）的规则去评判莎士比亚，是绝无谓的。这样免除误解的成见，能使许多新学者表同情于莎士比亚，能达到一有用的目的，好似一个极有价值的论证，叫人赞成高尚的著作，逃避专制的世界。可是有了这个成绩，效用虽则已经达到，生长还没完竟。这种观念，发达而成为系统，成为戏剧批评家的武断信条，成为十七世纪的古学规则的现今的代替物了。其实呢，评判戏剧艺术家，不当于评判创作的艺术家的标准以外，再去寻其他的标准；我们也只要问他想表现的是什么？他怎样表现？戏园不但是艺术，也是一种营业，这固然是不错的。戏园既有营业的性质，自然渴望剧本的成功。一个法国的老批评家说："剧本的成功，可以说是编剧的人的手腕的高妙，然而不容易就可说是剧本的有价值。"所谓"成功"的考验，是一种经济的考验，不关于艺术或艺术的批评，是经济学上的问题。研究戏园的变迁情形和观剧的人的好恶的改更者，对于经济史及社会史，都有极有价值的贡献；然而对于文学批评和艺术的戏剧，并没有同样的关系，我们不能根据一部出版者的营业和其对于诗人个人经济的影响的历史，来推求诗学变迁的历史。

我们已经打破方法和艺术分离的观念了。我们在上文已经说过，文笔不能和艺术分离；方法论也坐同样的谬误，我们切不可因为方法论有假的科学色彩，就被欺骗了。王尔德在一篇《论艺术家的批评家》（The Critic as Artist）的谈话里边，说："方法其实就是人格；艺术家不能教授方法，学生不能学得方法，只有爱美的批评家能够了解，都是这个缘故。"王尔德这篇谈话，虽则间有乖戾和似是而非的议论，很多精深独到之处。诗的方法，绝对不能和其内部的性质分离。除勉强或为便利起见以外，诗律学的本身，是不能研究的，因为诗律是一首诗的本质之一。没有两个诗人，拿同一的音律作过诗。譬如密尔顿（Milton）的"These my sky-robes spun out of Iris' woof"的一行诗，叫作什么扬抑五步律；可是就艺术而论，如果说它和其他同样音律的诗行有相同的地方，就完全不对了；密氏这行诗，只是这样一行诗。

我们已经打倒诗题的历史和批评了。宽泛地讲，我们就可用"取题"二字，如伊士奇和雪莱的取伯罗米修士、丹第（Dante），菲历普斯（Stephen Phillips）及邓南遮（D'Annunzio）的取里米尼（Francesca da Rimini）的故事，或马罗立（Malory）和丹尼孙（Tennyson）的取阿塞王（King Arthur）的故事；然而严格地讲起来，他们并没有取用同一的题目。雪莱不过借伯罗米修士作个招纸；他在那里表现他的艺术的人生观，不是叙述伯罗米修士的历史。他的作品的所以重要，是因为有生动的热情，所以批评家对于诗人的作品，应当研究它的生动的热情，不必去管它的招纸。有些批评家，主张用现世的材料作诗，赞扬以现代的生活为诗题的诗人，我们也可拿同样的话来对他们说。假使批评家可以预先决定诗的材料，或强迫诗人用什么诗题，诗人怎么能够止用现代的材料呢？二十世纪的诗人，就是他想像他在那里讲希腊或埃及的人生，怎么能够除最外表的和肤浅的以外，尽述现代的生活呢？最古的时候，就有好嘲笑的人说："艺术里边没有什么新的东西，没有新的题目。"我们把这两句话倒转来，也是对的。艺术里边，没有旧的题目的；无论什么题目，一经诗人的想像的转化，就变作新的了。

我们已经打倒诗人的作品的民族、时代和环境之为批评的分子了。研究文艺作品的这几方面，是把文艺作品看作历史上或社会上的文件，结果是文化史上的贡献，在艺术史上并没有多大兴味。"不同时代、环境、民族，和诗人的情感，我们只问他拿着材料做什么？他怎样转化实际为诗？"批评无论什么文艺作品，都应该注意这两点。解答意大利批评家对桑克替斯（De Sanctis）的这个问题，就是真正尽批评家的职务，是以公正的意义解释"表现"，使爱美的文学批评脱离由泰尼派所加上的文化史的束缚。

我们已经打破文学上"演化"的观念了。进化的观念，十七世纪时始用于文学，可是那时已有巴斯噶（Pascal）指出科学和艺术的不同；科学得到知识愈多，就愈进步；艺术的变迁，却不能归纳到任何进化的原理。进化的原理，本在依勉强评定的诗人的价值，排列诗人的次序；可是依价值而位置诗人这件事，除开什么"佳著百种""名著五架"以外，早以不见于世了。十九世纪末叶，批评家从科学借到"演化"一名，这个旧的进化原理，就发生一种新的气象；可是这个观念，对于艺术的自由和创作的活动，根本误解。艺术的"原始"的研究，也有相似的误解，因为艺术是没有和人类生活分离的原始的。艺术有时极为简单，有时极为繁复，然而始终是艺术。研究古代的简单艺术，也有利益；可是人类学者的研究，如果人类学者不拿研究最高的艺术的精神来研究最简单的艺术，换句话说，如果人类学者不是爱美的批评家，对于文学批评，就没有多大的关系了。

最后，我们已经打破旧的天才和鉴赏力的分别了。文学批评把"诗人想表现的是什么？他怎样表现？"的问题引为真正职务的时候，解答的可能方法，只有一个。批评家要是不是创作家，如何能解答这个问题？这就是说：鉴赏力必当在心神里边把文艺作品重作一过，才能了解和评判文艺作品；在那重作的时候，美术的评判，就成为创作艺术了。天才和鉴赏力的证明为一物，是近世思想对于艺术问题的最后的成绩，意谓在最重要的时候，创作的本能和批评的本能，简直是一物。从歌德到卡莱尔，从卡莱尔到亚诺尔特（Arnold），从亚诺尔特到薛蒙士（Symons），对于文学批评的"创作的作用"，讨论甚多。所谓"创作的作用"，以上诸人，各有不同的见解；亚诺尔特以为文学批评的创作作用，仅在创造富于知识气象的时期——这似乎是极重要的社会作用，完全和美术意义无关。可是这些人对着进行的最后的真理，比我所说的更属根本，可以打倒对于鉴赏力一切旧的没精彩的议论。文学批评毕竟可以免除其从来的自轻观念，知道美术的评判和艺术的创作，是有同一精神的本能。天才和鉴赏力的合为一物，虽则不能总括复杂困难的批评艺术的全部，然而没有二力的连合，文学批评实在是不可能的。谢林（Schelling）说："天才之于美学，犹自我之于哲学，是唯一最高的和绝对的真际。"我们知道对于实现不易解释的东西，正是以魔力给诗的东西；理知可以拿小问题来问诗情，诗情不能担保必有回答；为文学艺术的明镜的批评艺术，天神所以能将秘诀私传给它，只是因为他们深悉鉴赏力和天才原是一物。

现代人的现代文[①]

唐钺

小　引

　　现在人要采用怎样的一种文字的问题大部份就是文言与白话的关系的问题。文言白话的争论,在今日已成了陈旧的题目。无论是偏于那一方面的人,其中都有许多以为此事早已不成问题。自甲派的眼光看来,古文也者,光芒万丈,亘古常新,毁之者如"蚍蜉撼大树,可笑不自量"也已！自乙派看来,白话文的奋斗,早已奏了凯歌,现在即有一两个顽固党人昌言反对,也止算古文濒死时的挣扎喊叫,毫无注意的价值。所以在今日还对于这个旧题发话免不了要被人家目为失时。但本篇所以又牵涉到这个题目,却有一些理由。一来,近来反对白话的人数目并不算顶小。无论他们有没有正当的理由,我们不妨把他们可以有——而未必想到——的理由考察一番。二来,若取寻求事实的态度,则天下没有旧的题目。譬如排满在今日是旧题,但我们若对他作历史的研究,也未尝不可。何况言文之争还不是那样旧的题目呢！三来,我们希望可以根据这样的讨论,进而作些积极的工夫。

　　要讨论这个题目,不可不对言文合一的意义先有了一个适当的了解:因为主张"白话文"的人往往以言文合一为主要的理由,而反对的人则大多以言文终不能合一为根据。

一、言文合一的意义

　　言文合一,可以有两种解释:一是绝对的,二是相对的。第一种解释是说言语与文字要同一——话怎么说,文就怎么写。第二是说语言与文字,虽然不必——或

[①] 载《东方杂志》第23卷第12号,1926年。

者不能——同一,但至少须有一定程度的合符。

甲　言文合一的绝对论之困难

我不知道有以言文要同一——绝对合一——的说为主张白话文的理由的人没有。假如真有,他就免不了有好些困难。

（一）文字终赶不上语言。文字与语言当然都以发表人类的思想（取广义包情感等）为目的。就大体说,语言的变迁没有思想的变迁那么快,而文字的变迁又不及语言那么快。语言所传达的大都是思想中已经有了相当的语言可以表达他的那一部分;唯有天才才能够创造新语言以发表他的新思想。但这种所谓创造,也止限于离合并精炼旧的元素以得新意义。实际上新语言的发生乃是许多人不自觉的贡献,而非任何个人的有意的创造。语言赶不及思想,既然这样;文字也赶不上语言。文字所纪载的不过是语言中已有了相当的文字的部份。日常语言,虽然天天变化,但文字不能就把这些变化表出来;这正如乡下人学都会的时妆一样,到了他学像了,都会又有新花样了,所以终古是赶不上的。即今日的"白话文",也不能把每天发生的新话都表现在文字上。无论那一时代那一民族,文字都赶不上语言。这种现象的主要原因是:语言是我们与当面说话的人公用的符号,而文字是我们与异时异地的人公用的符号。时间与地点相隔越远,在我们发表思想以前所已经和旁人共同默认过的符号越少,也越是旧的。所以文字的变化总要比语言落后。这是言文不能绝对合一的一个要因。

（二）后人模仿古人的文字,但无从模仿他们的语言。古人死了,他的语音也随他消灭了。但他的文字,无论是否他的糟粕,因有书卷保存他,就受了后人的讽诵。假如他的文字写得好,尤其受人反复诵读。因此就生了两种作用。一种是有意的模仿:因流传于后世的古书,大半总不是十分坏的文章;读者握笔作文时免不了要存心模仿其中的词句——不管这些词句是否他的精彩所在。一种是无意的模仿:古人文字被后人读得烂熟,成了后人的思想的一部份,因之这些,后人作文时古字古句就要不知不觉地脱手而出。作文的人既然这样地以古人的文字为模型,当然他所用的文字和他所说的语言渐差渐远了。

（三）古则雅,今则俗。人之常情,愈古的东西,就觉得他愈雅,文字也不能逃出此例之外。这事的原因很复杂;这里止能略略一说。一由于古物之难得,物罕则见珍,见珍则雅。彝器如此,文字也这样。文人常用生僻的古字,就是这种心理的推扩。顾炎武虽然能诋人家用古字,而自己欲复三代的语音,也正坐以古言为雅言的缘故。二由于后人往往把古代加以理想化。我们不见古人,每每想像他的生活近于理想;所以黄金时代必在上古。古人的文字使我们联想他的"理想的"生活;所以觉得这种文字优雅。慕李白的生活的人喜欢学他的诗,也由于此种倾向。三由于今人的语言因其为日常所通用,往往使我们联想到现世的具体的情境——许多不满意的不纯洁的事情。古人的文字,因为与现行语言不同,不会生这样联想,所以我们觉得他比较地不俚俗。例如"叱嗟！而母婢也！"在战国时是句骂人的话,当时人必定觉得他不雅;但在今日因与我们的话相差甚远,则不甚觉得这话鄙俚。又如《水浒传》常用以指男子生殖器之单音字,因为在今日普通话中已经不用,还有人把他夹在文中。但我还没看见过今人的文字采用今日普通话用以指此物的名字。这正是愈古则愈不俗——愈雅——的好例。这种古则雅,今则俗的心理作用,使文人趋于仿古,而文字就与现行语言不能相同了。

（四）文字专为将来或异地的人而作的。语言的用处止于一个短时间内一个人的语音可以被人听到的地域内。要传达我们的思想到这时间及地域的界限以外,不能不借文字。文字因为他的功用与语言的功用在时间空间上有不同,就不得不于别方面也与语言两样。

（子）通常文字比语言简省。因为说话的工具就在人的身上,比较地便当;我们与人对话,都很随便——多加几个字,多说几句话,都不至十分费事。但文字要有外物才能够写出:为经济起见,不得不求简省。今人作文字,至少要有纸笔,这两件东西就不是随时随地有的。古人所用写文字的器具当然尤其难得。我们今日的语言与文字固然不同,就在古人,这两件也不能同一。古人的简牒和刀笔那样难制,那样笨重,使他们对于文字不能不力求简省。因此"简"字有两个意义:一是竹简,一是简省。书于竹简者必须简省,故由竹简引伸为简省。古人的文字把他们的语言化为简省的方法,在今日剩下的古书中还可以窥见,兹举一二示例。

（1）以单字代语言中的双字语。许多外国人说中国语在古代是单音的,后来才有了双音语。这是武断的话。诗"于以采蘩"之"蘩"是单音语,但"参差荇菜"之"荇菜"是双音的;"我心匪石,不可转也"之"转"是单音,但"辗转反侧"之"辗转"是双音。《论语》"有朋自远方来"之"朋"字是单音,"与朋友交而不信乎"之"朋友"是双音。"凤兮凤兮"之"凤"是单音,"凤鸟不至"之"凤鸟"是双音。其中双音语是直写当时的白话,单音语则由简省而来。由古人全写出来的双音语以推测其未全写出的双音语,可以知道古人的文字一定比他们的语言简省。又如《大学》"上老老而民兴孝,上长长而民兴弟"二语,以古代语言的纽之少,声（四声之声）之少,他们若照这样说话,恐怕没有人听得懂。即如"上长长"三字,古音念来就好像 dhang-tang-tang。这样看来,他们的语言一定没有这么简省。

（2）省去不关紧要的字。这样被省去的字,通常是后人所谓虚字,即代名词、接续词、介词、助词;但也有别类的字。例如《论语》记孔子的话有"君子不器""吾不试,故艺",又有"以吾一日长乎尔;毋吾以也。居则曰'不吾知也'。如或知尔,则何以哉？"如说当时人说话,都这样简省而旁人听时一点不至于误会,很难使我们相信。

以上说明文字因为将来或异地的人而作,不得不比语言简省。

（丑）通常文字比语言更加雕饰。这有两种原因,一由于文字既为将来或异地的人而作,则没有语言那样急迫着要说,多少总有些时候可以让我们斟酌,因此文字普遍总比语言精美些。二由于所告语的人既不与我们对面,则我们说话没有自己纠正的机会,所以不得不求字字妥当,句句恰好。因此文字也就比语言更含修饰的工夫。

(寅)文字通常须避开方言。因为文字多数是为远地的人而作;远地的人未必懂我们所在地的方言,我们作文,许多时候不得不避开方言。例如春秋时楚人谓乳"穀",谓虎"于菟",但假如楚人致书于齐人,止好说"虎乳",不能说"穀于菟":这是容易明白的。

(卯)文字通常要避开一时流行的新语。因为文字通常是要给后来的人看的,而现时流行的话,到了后来,未必还有人用他,作者若不避开新语,就有读者看不懂的危险。如元曲中之"九百""胡柴"等语,今人非经研究,则不知道是什么话。又如《荀子》《战国策》都以"案"字为语助,今人对于此字的意义,还是没有定论。可见一时代的特别话每每须避开不用。

以上说文字因是给将来或异地的人看,不得不与语言差异的四种原因。连首三段所说,文字所以异于语言的理由,共有七种。虽未必列举无遗,言文不能合一的理由,大要不出乎此。

读者大约还没看到这里,已经怀疑我是反对"白话文"的人;因为文字既是有这许多理由使之不得不与语言歧异,那末,我们何必提倡什么"白话文",还是"率由旧章",做我们的古文罢!但我上文所说的不过是"一面之辞";请读者且慢下断语,忍耐地看下文所说的那一面之辞。

乙　言文合一的相对论

下文所要说的要点是文字虽不能绝对与语言同一,却不可不与语言有某限度的合符。仍略仿上一大段所标的节目逐一讨论。

(一)文字不可比语言过于落后。文字固然赶不上语言,但像中国十年前的标准文字未免与语言相去太远了。一个时代有一个时代的物质的和社会的环境;一个时代有一个时代的观念与感情。今日的标准文言,至少是一千多年前的产品。韩愈、柳宗元虽还舍不得"文以载道"的老招牌,但却也多少创造些新的词语,新的文法。所以他们的文章也确然有些特色。现代人还抱着这一套的文字来表现现代的思想,就成了韩柳的罪人了!

有人说:思想虽是变迁,添造些新名词,也就够应付了,何必采用白话。但思想的变迁,不是单靠新名词所能应付的。思想愈复杂,则文法的变化也要愈复杂。在今日而还想专靠"之乎者也"等类虚字,以表现一切文法上的关系,不得不弄到"捉襟见肘"。近年往往有叙述自然科学事实的文字,其中"之乎者也"的用法大乱人意。这并不一定是作文者的不文,乃因为作文者为习俗所移,以为"的了么呢"不可入文——也不可入科学文——因此做出这种"吃力不讨好"的事情来。所以在今日不特要增加名词,并且要采用白话的文法及他所含表现文法上关系的字。如此则文字不至比语言过于落后。

(二)模仿前人的文字不能过某限度。固然我们不能不读古人的文字;既然读了,也不能不有意或无意地模仿他们的文字。但这须有两层的限制:一,我们止可利用其中在现代还能够表现明确的思想的。其中缺乏这种功用的要完全摈弃。例如左几句话:

性者情之体,情者性之用;抱神以静谓之性,接物而动谓之情。

读起来好像煞有道理;若细细考究,就不知道他实在说些什么。这种文字是要不得的。二,要尽量增加新名词新文法,使不至硬把新思想挤在旧文字里头,弄得眉眼都辨不清楚。有了这两种限制,我们才可以驱使古文,而不为古文所驱使。

(三)古则泛,今则切。上文已经说过,因为古则雅,今则俗的趋势,文字不能全不用古字古文法。但在另一方面说,文字又不能全不用现代语。因为许多古语是代表古代的环境与思想,在当时或者都有极确切的意义;但时移代换,到了今日,他的意义就成了极模糊极空泛的。结果,仿古的文字容易流于笼统,流于虚伪,乃至奄奄无生气。反之,现代语代表现代人的环境与思想,他的意义比较地清楚真切。例如说"道每下而愈况"虽是古雅,终不如说"真理越是在浅近方面就越明白"之确切清楚。因此,用现代语作文比较地不容易流于虚伪,比较地生动,比较地逼真。这样,文字也不得不接近白话。并且古则雅的原则大部份靠在人类慕古——把古代理想化——的趋向。这种趋向,固然未可厚非,但也不可任其过度发达。否则使人们想避免对实在的奋斗,而走入幻想的途径,那就是向退化的方向走了。要制裁这种趋势,不得不使文字接近现代语。

不特这样,许多认白话为俗的人恐怕不觉得这一句话实笼统到十二分。通常以"雅""俗"对待,不雅即俗,这固然是可以的。但这两字的含义很多,不可混为一谈。今姑粗略地分说一下。(1)如《颜氏家训》说:"齐朝一士夫尝谓吾曰:'我有一儿,年已十七,颇晓书疏。教其鲜卑语及弹琵琶,稍欲通解。以此伏事公卿,无不宠爱。'吾时俛而不答。"这个"士夫"的话可以斥为"俗"到不堪。这是因为他的话显示其人格之卑鄙,与其表示此意之语言无涉。(2)如谢安兄子比飞雪为"撒盐空中",道韫比为"柳絮因风起"。我们谓前语为俗,这关于命意的不同,与白话文言的区别没有关系。(3)如《水浒传》述李逵才见宋江时说:"莫不是山东及时雨黑宋江?"又说:"我那爷!你何不早说些个,也教铁牛欢喜。"这样说话也可以叫做"俗"。但这乃"村野"之"俗",并不是因为《水浒传》用白话叙述而才变为俗。(4)如以不正当的态度指说生殖及排泄作用,也叫作"不雅"。这更与用不用白话无关。总之,无论我们认人格卑污(1)为俗,或立意平凡(2)为俗,或出语村野(3)为俗,或出语秽亵(4)

为俗,都不能说唯有白话才会这样俗,文言绝对不会的。所以文字并不一定会因采用白话而弄到不雅。

(四)文字因为将来及异地的人而作,不得不比语言简省,多加雕饰,不得不避开一个地方或一个时代特有的话,固然是事实;但也有不尽然的地方。

(子)文字往往要比语言详尽。当面说话的时候,因为有实物在前,往往略加指点,不用多说,听者就可以明白。文字既是为将来及异地的人而作,没有附近的事物可以指示,非详细说明,必定容易发生误会。复次,语言有抑扬顿挫的腔调,以及颜面的气色,手足的姿势,以补字句的不足。文字无论有怎么样精密的标点,也不能完全达出这些腔调、气色与姿势;为免读者的误会,不得不多用些字,以求明白。例如《孟子》"言无实不祥"一句话可以有两种解释。又如"智足以知圣人污不至阿其所好",也有两种解释。又如上文所引孔子的语"君子不器""吾不试,故艺"等类的话,都不能免却后人的猜疑。再举全书为例,扬子《法言》终不及王充《论衡》之易晓。近人所作的文字,乃有须其自己或门弟子详加注释者。这样求简,"毋乃太简乎"!文字既然往往要详尽,自然地要趋近语言,因语言通常是比文字详尽许多。并且文字既然往往不能求简,就不能因语言不及文字那样简而摈弃他。但这还不过就一般说。至于今日的古文,往往并不比白话简省,所以更无沿用之必要。如说某个妇人"举丈夫子五,女子子三",岂不是学着古人的累赘处吗?假如用普通话说"生了五男三女",也可以达出一样的意思。

(丑)文字往往越朴越好。文字既是为将来及异地的人而作,而他们又无从目击耳闻我们所亲自见闻的事变和言语,那末,我们应该在相当的范围内把我们的经验如实地不粉饰地传达给他们。小说、戏剧等重在描写逼真的文字固然要用白话(如《西厢记》红娘说话之引经据典,未免不伦),就是别项文字也往往不得不求真切,也就不能不采用白话。而况今日文言的雕饰,已经脱不了"美新"及"谀慕"的滥调,满纸都是"生而知之""少有大志"等类的话,何尝有真美之可言呢?白话固然也可以用为标榜贡谀之用,但滥套既多,老实说话容易为人识破,定可大大灭杀这种坏风气。至文字重在内容,假如"言之无物",虽摘藻撷华,更显得"羊质虎皮",有何好处。这理易明,不消多说。

(寅)文字不能不采用方言。文字固然往往要避开方言;但断不能全弃方言。这有几种道理。(1)文字最初总须多少根据一种方言,不能完全凭空造出来。既是一种方言可用,则他种方言也可用,所以不能"先验地"摈斥别的方言。因此,文字夹用方言,自古已然。《方言》"党,晓,哲知也。楚谓之党,或曰晓。"是"晓"乃楚地的方言,但司马迁已经有"明主不晓"的话。"此"字"斯"字,《诗经》都用过;《论语》(止是鲁《论》)偏不用"此"字,专用"斯"字;可见当时鲁地方言,只有"斯"字。孔子说话多用"斯"字,因此弟子记他的话也专用这个方言。又《方言》"窕,艳美也。……宋、卫、晋、郑之间曰艳,陈、楚、周南之间曰窕。"可见《诗·周南·关雎》云:"窈窈淑女",确是用方言。(2)有时文字要有地方色彩;在这事例下,当然不能不酌用方言。(3)方言的词语有时可以比标准语还丰富还简练。如上海话之"开心"乃由文言"心花怒开"简练而出。福州城外人谓由云隙微漏的太阳光为"日头花"(文言固然有"日华"二字,但意义甚泛)。这些词语若加入普通文字里头,总是有益无损。若再把古文来比,那更没有理由摈绝方言。因为作古文的人往往特别选用古代方言,以为可以更尔雅。如"不晓事""窈窕""尔馨""阿堵"都是方言(后二语今日还存),今日的文人也很喜欢采用,甚有不知其义而误用的。又如"语词"的"羌"字也是战国楚地方言;文言也常常用他。又《世说新语》多以"身"代"吾"字,此也是当时白话;今人作文也有特仿此项自称的。安得单独拒绝今日的方言?

或者有人说中国方言万殊,假如前此以方言为文字,那末,中国恐怕连今日这样的低度的统一都没有。这固然有道理;但是知其一而不知其二。现在的中国,关于学术教育方面,已经打破方域的界限。流行的教科书、参考书、期刊已经使福建、广东方言与通语相差最远的地域都多少流行"白话文"。将来教育机关更加发达,断不怕专用方言的文字取普通文而代之。有些人看见言文比较相近的欧洲各国,都是地域甚小,以为唯小地方才可使文字接近白话,但美国地域也不小,何以能够言文那样接近呢?正因为教育普及的原故。可见此等处不能以吾国前事概论一切。

(卯)文字也不能不采用当代的新语。这因为一,文字必须以某一时代的语言为基本。既是这时代的语言可用,没有理由说别一时代的语言一定不可用。《荀子·非十二子篇》"忍情性,綦谿利跂",《庄子·天地篇》"离跂自以为得"。杨倞谓"'利'与'离'同,离跂,违俗自洁之貌。"这是战国人以当代语入文的确证。普通,那一时代的杰作最多,那时代的语言,因其表现为优美的文字,就比别个时代占优势。中国人最推尊周、秦、汉的文字,就是这个缘故。但这并不是因为别时代的语言不能产生好文字,一看元代的戏曲小说就知道。所以在理论上,没有摈斥任何时代的语言的理由。其次,一时代有一时代的精神,一时代有一时代的环境。专靠旧时文字,必不能把现代思想表现得满意。现在主张"文章唯学周秦汉"的人也不能不用他们自己所斥为"俚俗不韵"的日本式名词,可见事实可以战胜成见。最后,说一时代特有的语言,到了后世,也难索解人,不如沿用古初文字,比较易解:也是片面之论。古初的文字,到了今人,已十分难解;到了日后,自然与语言越趋越远,止会更加难解。采用当代语言,但使"去泰去甚",自后代的人看来,总比古文易解。宋人语录,也比他们的仿古的文字,明白得多。可见关于后人易读一节,古文也不会比白话占便宜。这还是就不用古字古典的文言说;若多用这些的文字,时代越后,只有越难解。后人虽要诵诗读书,尚友古人,恐怕也止好叹"高攀不及"了。

关于这一层,方东树《书林扬觯》有很持平的论,兹节录以饷读者。他说:"三代之书,词气递降,时代为之也。况在晚近,古训罕通,与其文之而人不晓,何如即所共喻,而使之易晓乎?《日知录》既引《唐书·郑余庆传》称余庆奏议类用古语,如'仰给官马万蹄',有司不晓何等语,当时讥其不识时。夫'万蹄'二字非深奥者,施之官文书,且以为不识时;况师弟讲学而必取涩体文言,烦后人注疏笺释,何许子之不惮烦乎!"这话极合理。但何止"讲学"这样,作一切文字,都应该如是。方氏是服膺桐城派的人,而这样说,可见真理不是难见,止怕人自己硬要闭眼不看罢了。

以上许多话——我想读者早已觉其冗长——不过要说明文字虽是不能与语言绝对同一,但却不可不与语言有一定程度的符合。经了这样讨论以后,大约我们对于言文合一的意义可以多少明白,或者因此能够对这问题抱"无偏无党"的中观。由这样的观点看来,今日中国的旧式文字实在与语言没有达到最低度的符合,因此不能不有种种的改进。下文说到我个人对于这改进事业的意见——当然只是贡献意见,并没有强天下人从我的野心。

二、现代文的产生法

现在大都把"文言文"与"白话文"对待。其实,说要提倡"白话文",实有好些不妥的地方。(1)有人说:"文就是文,那里又来了文言文——换言之,文的文——与白话文——换言之,非文的文——的分别,既号称白话了,何以配充为文字。"这固然是过于执着名言,"以词害意"。但我们却也不能否认"白话文""国语文"这些名词本身确然多少含着论理的矛盾在内。(2)现在实际上所流行的新式文字,并不是专用白话。就是极端"纯净派"的"白话文"也多少夹杂有文言在内。完全排斥文言的"白话文"差不多可以说是例外。所以我们所要的并不是"白话文",乃是一种适合现代人需要的一种精密完美的现代文。白话不白话不是首要的问题。

我以为我们对于这种现代文应该取下述的方针。

(一)打破文言与白话的界限,废除文言文与白话文(或国语文)的区别。〔说明〕使由文学家的美文到村农的闲话中间有许多中立的文字,以渐推移,由此到彼,没有一处有突然的间断。这一条是根本的总主张。

(二)无论是白话是文言,其中太奥太俗的部份都不采用。〔说明〕文言中文法或字义太奥的如"告尔百姓于朕志""讦谟定命""诘朝""谁昔"("太奥"当然是就一般人说);文言中太俗的如"宋玉多愁""生有大志"等,白话太奥的,如"蹦琴",太俗的,自然不少,不必举例。

(三)白话文言各有相当的字,而这两字精确度相等时用白话。〔说明〕如不说"子寒乎?"说"你冷吗?"不说"狎妓",说"嫖";不说"鱼我所欲也",说"鱼是我要的"。

(四)白话文言各有相当的话,但文言更精确时,随宜应用。〔说明〕如白话说"拍手",文言说"鼓掌",较精,如此类可以随行文所宜而拣一个应用。

（五）白话的词语显有含混不妥的意义时，应避开不用，改从文言，或另制双音的新词。〔说明〕如白话中呼妻为"妻子"，呼弟为"兄弟"两语都不妥当，因为会使人误会以为是"妻与子""兄与弟"合起来说。因白话同时又有"他们夫妻两个""弟兄两个"等话。"兄弟"不如作"弟"或"弟弟"，"妻子"应作"妻"或另制名词（有作"老婆"的，但也会引人误会）。

（六）白话中一个意思有两三种说法而甲种比乙丙较合理时用甲种。〔说明〕如"我不愿意读书""我不情愿读书"意思差不多，但"愿意"是动词，与其以名词在后，不如以动词在后，较为合理。所以我以为同是双音语，"情愿"比"愿意"好。

（七）白话以一个话代表两种意思，而文言有分别时，应兼存文言。〔说明〕如文"无"与"未"意思不同，白话概作"没有"，此类最好兼存文言，把"无""未""没有"（其实就是"无有"与"未有"的音变）随宜应用。

（八）文言成语望文可解的，酌量采用。〔说明〕如"事半功倍""因祸得福"等都该保存借用。并且许多普通认为白话的俗语本来都是文言，如"远水弗救近火"出《韩非子》；"不近人情"出《庄子》。可见就是白话本身也不能不用文言成语。

（九）专门名词贵简当，造这种名词时当然要取文言。〔说明〕如"治外法权""地质学""诈欺取财"等语虽是文言，但当然要用。这是人人知道的，但不妨一提（有些讥人作白话文的人说："主张白话文的人自己的名字与书名还用文言，是自相矛盾。"这话才听似是隽语。但未免"隔靴搔痒"）。

（十）文言的文字绝无歧义，即改作白话，不过加字而不用改字的，也可算为现代文之一种。〔说明〕如法律之条文，会社之章程规则等可以酌量用文言。其实现在白话文中夹着文言的规条的很有。

（十一）古语中有可以补助现代语的不足的，应该采用。〔说明〕如车轮的最外圜，白话没有专语，而古语则有三个字，普通叫做"车辋"，《考工记》叫做"牙"，古代关西叫做"䡼"；又有叫做"輾"的（后二字见《释名》）。应该采用"车辋"二字。又白话以"他"字当英文的 he、she、it，总觉过于没有分别；所以现在人有的把文言的"之"当宾格的 it，以与指人的"他"示别，这也是很好的（或用"他""她""它"三字也可以；但可惜说话时这三字的音还是一样）。

（十二）方言中可以补助普通话的缺乏的词语应该采用。〔说明〕如上文所说上海话之"开心"、福州话之"日头花"等。

（十三）外国语的名词与文法为中国语所缺乏而又有必要的应该酌量采用。〔说明〕科学名词固然不消说了，即名词前安置长的形容语，及副词性的读安在正读后头等办法，都是应该采用的，此等文法，译佛典时已经输入一些；现在更要多输入。严复在《天演论·例言》内说："西文句中名物字，多随举随释，如中文之旁支，后乃遥接上文，足意成句。故西文句法，少者二三字，多者二三百言。假令仿此为译，则恐必不可通。"他因此用"融会"全文，及"前后引衬"的办法。但这也是"吃力不讨好"的勾当。如酌量采用欧化句法,就可以省却不少困难。并且这种办法近年已经得有好些功效了。

我以为假如我们这样地认真去改进我们的文字,将来一定可以得到一种精密的而又完美的文字,使我们用时可以无往不利。

三、现代文与文言

前段已把现代文的方针略述了,但他与近人所谓文言的关系,不可不再说几句。上文提起文言,还没有加以定义,此刻可以再解释一些。文言者就是凡现代白话中的词语与文法,假如不见于宋以前的书籍中的,就绝对不用的文字。这还是宽点说;若要严格,则不见于三国以前的文字中的词语都不能用。但诗词比较活动些,可以用六朝至宋的白话已经见于那些时代的作品的。散文则晋至宋的白话就是见于当时的作品的,也不可用,如"那得"已见《世说新语》,"什么"已见《景德传灯录》,都不能用于散文。元人作品中的白话字,散文当然也不能用。现在许多人作科学的文字,还不敢用"科学的"字样,也是为这种惯例所束缚。

我们要把古文与浅显文言分开说。我们姑且用"古文"二字统包狭义的古文、骈文、赋、旧体诗、词等。这种种的古文除了少数军阀"顺从民意"的通电,及"士大夫""保存国粹"的期刊外,已经少见了。我们以为青年人实在不应该再费力去学做这一类文字。但我们也不反对少数已经学会的人继续去做。这种慕古的趋向,固然不是健康的现象;但少数人因"先入为主"的关系,他的表现观念情感的方法已经不能出这范围;假如一定要不让他向这条路发泄他的蓄积,不特过于拘执,也未免"不近人情"。"人情之所不能已者,圣人弗禁";我们自然不必十分反对别人做这种文字。将来自有时代的浪淘尽他,现在人不必十分操心。

浅显文言,尤其不能使他绝迹。现在的许多(1)日报,(2)字书类书,(3)公牍章程,(4)农商的信札,(5)学界的信札还是用文言。农商之用文言,完全由于盲从习惯,不必细论。其他各种文字所以用文言,实有很重要的理由。文言许多时候是比白话简省,而此节于印行日报及字书尤其有利,所以很难改掉。例如"墙里有鼠",看来也极明白;若定要绝对跟白话,说"墙的里头有老鼠",多了三字,意思还是一样,岂不过于不经济。并且许多白话中的双音字,如"鲈鱼""芦草",在文中因是个形声字,绝无歧义;只写一个"鲈"字,自然是鲈鱼;只写一个"芦"字也自然是芦草。因为这个缘故,所以就是极端主张要纯用白话的双音字的人写给朋友的信也不知不觉地用了许多文言。这又是事实战胜理论的又一好例。并且闽广各地的中年以上人多有早已学会了文言而还不能痛快地写——或全不能写——白话文的,如定要反对这些人作文言,也太不合情理。又如会作文言的人用文言互相通信,而同时也作白话文,也不算为自相矛盾。因为这个道理,我们以为不必反对人家作文言。

但是作文言时不应该存了定要避开"的了么呢"等类的字的主意罢了。其实现在的日报对于这主意已经不坚持。即如《申报》,应该极简的专电都夹用白话。他的十四年九月二十八日专电有"或者以人口比较率规定"及"要价当平稳"字样,次日又有"关于局部的"字样。十五年二月十六日"北京通信"有"真可谓像煞有介事矣"。可见现代文的实际趋势了(假如日报字书等肯用白话,我想销路一定可以加广。但现在人看报用字典恐怕还止是能用文言的人;所以这一层的结果,未可断定。但我以为如报馆书店肯大胆多用白话做新闻做字典,销路一定会渐渐扩大的)。

又如旧式公牍文字也有特长,如"等因""等语"等字样,比新标点的引述号等类,比较地不容易漏掉或误写,纵使大部份改用白话,这种字样,不应一并废弃。再如刻铭文字,若废绝罢了,若还行用,因他字数要少,也不妨酌量用文言。

以上是我对于文言的应用范围的意见。或者许多人免不了以为这种态度太对于旧派让步,但我并不是要骑墙以见好于旧社会,实是根据实际情形而采取极合理的办法。并且我以为我们虽不必反对文言,却总应该认这种文字为例外。

四、现代文与演讲及宣读

旧式的文言,固然有看来是很明白的,但一念出来给旁人听,大多数人就完全不懂,如听不曾学过的外国语一样。我们听人家读开会或结婚的颂词时,都不免要发笑,自然是这个道理。我上段既是容许文字里用"鼠""鲈""芦"等类的单音字,那末,这种文字念出来,也怕是没人懂的。对于这个疑问,可以有三种解答。

(甲)文言不定是全用单音字的。中国语的双音字发达很早。盘庚已经有"响迩""扑灭""殄灭""荡析离居"等语。至荀子时双音语尤其发达。《论语》说:"君子周而不比,小人比而不周。"《荀子》《战国策》《管子》都以"比周"当"比"一字。《论语》《孟子》"性""情"都分用,《荀子·正名篇》也分定界说;但他的《非十二子篇》有"纵情性""忍情性"的话。可见当时的白话已经有这种双音语,故荀子不觉用他。又如《左传》吕相绝秦一段,"……文公躬擐甲胄,跋涉山川,逾越险阻,征东之诸侯——虞夏商周之胤而朝诸秦,则亦既报旧德矣。……"如看得懂的人,听来也可以懂。但这还可以说我们是求简的,既是用这许多双音字,不如径写白话的痛快,但还有别的看法。

(乙)白话中的双音字有时改用单音字也可以听得懂。如"美人的一笑""他的哥死了""他有五男两女"。都可以听得懂,不必定说"美人的一回笑""他的哥哥死了""他有五个男孩子,两个女孩子"。大概可以说一句话如有一半用双音语,再由上下文的映衬，也可以听得懂。但这也可以说还有许多时候，没有全用双音语那样容易"声入心通"。但下述的办法是没有毛病的，就是：

（丙）止在不会被拿去演讲或宣读的文字中容许用单音语，其余概用双音语。这种办法没有什么妨碍的。因为白话总是多用双音语，就是作文用些单音语，不会影响到白话。就是将来要改方块字为拼音文字，白话的双音语还在，可以对付，不会发生困难。

这里还有一件事情要说的。因为主张采用白话作文的人，许多以要使文字念来听得懂为理由，就有反对他的人说，听不懂是由于学识不足，不关文言。这是不对。因为所谓要听得懂，不是说讨论特别相对论的"白话文"念来要一个初小学生听得懂，乃说这篇文字，看他得懂的人，当旁人念给他听的时候，也应该听得懂。如赫胥黎的 *Evolution and Ethics*，看得懂的人就是不曾预先看过，听来也懂。但严复译的《天演论》，如没有预先看过，用普通音念起来，就听不懂（在福州、广州平上去入声多的地方或者大半听得懂，但用国音及其他省的音读来，一定要糊里糊涂，十句中大约不过懂得两三句）。所以我们对于有拿去演讲或宣读的机会的文字，无论是"高文典册"，或通俗小说，都要尽量采用白话中的双音语。这样，不特可以使文学开新生面，也可以使辩才（吾国人所最缺乏的）发达。

结　　论

我的浅见以为假如我们取上述的观点，那末，对于今日语言与文字的问题，就可以共同努力，以求完满的解决，而省却许多"无益，费精神"的争执。老实说，就我个人论，我并不觉得采用白话的文字一定比旧式的文字容易做，也不觉得我所见过的这种新式的文字一定比旧式文章优美。但我的主张采用白话作文，却不因此而成为自欺欺人之谈。因为我（当然许多旁人也是这样）在脑筋的可型性最大的时期受了旧式文字的锻炼，对于使用与欣赏两方面，自然都免不了"先入为主"的影响。并且我在短时期内试验的结果，使我深信采用白话作文实有许多作旧式文字时所万没有的痛快地方。虽然这种新式文字的作品，因为与我们时代太接近，不能断定其中有多少的第一等杰作（《水浒》《石头记》固然可算第一等杰作，但不是我意中所谓新式文字，故不以之为例），但随便那一个肯平心玩看新文字的作品的人都不能不承认至少这种文字有产生第一等杰作的绝大可能。我们自己受了旧式文字的牢笼，断不是应该使我们的后辈也受他的牢笼的理由。否则我们的见识真是同旧式的媳妇一样：他自己受了婆婆的欺负，到了他也做婆婆的时候，一定要他的媳妇受他的同样或更厉害的凌虐。我们对于自己所爱惜所宝贵的事物不特有极力使他长长保持他的势力的脾气，并且也应该有这种权利；但万不要忘了我们此刻所爱惜所宝贵的事物以外未必没有别的事物更可爱惜更可宝贵——因为中国的文字并不是单单供我们这一代的少数人的使用和欣赏的。

上海·一五·二·九

文学观念与其含义之变迁

郭绍虞

近人之论文学者,每谓昔人囿于传统的文学观,对于文学的含义,辨析不清。此语似矣,而实非也。何以明之?曰历史的事实,总不可泥于一端言之。我人只须一察各时代对于文学见解之各异,则知昔人对于文学之含义,固亦未尝如近人所云,可以一笔抹煞谓为辨析不清也。

然近人之所以如此云云者,亦有其因。盖文学观因于某种关系之故,复有复古的倾向,于是把已经辨析得清的文学含义,亦举而返之于古,致复弄得辨析不清耳。

大抵自周秦以迄南北朝,则文学观念逐渐演进——进而至于逐渐辨析得清之时代也。自隋唐以迄明清,则文学观念又逐渐复古——复而至于以前辨析不清之时代也。此中区别,界画俨然,可申论之。

"文学"之名,始见《论语·先进篇》所谓"文学子游子夏"是也。邢昺《论语疏》云:"文章博学则有子游子夏二人。"此解极是。或者病其分文章博学为文学之二科,实则不然。盖此时之所谓文学,在后世分为二科者,在当时则兼赅二义也。大抵最初期的文学观念,亦即最广义的文学观念;一切书籍,一切学问,都包括在内。所以扬雄《法言·吾子篇》亦云:"子游子夏得其书矣。"曰得其书,则知文学与学术实不分界限。文即是学,学不离文,言文亦即可以赅学。盖此期文辞,大别之不外二种体裁:以韵文抒情,以散文述学。孔子论文,亦只注重在形式上韵文散文之别——以韵文称为"诗",以散文称为"文",如是而已。明孔子论文有如是形式上的分类,则知其所以于论及"诗"者犹能比较的合于文学之意义矣。如谓"诗可以兴,可以观,可以群,可以怨"(《论语·阳货篇》),则言其有涵养性情之作用也;谓"不学诗无以言",则亦即不欲使其"言之不文行之不远"之旨也。至其论及"文"者,如《论语》所举,则大都指学术而言。《子罕篇》云:

> 子畏于匡,曰:"文王既没,文不在兹乎?天之将丧斯文也,后死者不得与于斯文也;天之未丧斯文也,匡人其如予何!"

---

① 载《东方杂志》第25卷第1号,1928年。

此明明以昔人学术自已担当承受矣。唯其以学为文，所以可以教，《述而篇》所谓"子以四教，文行忠信"是也，（邢昺疏："文，谓先王之遗文。"）所以也可以学，《学而篇》所谓"行有余力，则以学文"是也。（何晏《集解》引马融说："文者，古之遗文。"）如是以文为教学之具，与后世韩愈之以文为教，决不相同。盖此指先王之遗文言，所以学之可以博。《雍也篇》云："君子博学于文"，而《子罕篇》亦载颜渊有"博我以文"之叹，则知孔子论"文"，本兼"学"义。用单字则称"文"，用连语则称"文学"。此所以文学一语，遂有博学之义也。这是文学观念演进中第一期的见解。

时至两汉，文化渐进，一般人亦觉得文学作品确有异于其他文件之处，于是所用术语，遂与前期不同。用单字则有"文"与"学"之分，用连语则有"文章"与"文学"之分。以含有博学之意义者，称之为"学"或"文学"；以美而动人的文辞，则称之为"文"或"文章"。如是区分，才使文学与学术相分离。此观于《史记》《汉书》中所言各条可以按知者也。

《史记》中所言"文学"各条，大都指学术言。如：

上乡儒术，招贤良，赵绾、王臧等以文学为公卿。（《孝武本纪》）

上征文学之士公孙弘等。（同上）

勃不好文学。（《绛侯周勃世家》）

晁错以文学为太常掌故。[应劭曰："掌故，百石吏，主故事。"]（《晁错传》）

万石君名奋……无文学，恭谨无与比……虽齐、鲁诸儒质行，皆自以为不及也。（《万石君传》）

郎中令王臧以文学获罪。（同上）

儿宽等推文学。（同上）

夫不喜文学。（《灌夫传》）

上方乡文学招俊义，以广儒墨。（《公孙弘传》）

天子方招文学儒者。（《汲黯传》）

夫齐、鲁之间于文学，自古以来，其天性也。（《儒林传》）

及今上即位，赵绾、王臧之属明儒学，而上亦乡之，于是招方正贤良文学之士。（同上）

延文学儒者数百人，而公孙弘以《春秋》，白衣为天子三公。（同上）

郡国县道邑有好文学，敬长上，肃政教，顺乡里，出入不悖所闻者……（同上）

能通一艺以上，补文学掌故缺。（同上）

治礼，次治掌故[徐广曰："一云'次治礼学掌故'。"]以文学礼义为官。（同上）

自此以来，则公卿大夫士吏斌斌多文学之士矣。（同上）

汉兴，萧何次律令，韩信申军法，张苍为章程，叔孙通定礼仪，则文学彬彬稍进。（自序）

在此数节中，可以看出文学与儒术的关系，也可以看出文学与掌故的关系，甚至以律令、军法、章程、礼仪等为文学；则知其所谓文学云者：自广义言之，包含一切学术之意；即就狭义言之，亦指儒术而言，固不得以词章当之矣。

至于不指学术而带有词章之意味者，则称之为"文章"或"文辞"。如：

择郡国吏木诎于文辞，重厚长者，即召除为丞相史。（《曹相国世家》）

太史公曰：……燕齐之事，无足采者。然封立三王，天子恭让，群臣守义，文辞烂然，甚可观也，是以附之世家。（《三王世家》）

余以所闻由、光义至高，其文辞不少概见，何哉？（《伯夷传》）

屈原既死之后，楚有宋玉、唐勒、景差之徒者，皆好辞，而以赋见称。（《屈原传》）

臣谨案诏书律令下者，明天人之际，通古今之义，文章尔雅，训辞深厚，恩施甚美，小吏浅闻，不能究宣，无以明布谕下。（《儒林传》）

天子问治乱之事，申公时已八十余，老，对曰："为治者不在多言，顾力行何如耳！"时天子方好文词，见申公对，默然。（同上）

此处所谓"文章"或"文辞"，即与上文所述"文学"之义不同。观其同在《儒林传》一篇之中，而严为区分如此，则知此种分别，固非出诸无意者。班氏《汉书》，大率多本《史记》，其于"文学""文章"之分，亦与《史记》相同。如《张汤传》云："汤以武帝乡文学，欲附事决狱，请以博士弟子治《尚书》《春秋》，补廷尉史"，而于《公孙弘传赞》则云："文章则司马迁、相如"，又云："刘向、王褒以文章显"，则知彼固犹仍史迁旧例也。

至其用单字者，则于孔门所谓"文学"一语而析言之：文是文，学是学；以文章之义称文，以博学之义称学。观清刘天惠《文笔考》云：

《汉书·贾生传》云："以能诵《诗》《书》属文闻于郡中。"《终军传》云："以博辨能属文闻于郡中。"《司马相如叙传》云："文艳用寡，子虚乌有。"《扬雄叙传》云："渊哉若人，实好斯文。初拟相如，献赋黄门。"至若董子工于对策，而《叙传》但称其属书。马迁长于叙事，而传赞但称其史才：皆不得混能文之誉焉，盖汉尚辞赋，所称能文，必工于赋颂者也。《艺文志》先六经，次诸子，次诗赋，次兵书，次术数，次方技，六经谓之六艺。兵书、术数、方技，亦子也。班氏序诸子曰："今异家者，各推所长。穷知究虑，以明其指，虽有蔽短，合其要归，亦六经支与流裔。"据此则西京以经与子为"艺",诗赋为"文"矣。

然非独西京为然也。《后汉书》创立《文苑传》,所列凡二十二人,类皆载其诗赋于传中。盖文至东京而弥盛,有毕力为文章,而他无可表章者,故特立此传。必载诗赋者,于以见一时之习尚,而《文苑》非虚名也。其《传赞》曰:"情志既动,篇辞为贵。抽心呈貌,非雕非蔚。殊状共体,同声异气,言观丽则,永监辞费。"章怀注:"扬雄曰:诗人之赋丽以则。"是《文苑》所由称文,以其工诗赋可知矣。然又不特《文苑》为然也。《班固传》称能属文而但载《两都赋》;《崔骃传》称善属文,而但载其《达旨》及《慰志赋》。班之《赞》曰:"二班怀文。"崔之《赞》曰:"崔氏文宗。"由是言之,东京亦以诗赋为文矣。(《学海堂集》卷七)

此可为我说作证。我人试再从反面就其论"学"者观之,如:

然齐鲁之门,学者独不废也;于咸宣之际,孟子、荀卿之列,咸遵夫子之业,而润色之,以学显于当世。(《史记·儒林传》)

赵绾、王臧之属明儒学。(同上)

汉定,伏生求其书,亡数十篇,独得二十九篇,即以教于齐鲁之间,学者由是颇能言《尚书》。(同上)

董仲舒子及孙,皆以学至大官。(同上)

汉承亡秦绝学之后,祖宗之制,因时施宜,自元成后,学者蕃滋。(《汉书·韦贤传赞》)

诸儒为之语曰:"欲为论,念张文";由是学者多从张氏。(《汉书·张禹传》)

古之儒者,博学乎六艺之文。六学者:王教之典籍,先圣所以明天道,正人伦,致至治之成法也。……及至秦始皇兼天下,燔诗书,杀儒士,六学从此缺矣。(《汉书·儒林传》)

父理为当世名儒,以诗授成帝为高密太傅,别自名学。(《后汉书·伏湛传》)

哀平间以儒学显。(《后汉书·蔡茂传》)

父充持庆氏礼,……作章句辩难,于是遂有庆氏学。(《后汉书·曹褒传》)

初,中兴之后,范升、陈元、李育、贾逵之徒,争论古今学。后马融答北地太守刘瑰及玄答何休,义据通深,由是古学遂明。(《后汉书·郑玄传》)

类此之例甚多,则知两汉之以"文""学"二字区别用之,其迹甚著。至于更为明显之例,如:

> 雄少而好学,不为章句,训诂通而已。……顾尝好辞赋……又怪屈原文过相如,至不容作《离骚》,自投江而死,悲其文,读之未尝不流涕也。(《汉书·扬雄传》)

> 博学多通,遍习五经,皆诂训大义,不为章句。能文章,尤好古学,数从刘歆、扬雄辨析疑异。(《后汉书·桓谭传》)

此二节以"学"与"文"分别并言,更可看出其分用之迹。所以吾谓两汉所用的术语,用单字则称"文"与"学",用连语则称文为"文章"或"文辞",而称学为"文学"。(《汉书·王吉传》云:"吉少好学,明经。"又《龚胜龚舍传》云:"两龚少皆好学,明经。"而于《盖宽饶传》云:"明经为郡文学。"《诸葛丰传》云:"以明经为郡文学。"《翟方进传》亦云:"父翟公好学,为郡文学。"可知明经亦学之一种,而文学之职必以学者任之,是亦称学为文学之证。)

大抵学术用语恒随时代而变其含义,只须细细体会,犹可得其梗概。阮元知六朝有"文""笔"之分,诚是一大发现,惜犹不知汉初已有"文学""文章"之分,已有"学"与"文"之分。若明汉时有"文学""文章"之分,"学"与"文"之分,则知六朝"文""笔"之分,即从汉时所谓"文"或"文章"一语,再加以区分耳。若先不经此分途,则"文""笔"之分,亦断不会躐等而至者。梁元帝云:"古之学者有二,今之学者有四。"(《金楼子·立言篇》)唯其有"文学""文章"之分,有"学"与"文"之分,所以有二,否则"文学"一语,可以赅括尽之,即在古之学者,亦未见有二也。不过在此期虽有"文学""文章"之分,而称"学"为"文学",则犹与现在所称"文学"之义不同。这又为文学观念演进中第二期的见解。

至魏晋南北朝间,遂较两汉更进一步,于同样的美而动人的文章中间更有"文""笔"之分。清梁光钊《文笔考》谓:"孔子赞《易》有文言。其为言也,比偶而有韵,错杂而成章,灿然有文,故文之。孔子作《春秋》,笔则笔;其为书也,以纪事为褒贬,振笔直书,故笔之。'文''笔'之分,当自此始。"(《学海堂集》)此说近于附会,未敢苟同;谓为偶合则可,若谓孔子或孔子时对于"文""笔"二字的观念已同六朝人区分之观念,恐未必然。

"文""笔"区分,最早当始于晋时,今案《晋书》所载,如:

> 文笔议论有集行于世。(《蔡谟传》)
> 以文笔著称。(《习凿齿传》)
> 广善清言而不长于笔,将让尹,请潘岳为表。岳曰:"当得君意。"广乃作二百句语,述己之志。岳因取次比,便成名笔。时人咸云,若广不假岳之笔,岳不取广之旨,无以成斯美也。(《乐广传》)
> 所著诗赋杂笔十余卷行于世。(《文苑·成公绥传》)

其文笔数十篇行于世。(《文苑·张翰传》)

所著文笔十五卷传于世。(《文苑·曹毗传》)

桓温重其文笔,专综书记。(《文苑·袁弘传》)

《晋书》虽出唐人所纂,但此等处或即仍于晋人著述,亦未可知。不过晋人纵有"文""笔"之称,而于其区分之点,仍未明言。至对于"文""笔"作明画之区分者,当始于宋。颜延之谓:"竣得臣笔,测得臣文。"(《宋书·颜竣传》,亦见《南史》)此以"文""笔"对举者。范晔《狱中与甥侄书》亦云:"手笔差易,文不拘韵故也。"则于对举之外,抑且别其性质。后来刘勰《文心雕龙》亦以有韵为文,无韵为笔。此等重在形式上的区分,实是"文""笔"区分前期的见解。

至如梁元帝《金楼子·立言篇》所云:

> 古人之学者有二,今之学者有四。夫子门徒转相师受,通圣人之经者谓之儒。屈原、宋玉、枚乘、长卿之徒,止于辞赋,则谓之文,今之儒,博穷子史,但能识其事,不能通其理者,谓之学。至如不便为诗如阎纂,善为章奏如伯松,若此之流,泛谓之笔。吟咏风谣,流连哀思者,谓之文。而学者率多不便属辞,守其章句,迟于通变,质于心用。学者不能定礼乐之是非,辨经教之宗旨,徒能扬搉前言,抵掌多识,然而挹源知流,亦足可贵。笔退则非谓成篇,进则不云取义,神其巧惠,笔端而已。至如文者,维须绮縠纷披,宫徵靡曼,唇吻遒会,情灵摇荡。

如是区分,着眼在性质之差异。笔重在知,文重在情;笔重在应用,文重在美感。于是才与近人所云纯文学杂文学之分,其意义相近。这才是文笔区分的后期的见解。

又"文学"一名,亦至南朝以后,其含义始渐与近人所称之义相近。孔门以文学包括文章博学二义,至两汉则文是文,学是学,然犹不过于"文"的含义,与学术无涉而已;至论及"文学"者,则仍有博学之义。直至南朝,于是文学一名,即是"文章"之义,不带学术的意味矣。

姚思廉《梁书·文学传序》谓:"今缀到沆等文兼学者为《文学传》。"其《陈书·文学传序》亦云:"今缀杜之伟等学既兼文,备于此篇云尔。"据其所言,似乎所云"文学"之义,犹必兼学的方面,实则并不然也。

范晔《后汉书》之所以必列《文苑》一传,正以当时有毕力为文章,而他无可表见者。使其有学可自表见,则尽可列之《儒林传》中,何必别立名目乎?盖自楚以后,而后世有专工于文之人;自东汉以后,而后史有专以文名之传;自晋以后,而后书有专重于文之集;自南朝以后,而后著录有专载集部之目。章学诚《文史通义·文集篇》谓："古学源流至此为一变。"诚哉为一变也，盖至是始为文学与学术分离之渐。我人若以文学为立脚点而言，则此变正是演进的变，决不至如章氏一样有"江河日下"之叹也。

我人再看，宋文帝命雷次宗立儒学，何尚之立玄学，何承天立史学，谢元立文学，以文学与儒学、玄学、史学并称，则文学之义，渐有脱离一切学术之倾向矣。他如《梁书·文学传》谓：

> 自高祖即位，引后进文学之士，苞及从兄孝绰，从弟孺，同郡到溉，溉弟洽，从弟沉，吴郡陆倕、张率，并以文藻见知。（《刘苞传》）
>
> 昭明太子爱文学，深爱接之。（《刘勰传》）
>
> 高祖招文学之士，有高才者，多被引进。（《刘峻传》）

《南史·文学传》亦谓：

> 檀超少好文学，放诞任气。

以上几节所称的"文学"，实在不能与孔门四科的"文学"等量并观，（《陈书·文学传论》云："夫文学者盖人伦之所基欤？是以君子异乎众庶。昔仲尼之论四科，始乎德行，终于文学，斯则圣人亦所贵也。"似乎仍袭孔门的文学观念。实则孔门四科与宋文四学，根本不同。因为德行等等都属虚品，而儒学、玄学、史学，则均是切实的学术。）也不能与《史》《汉》"儒林传"中之所谓"文学"相提并论，盖两汉以前之所谓"文学"，是由于学的立脚点而言者；南朝之所谓"文学"，是由于文的立脚点而言者。若明这一点，则知六朝在文学批评史上之重要贡献，犹不仅如阮元所云只在"文""笔"之分也。这是文学观念演进中第三期的见解。

综括上文，复列为表式明之如次：

第一期（周秦）文学包括文章博学二义

第二期（两汉）

- 文学（学）——指学术言，本于周秦时"文学"一语中"博学"一义。
- 文章（文）——指词章言，本于周秦时"文学"一语中"文章"一义。
    其义近于近人所称广义的文学。

第三期（魏晋南北朝）——学

- 其他各学（即两汉文学之义）
  - 儒——通其理。
  - 学——识其事。
- 文学（即两汉文章之义）
  - 文——近于纯文学。
  - 笔——近于杂文学。

自周秦以迄南北朝，文学观念逐渐演进，逐渐正确，已如上述。但自是以后，一般人对于文学的观念复为复古思潮所笼罩，眷怀往古，取则前修，不惜复为逆流的进行，而传统的文学观遂于以形成。这实是中国文学批评史上重大的问题。不过在此复古潮流中间,亦自有其进行的阶段。宋以前——唐——为一期,宋以后又为一期。

唐人与宋人之文学观,其病全在于以文与道混而为一。但中间亦自有区别:唐人主文以贯道,宋人主文以载道。李汉《韩昌黎集序》云:"文者,贯道之器也。"此贯道之说也。周敦颐《通书》云:"文所以载道也,轮辕饰而弗庸,徒饰也,况虚车乎?文辞,艺也;道德,实也。……不知务道德而第以文辞为能者,艺焉而已。"此又载道之说也。谓文以贯道,是主张因文以见道,虽亦重道而仍有意于文;谓文以载道,是主张为道而作文,只重在道而无事于文。贯道是道必借文而显,载道是文须因道而成,轻重之间,区别显然。此非我之凿说,宋儒朱子已言之。《朱子语类》云:

> 问韩文李汉序头一句甚好,曰:"公道好,某看来有病。"曰:"文者贯道之器。——且如六经是文,其中所说皆是这道理,如何有病?"曰:"不然。这文皆是从道中流出,岂有文反能贯道之理!文是文,道是道,文只如吃饭时下饭耳。若以文贯道,却是把本为末,以末为本。可乎?其后作文者皆是如此。"

观这一节,则所谓"贯道""载道"之区别,可以了然。所以唐宋人之文学观,实有这种分别,不得谓此为凿说也。

至唐宋人之文学观所以有此分别者,全由于当时学术风气之不同。人皆知中国经学史上有"汉学""宋学"之分,而不知"唐学"实为其转变之枢纽。盖中国旧时所谓学术,本逃不出六艺经典之范围。汉人通其训诂章句,于是有所谓"汉学";宋人明其义理,于是有所谓"宋学";在唐人则不过重在文辞方面,玩其文章结构而已。研究之对象仍一,不过方法有不同,方面有不同而已。是故唐以前无以文为教者;以文为教,自韩愈始。在韩愈以前所谓以文为教者,不过童子之师授之书而习其句读者而已。至韩愈之教,则始有文学的意味,固不仅限于习其句读矣。韩愈《师说》云:"古之学者必有师。师者所以传道授业解惑也。"曾国藩《求阙斋读书录》解此最为精惬。他说:"传道谓修己治人之道,授业谓古文六艺之业,解惑谓解此二者之惑。韩公一生学道好文,二者兼营,故往往并言之。末幅云'闻道有先后,术业有专攻',仍作双修。"于此可知韩氏用力之途。又韩愈《答刘正夫书》云:"若圣人之道不用文则已,用则必尚其能者。"则知韩氏盖欲以文昌圣人之道而已。唯然,所以他于学道好文虽是二者兼营,而计其成绩,论其影响,咸以属于文者为多。刘勰云:"自生人以来,未有如夫子者也。敷赞圣旨,莫若注经,而马郑诸儒,弘之已精。就有深解,未足立家。唯文章之用,实经典枝条。……于是搦笔和墨,乃始论文。"(《文心雕龙·序志篇》)则知自两汉训诂之学以进为唐人文章之学,亦自然之趋势然矣。

进至宋代,遂专重在传道一方面,而不重在学文一方面。在唐人为二者兼营者,至宋儒则专攻其一端,所以吾说"唐学"为"宋学"之过渡者此也。宋儒既专攻一端,于是便不以文为教,而只以道为教。此种学术风气之转移,不可不深察之。观

《二程全书》中所载,如:

> 问作文害道否? 曰:"害也。凡为文不专意则不工,若专意则志局于此,又安能与天地同其大也。《书》曰'玩物丧志',为文亦玩物也。吕与叔有诗云:'学如元凯方成癖,文似相如始类俳。独立孔门无一事,只输颜氏得心斋。'此诗甚好。古之学者,唯务养情性,其他则不学。今为文者,专务章句,悦人耳目,既务悦人,非俳优而何!"曰:"古者学为文否?"曰:"人见六经,便以为圣人亦作文,不知圣人亦摅发胸中所蕴,自成文耳。所谓有德者必有言也。"曰:"游、夏称文学,何也?"曰:"游、夏亦何尝秉笔学为词章。且如'观乎天文以察时变,观乎人文以化成天下',此岂词章之文也!"

其不欲专意为文之意可知。是故明白唐学之重在文,与宋学之重在道,则文以贯道、文以载道之区别显矣。

是以由于文以贯道的文学观以形成者,为古文家之文。在古文家之文学批评,虽口口声声不离"道"字,但在实际上,只以之作为幌子,作为招牌,至其所注重而用力者,毕竟还在修词的工夫。这不仅唐代古文家如此,即宋代古文家亦未尝不是如此,即此后自唐宋八家一脉相承的古文家,亦未尝不是如此。至由于文以载道的文学观以形成者,为道学家之文。在道学家的文学批评便重道轻文,只把文作为一种工具——所谓载道之具而已。

古文家之文与其文学观,其误在以笔为文;以笔为文,则六朝"文""笔"之分淆矣。道学家之文与其文学观,误在以"学"为文;以学为文,则两汉"文学""文章"之分,"学"与"文"之分亦混矣。在前一再演进而归于明画者,至是复一再复古而归于混淆,惜哉!自宋以后,"天不变道亦不变",而一般人之文学观遂亦永永不变。永永不变,此所以传统的文学观,至两宋以后始有权威也。

综上所述,复列为图式以明之如下:

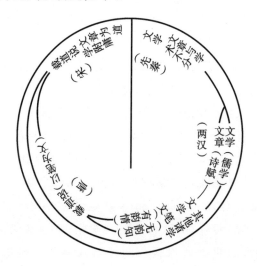

文学究竟是什么

周天沂

在文学研究的出发点我们不可不先注意的,是文学的定义——就是说明什么是文学,所谓文学是含有什么意义。

中国有二千多年文学的历史,著名的文学作品——诗歌、小说、剧曲——不知其凡几,然而讲文学是什么东西,论文学讲的是什么问题的一类书籍却很少,讲怎样研究文学怎样批评文学作品的书籍也很罕见。刘勰的《文心雕龙》可算是一部完全讲文学的专书了,但严格地说起来,却也不是,因为它说的大抵是修辞的方法,及文体的变迁,也没有讲到文学是什么等等问题——也没有爽爽快快的给文学下一个界说,因而要研究本题,在中国古今的书里,差不多没有材料可以参考,现在只得把西洋几家对文学比较有精密的界说来介绍一下:

英国的著名文学家普鲁克(Stoplord Brooke, Eng. Lit. Ist ed. p. 5)说:"文学是有才智的男女所书写出的思想和感情,其布置的方法在于使读者得着快感。""The written, thought and feelings of intelligent men and women, arranged in a way that shall give pleasure to the reader."

法国批评家文乃德(Vinet, 1797—1847)说:"文学是包括人向他人综合地表现自己的一切书写品。""Literature embraces all those writings in which man reveals himself synthetically to man."

波斯纳脱(Posnett, Comparative Literature, p. 18)说:"文学是包括散文或诗的一切著作,其技艺与其在回想宁在想像,其目的与其在教导和实际的效用宁在给与愉快于最大多数的国民,并且是和特殊底智识对峙而诉于一般底智知的。""Literature consists of works which, whether in verse or prose, are the handicraft of imagination rather than reflection, aim at the pleasure of the greatest possible number of the nation rather than instruction and practical effects and appeal to general rather than specialised knowledge."

十九世纪初英国著名文学者台昆雪(De Quincey, Brevia-Posthumous works-p. 300—305)说:"先有知识的文学,其次有力的文学。前者的职务在于教导,后者在于感动。""There is, first, the literature of knowledge, and secondly, the literature of power, the function of the first is to teach; the function of the second is to move。"

美国泼林斯顿大学英文教授韩德(Theodore W. Hunt)在他所著的《文学其原理及问题》(*Literature, Its Principles and Problems*)中说:"文学是写下来的思想底表视,经想像、感情及趣味的作用,而在于使一般人们对之会觉得明了并感着兴味的那样非专门学艺底形式中的。""Literature is the written expression of thought, through imagination, feelings and taste, in such an untechnical form as to make it intelligible and interesting to the general mind。"

依了上述近世诸家的解释,我们对于文学已经可以认识到某程度的意义了。现在我综合各家的学说,抽出文学本身所应有的几个普遍底性质,而逐条加以详析的研究:这样从各方面去看它,或许可以得着一个比较明了些的概念。

文学是人生的表现和批评(the interpretation and criticism of life)。厨川白村在《苦闷的象征》里说:"在文艺的内容中,有着人类生命的一切。不独善和恶,美和丑而已。和欢喜一起,也看见悲哀,和爱欲一起,也看见憎恶。和心灵的叫喊一起,也可以听到不可遏抑的欲情的叫喊。"换句话说,就是生是战斗,所以"人"在他的"生"之路上进行的时候,就经验着战斗的苦恼,于是乎或呻,或叫,或怨嗟,或号泣,但是因战斗的胜利而同时也常有自己陶醉在奏凯的欢乐和赞美里的事。这种人类所发出来的诅咒,苦闷,愤激,悲惨,赞叹,景仰,企慕,欢呼的声音,都是文艺。这样人类爱憎悲喜种种的情绪靠了文学现出心肠之外,就是生活的表现。所以文艺可譬之婴儿的啼笑,只是应付需要自然地发生。婴儿要免掉饥饿,就哭着要得母亲的乳房,及乳哺之后,就天使似的睡着的脸上,竟可以看出美的微笑来。这啼哭和微笑就是人类的诗歌,人类的艺术。这样看来,文学的确是人类生活的深刻与真实底记录。郭沫若说得好:"艺术(文学当然入于其中)与人生只是一个晶球的两面,只如我们的肉体与精神底关系一样。"马毕(Hamilton Wright Mabie)在所著《近代文学的概观》(*Some Aspects of Modern Literature*)里有一句话可以作为参考:"文学与人生的一切活动有若是密切的关系,因而文学上所宣露的显明底趋向及所表现的优越底冲动,可以证明人类经验的事实,目的及愿望的精力为其背景。""Literature is so closely related to the whole movement of life that every decided tendency which it discloses, every dominant impulse which it reveals, may be studied with the certainty that some fact of human experience, some energy of human purpose and desires, lies behind。"

现在我们更要注意文学怎样批评人生。亚诺德(Matthew Arnold)常说"诗是生活的批评",这句话虽然涉于混沌,还是个真正的诗底定义。这"生活的批评"句更可表示的文学的功用。文学家在他的生活当中,所经验的或想像的印象刺激情绪,综合地装入他的著作里时可以激动读者,使他们也感受同样的印象,所以伟大的文艺，是读它的人底生命底轮转机。诸君请看：不是因为有个易卜生（H. Ibsen），好多人与社会的虚伪战争么？不是因为有个杜斯退益夫斯基（F. M. Dostojevski），好多人看见深奥的人类学么？在这意义上，文学不但是表现人生，而且是批评人生的。

感情。文学的内容，笼统地讲起来，是人生的情感方面。人们除掉智识的生活外，还有一大部份情感的生活。文字是智识的记号，也是情感的象征。但用以宣泄智力的（appeal to intellect）就是科学；用以宣泄情绪的（appeal to emotion）就是文学。英国的道甸（Dowden,1843—1913）在他的《文学研究》中说："判定和传达事实，是科学的目的；刺激我们的生活通过感情至于较高的觉悟，是艺术的目的。""To ascertain and communicate facts is the object of science; to quichen our life into a higher consciousness through feelings is the function of art。"

文学的光景，只是情感的交流，从创作者的心里倾注向鉴赏者的心去：这就是作者和读者的关系了。这种光景，我们叫它感动。若一件作品能引起我们高洁的情思，或使我们享受甜美的陶醉，或教我们发生邈远的驰慕，我们就毫无踌躇地称它为文学（The object of literature is to move, to amuse, or to animate.）反之，倘我们觉不到上面三者之一，那便无论它镶着怎样惊人的秀词丽句，嵌着怎样高深的至理名言，毕竟不能成为文学作品，至少我们不知道它是文学不是。

要知道感情是怎样重要的文学要素，最经济的手段，便是举几个文学作品作为实证。例如英国诗人雪莱（Shelley）的一首诗：

> Out of the day and night,
> A Joy has taken flight;
> Fresh Spring and Summer and Winter hoar
> Move my faint heart with grief, but with delight
> No more——O never more!

译意：日夜蹉跎，生趣索然；明媚的春、夏和灰颓的冬日，震撼我的脆弱底心灵的，只是忧悒却不是喜乐——啊，永远不再喜乐！

在我们中国的文学里，像这类富于情感的词曲正是盈篇满幅。譬如《牡丹亭·惊梦》里的一段：

> 原来姹紫嫣红开遍，
> 似这般，都付与断井颓垣；
> 良辰美景奈何天，
> 赏心乐事谁家院？

又如李清照的那首《声声慢》的秋情词：

寻寻觅觅冷冷清清，凄凄惨惨戚戚。乍暖还寒，时候最难将息。三杯两盏淡酒，怎敌他晚来风急！雁过也，正伤心，却是旧时相识。　满地黄花堆积，憔悴损而今又谁堪摘。守着窗儿，独自怎生得黑。梧桐更兼细雨，到黄昏点点滴滴。这次第怎一个愁字了得？

我们欣赏这上面所举例的诗词底时候，不暇想到它们的中心观念是什么，文字是什么，只觉得它们是一片整个的刹那的生命底流露，含有不可分析的情思在那里掀然波动。这就是人们心胸中悲、喜、哀、乐的经验底波动，就是人们感情的大洋底波动。

总之，文学的实质，全在感情，感情之中专重情绪。（依外国的心理学家说起来，感情可分为两种。一种是情绪 emotion，一种是情操 sentiment。后者带知的性质较前者为多。）所以西洋有许多研究文学的论文里只把 emotional element 列入，使和 intellectual element 相对。

想像。郁达夫在他《诗的内容》里说："想像是根于过去种种的经验，由感觉、记忆、智力等而得之心像，综合创造，使各个心像 image 同时得发生感情的一种统合作用。"胡适于《建设的文学革命论》中关于想像的话是："把观察经验的材料，一一的体会出来，一一的整理如式，一一的组织完全：从已知的推想到未知的，从经验过的推想到不曾经验过的，从可观察的推想到不可观察的。"Ired N Scott 所编的 *Principle of Success in Literature* 中所下的想像底界说："想像是构成心像的能力；（心像不能构成，除非是从经验的原素来的。）它把觉官所不在意或所不能观察及的东西置于可以目视的地位。""Imagination is the power of forming images;（no image can be formed except out of the elements furnished by experience.）it reinstates, in a visible group, those objects which are invisible, either from absence or rom imperfection of senses."

从这些看来，想像不过是从以前经验里抽出各各的部份，而综合地构成一个新的模样吧了。试举文学的作品来说，如《儒林外史》里的王冕，有感情，有血气，不过是作者把他当年所经验的抽象而综合起来的一个结晶的人格。又如《红楼梦》里阴险的女人王熙凤，也是从经验里抽出共同相类的性质而组成的一个人物。这些抽象和综合的作用，统赖想像的功力。

温齐斯德（Winchester）的《文学批评原理》（*Some Principles of Literature Criticism*）里把想像分为下列的三种：

一、创造的 creative；

二、联想的 associative；

三、解释的 interpretative。

第一，创造的想像，是由经验所得来的各元素中自然地选择，并总括那些元素而造成新的物事。倘这综合成为无规律或不合理时，那作用便称空想。"The creative imagination spontaneously selects among the elements given by experience and combines them into new wholes. If this combination be arbitrary or irrational, the faculty is called fancy."创造想像的举例，如杜甫的《佳人》一诗：

绝代有佳人，幽居在空谷，自云"良家子，零落依草木；关中昔丧败，兄弟遭杀戮，官高何足论，不得收骨肉。世人恶衰歇，万事随转烛；夫婿轻薄儿，新人已如玉。合婚尚知时，鸳鸯不独宿；但见新人笑，那闻旧人哭。"在山泉水清，出山泉水浊。侍婢卖珠回，牵萝补茅屋。摘花不插发，采柏动盈掬；天寒翠袖薄，日暮依修竹。

第二，联想的想像，联结一种事物、观念或情绪与其类似的心像。若这联想非本于情绪底类似的，那也就变为空想了。"The associative imagination associates with an object, idea or emotion images emotionally akin. If such associates be not based on emotional kinship, the process must be called Fancy."如无名氏《秋叶》里的想像就是联想的：

君今见我是何时？依稀黄叶挂枯枝，西风淡荡摇空碧，无复佳禽唱好诗。

第三，解释的想像，观照精神的价值或意义，并表现这精神的价值所存的部分或性质用以说明事物者。"The interpretative imagination perceives spiritual value or significance, and renders objects by presenting these parts or qualities in which this spiritual valueresides."解释想像的举例，如林黛玉的《柳絮词》：

纷坠百花洲，香残燕子楼，一团团逐对成球，飘泊亦如人命薄，空缱绻，说风流！
草木也知愁，韶华竟白头，叹今生谁散谁收，嫁与东风春不管，凭尔去淹留！

（参照亚历山大的《诗及个性》*Poetry and the Individual* p. 106—152 所论关于想像的使命及要素等。）

文学的诉之情绪是间接的。这种表现必借一种具体的东西，人，或特别动作。有了上述三种的想像，文学家得借了外的形状事物来唤起我们内在的情绪。所以无论诗歌小说里倘没有想像的作用,那么情绪也不能发生,思想也无从传播。

十八世纪末叶英国文艺界上的怪杰,唯美运动(The aesthetic movement)的祖先勃莱克(William Blake,1757—1827),他的诗文中所散在着的美底思想,是以想像为主要条件。他的诗中有一行说:"一切事物存在于人类的想像中""For all things exist in the human imagination."

到了十九世纪前叶,继勃氏而起者为诗人基次(John Keats,1795—1821)。他的美学思想,总括言之,是感觉和想像。他给 Bailey 的信中有几句说:"我与其要生于从论理的进程所得的知的真理,毋宁生于想像力的美之观念上所激动的心灵之情绪。""I should rather live in the emotion of the heart, stirred by the imagination's Conception of beauty, than in the intellectetual truth gained from the process of logic."他又说,"想像之美的所在,亦必真理。""What the imagination seizes a Beauty must be truth."

在近代美学的分野里,最力主想像底要素的,为英国的波山奎(Bernard Bosanquet)等。他在《美学三讲》(Three Lectures on Aesthetics)中说:"所谓美底态度(经验)乃是我们想像底地观照一个对象,我们的感情像由此观照成为具体化,而入于那对象中的态度。"依了上述诸说,可以知道想像之为文学艺术的要素而应该怎样重视,所以有人竟把纯文学称为 imaginary literature 的。

思想。John Merley 在他的《文学论》(Literature)里说:"一个受过教育的,应该对欧史的外面大事底进程有个概念。同然,一个受过教育的亦应该对内在的思想和情感所表现于文学中者有个梗概的观念。""An educated man ought to have a general notion of the course of the great outward events of European history. So, too, an educated man ought to have a general notion of the course of all those inward thoughts and moods which find their expression in literature."有人说,"文学是历史的灵魂。""Literature is the soul of history."文学最大的价值,就在能够表现一个时代的精神(这时代两字或是译得不好,英文叫 epoch,连时代的思潮,社会情形等都包括在内,或者说时势比较近些。——引沈雁冰的《文学与人生》中底话。)历史的记载只是外面的实,而这些事实的含义,就非借文学的力量不能了解了。倘一国有历史而无文学,则不能表现其民族生活的根本意义于外界;因为历史的目的,只使我们认识民族生活变迁的事实,而生活的根本意义唯有文学能够表现出来。

再进一层讲,我们鉴别文学的作品,时常看它的思想底本领如何,因为思想是艺术(音乐不在此内)之所有形体的基础,是作品所以写出的动机,并因为我们考察出来,没有思想的基础,剧烈的情绪,将变为狂怒或淫乱的;愉快的情绪,将流为痴酣或放荡的。再说倘没有隐伏的思想为作品的基石,实际上亦不会有深切的情绪。郁达夫在《诗的内容》里说:"思想在诗上所占的位置,就看它能否激发情感而后定。若思想不能酿成情绪,不能激动我们人类内在的感情全部,那么这一类思想只可以称它为启发人智的科学,不能称它为文学,更不能称它为诗。"这酿成和激发情绪的使命,的确是思想在文学上所占有的地位:倘我们牢记着"情是思想开的花"的话,就不难明了它在文学上的重要了。

但是在这儿有个紧要的交代,便是创作和鉴赏作品的人们都该注意思想的,"酿成和激发情绪"的使命,而不可被它所束缚。换一句话,便是不要为了想把某种思想具体化,或为了宣传某种思想而创作,或者以某种思想为标准而鉴别当面的作品。

形式。鉴赏文学的作品,我们要注重它的形式。情绪、想像、思想之所以表现出来,赖有文字为之中间物。所谓形式,含有之非实质——情绪等——的一切具体的表现;它是作品之"形",与作品之"质"不同。所以形式的本身可以说是作家把自己所有的最好底思想及情绪移于读者时一切的方法或手段而不是一种目的。但是它在文学表现上也很重要,因为文学的主要条件——诉之情绪的能力——完全靠着它而传播。作品能否给与我们感一种新的刺激,全视作者的手腕能否将形式组织得有艺术的价值。所以它是作者之表现的能力与艺术的手腕如何的准确底标号。

在近代美学的分野,形式与内容不可分离的意见甚占优势。如意大利现存的美者克洛契(Benedetto Croce,1866—)以表现(expression)与直觉(intuition)同视;又如上面举过名字的英国波山奎在他的《美学三讲》中,论及视形式可以离开内容的看法是皮相底看法,而把这两者同视;再如英国近代美术批评家培尔(Clive Bell)在他的《艺术论》(Art)中,把一切美的标准基置于所谓"有意味的形式"(significant form),也显然地论形式在艺术的应该怎样重视。于此可见形式之为文学、艺术的要素而不可漠视的了。

永久性。温齐斯德以为文学并不是含有永久的价值的真理底书物,乃是它的本质具有不灭底兴味的著作。关于这点,他曾有详细的说明。据他的说明,在文学以外含有永久的价值底真理者很多,例如历书及数学科学等之论文里面;但此类书物所以不能称为文学者,因为其中所包含的真理和事实,可以用别的形式述说出来,可以用各种的方法表现,因而变为人类智识的一部份。即使最初记载这事实和真理的书物全然消灭,但真理之为真理,事实之为事实,却仍然存在而为一般人所知道。简单一句话:即书物虽然消灭而真理不灭是也。至于文学作品则不然,是反对述说真理的。真理活着,文学作品则死;换言之,有真理无文学,无文学有真理:二者正如冰炭之不能相容。奈端的地心底真理,在物理的智识上或讨论中,是有不朽的价值底,可是文学的使命,却不在述说这些真理。文学作品本身是(themselves are)永久的价值,并不是智识的收藏所;反之,那些含有(contain)永久底价值的,不能称做文学。那么文学什么具有不朽的价值呢?温氏便这样说:"因诉于情绪的能力,可以使一书得到永久的兴味和文学的特质。""It is the power to appeal to the emotion that gives a book permanent interest and literary quality."

至于"诉于情绪的能力"为什么使文学有不灭性和永久性,温氏便用了下面极有兴味的说明——

> 智识与情绪的主要不同之点,便是智识是历久的,感情是瞬刻的;智识是永续的,感情是消失的。当我们精彻地去研究某事实或真理时,我们的智识便即增加,所以我们读了诉于智识的论文完全明了之后,就不高兴再读第二遍,因为这里面所含的真理,已经永远成为我们智识需要的一部份,而作品的本身没有永久的价值。然而情绪是常常感动的经验底连续,读诗时所生的感兴两小时后或即消灭,可是这种情绪,当我们再读或想起的时候,又会掀涌的。这样我们可以再三再四地赏鉴它,因为只要有这种作品就会激发我们的情绪。要说明古今来各种作品所以有不朽的生命,应该记着这诉于情绪之力的一事。

这样从感情的瞬间性倒转说到它的永久性,而作的为文学具有永久性的说明,实在是很妥适的见解。英国心理派美学家玛萧尔(Marshall)所主张的美感底永续说(permanency theory)也是这样看法,可说是和温氏之说相关连的。

普遍性。前面曾举过名字的台昆雪(De Quency)以"力"(power)为文学的特质,所以他主张和 books of knowledge 相对峙的便是 books of power,某种特殊的人,为要得到某种特殊智识而读的书籍——即是专门的书籍,即是专以教授为目的底所谓 books of knowledge 的了。文学是诉诸一般人(appeal to the general mind)的读物,里面本没有供给什么专门学识,而一切的读者也专为了要从那作品自身直接受到感觉——趣味,或者说是为要得着 De Quency 所说的"力",此外便无奢望。这所谓"诉诸一般人"的特质就是文学的普遍性。无论诗歌、小说、戏曲,及一切我们称为文学的东西,都共通地具有这种特质。

关于文学的普遍性,温氏也有以下的说明——

譬如荷马(Homer)时代的智识,是过去的东西,可是荷马还是有生命的。为什么荷马不死呢?因为他诉之情绪,而人的情绪却是古今不灭的,明白一点说,就是单独的情绪虽已过去,而人类情绪之普遍性质并不曾改变;各感情的联续底波动虽生变于各瞬间,而感情的大洋却洋洋乎各时代不变的。其实全般的感觉或知觉不能没有发达也不能没有增加与改变,可是情绪的基础性质上究无大改变。人类的智识是递变无穷的,而情绪的性质则反是。Achilles 的怒,Hector 和 Andromache 的爱,Paris 和 Helen 的情,总是存在不变的。

这话也能够说明文学的普遍性了。即温氏认为各人的感情是暂时底,而人类一般的感情都是共通的。其所以为共通者,就是超越时间及空间,人都能共感共有的意思。

关于文学，广义便是艺术——的普遍性，最热心倡导的，在近代人中要算是法国的美学者居友（Guyau），他的美学系社会底美学，在近代美学上占最重要的地位。他在所著《从社会学观的艺术》（L Art au Point de Vue Sociologique）中说："艺术的感情，在他的本质原是社会底。其表现底目的，是要使个人底生命和更大的普遍底生命结合而扩大之。"他并以为"个底"都可以成为"全底"，文学艺术的优劣，全视乎"个底"得为"全底"即"普遍底"（universal）与否。再看上面韩德所下的文学界说中却郑重声明"非专门学艺的形式"（untechnical form）。这些文学界的巨子，同在申说文学艺术的本来具有普遍性及不可不具有普遍性的一点，可以知道普遍性是怎样重要的文学底要素了。

从以上七条看来，文学的体用同特质，我们大概已经明了；并上述各家的学说也大致已经归纳无遗。现在我且就归纳之所得下一个文学的界说——

文学是以情绪、想像、思想为原质，以合于艺术组织的文字为形体，诉于一般人的感情，来表现和批评人生，而具有不朽的价值底作品。

Literature is that kind of production, which for the purpose of appealing to human emotion in representing and criticizing life, takes emotions, imaginations, and thoughts as its substance and artistically constructed language as its form; and it must also be able to stand the test of time.

文学是个悬空的概念，其定义，不消说是很难下的。我们常说鉴赏或批评文学，或说从事或创作文学，然而文学究竟是什么？还觉得浮浮泛泛，说不出来。上面所得的界说，是从各方面观察文学的结论，虽不能满足的解答什么是文学底问题，但至少可以使我们知道一个轮廓。

附注：本篇系参考 C. T. Winchster's *Some principles of Literary Criticism*, tus Hontha's *Literary Principles and Criticism*, Gaysley and Scott's *Literary Critism*, Hunt's *Literature, its Principle and Problems*，并其他文艺论文而制成的。

二月四日

科学精神与文学史的方法

[法]朗松演讲　邓季宣译

朗松曾充巴黎大学文科教授,现任国立高等师范校长,已垂老病的时节了。他是现代法兰西的一位笃学苦思的文学史家,生平精力,尽瘁于文学史的研究。他的见解,不仅远超平凡且是允当而卓越的。因此法兰西的文学界,一致认他为妥善的导师。他的著作甚多,姑且不去列举。我所译述的这篇文章,是他在比国不鲁日大学的演讲。他的名著,就是一八九四年所印行的《法兰西文学史》,在那部书的绪言之中,有关他对于文学的认识,和研究文学的方法,大概都已发挥殆尽,这也是我要特别介绍的。

朗松认文学不是知的事物,换言之,不是以知为对象,而是训练,是品味,是愉乐。简节地说,文学即是愉乐的陶养,却系一种智慧的愉乐,常系于种种智能的转变而生差异;且这些智能,都因游泳于文学潮中,便更加坚强,更加委宛,更加丰富。因此文学即是内心陶养的工具(et ainsi la littérature est un instrument de culture intérieure)。文学的功效,是教人于一切思想方面,采取愉乐,使人即在思想的陶铸之中,得着他的欢悦、恬静,与更新。在日常生活里面,人都为职业的工作所缠缚,唯有文学可以排释那些缠缚的烦闷,使人的精神超越于机智利害及职业的成见之上。文学思想之中,要含有哲学思想的浸润,以维持人之精神生活,尤其在这时代是为必要的,因为人人不能从事于哲学的专门研究,所以文学即是哲学的通俗化(la littérature est la vulgaritsation de la philosophie),要使一切哲学思想的大潮流从文学中穿过。现在有许多人,觉得宗教的威力已经颓塌了,科学的前途与万能又极悠邈,唯有借着文学,可以把那班人,从狭隘的唯己主义与瘘痹性的技业生活之中援引出来。朗松对于文学与文学史的研究,第一是主张直捷的探讨原著,其次就是反对死守一些刻板的程式。何朗(E. Renan)在他的《科学之将来》一书中,曾说:"文学史的研究,就大部分说,即是代替人类思想的作品的直接诵读。"这个意思,是说读文学史就可替代读文学作品,但是朗松极不赞成这种见解。他说何朗这句话,直是根本上否认文学,把文学当作历史的一支,风俗史或思想史看了。朗松并不反对应用科学的方法去研究文学,关于考证一层,他且极端容纳之。因为有考证的功夫,

---

① 载《东方杂志》第26卷第4号,1929年。

才能得到比较确实的知识,有了确实的知识,才能加以评判;用科学的方法,去把文学的思想与个别的印象联系起来,把文学的变迁增长与趋势,极有系统的标举出来;这是十分正当的办法。但是不能忘记有两件事:文学史是以个性的描写为对象(l'histoire littéraire a pour objet la description des individualités),它是以个人的直觉为基础(elle a pour base des intuitions individuelles),质言之,一面要虚心探索作者于其作品中所表现的个性,一面要提撕警醒个人的直觉。朗松说无论文学知识的对象或其方法,就名词上严格的说,都不是科学的。

以上所举述的,都是朗松的文学思想中极重要的部分。我们再去看他的《科学精神与文学史的方法》是如何。

译者附识

我的教育与研究都是完全属于文学方面的,而我竟来这里讲演科学方法,恐怕那两位负盛名的同国人,一位是数学家普安卡赫(H. Poincaré),一位是生物学家罗当岱哥(Le Dantec),都是住在此地,或要搴着我的衣袖说道:"我的亲爱同僚,这是关乎我们的事。"因此我虽敢将科学方法的意义引伸到文学史方面,但是持着小心谨慎的态度,并要预先说明在何种意义之中,以及达到何等限度,我乃俨然从事于科学的工作。

在我们的国里,科学这个名词,往往被人滥用,因为许多头脑强健的人们,都是醉心于化学家、物理学家和生物学家的大发明。说到这里,诸位可以推测我是想到岱罗(Taine)同不侯罗第艾(Brunetière),他们俩人所遗留下来的伟大见解,固然都很丰富而又醒活,但是从他们的科学妄想之错误与失败方面说,或者值不得要贡献于我们这种教训。平凡者的著作,不能带有多少指教,然而伟大人物的失败,倒可告诉我们何处是深渊:谁敢自诩,说照着岱罗和不侯罗第艾两人死亡的路径去走是妥实可靠的呢?

既已受了他们俩人经验的告诉,现在我们知道组织文学的研究,建树文学的知识,以及可供文学处置的种种实证,第一是要注意属于文学范围之特殊对象的本质(la nature de l'objet spécial qui est le nôtre)。研究文学的人,对于各种科学要取独立的精神,等于各种科学,已经脱离了玄学一样,要在自寻独立以后,才有一日千里的猛进。无论何种科学,决非自行判定是要抄袭别种科学的外表计画,也绝不是要利用别种科学的种种公式,所以我们研究文学的人,也勿庸去临摹化学或自然科学的构造,也勿庸习用那些科学的术语。

我们可以放胆的说一切手术,对于试验室里的科学,诚然都是真实的,而在文学史中便都成了譬喻的或理想的。诗的天才的分析,与糖的分析的名词,是绝无共同之点,文学中的种类,是由模仿而成,而生物种类的绵延,是由代代的传播;如果在这中间求其同一作用,那简直是空谈废话。总而言之,在一切自然科学之中可以认为方法的（méthode），如果要用在文学方面，那就变成系统了（système）。所以在科学家可以视为观察的方法，而在文学家只是观察的态度罢了。

我们要爱好并要摹仿散多博佛（Sainte-Beuve）的审慎。他曾咀嚼何为科学，并且知道何为一件事实。……他是受了十八世纪学派的陶镕，立意从事于思想自然史（l'histoire naturelle des esprits），把一切思想分列成类。但是他所取法于科学的，仅是科学原理中的共化而已（l'assimilation générale）：这就是说他所用以求真的方法，是根据真实的观察（par l'observation de la réalité），去寻一切事实所推演的普遍作用。从来不问他所做的是否与那班著名科学家纳马克（Lamarck）、不南威罗（Blainville），或马仁狄（Magendie）所做的都能类似。

这样看来，散多博佛还是我们的导师，此外尚无超越他的，所以我们只有遵循他所指示的道路。

……我们参加科学生活的态度，独一而无误的态度，即是在我们本身方面去发展科学精神（développer en nous l'esprit scientifique）。科学家们与我们研究文学的人都是互有人性的弱点，短见，心向不定，盲目的热情，缺乏超出自己的本领，以及自误或被人误的亘久冒险。他们科学家与我们之间，共有责任的治学工具在——即孟岱略（Montaigne）所命名的理性与经验（la raison et l'expérience）。此外还有一个共同点，就是我们所研究的对象都是种种事实，是现在或过去的真实（c'est la réalité présente ou passée），异常复杂而又渰混的真实；组织真实的纯素性与固定性，都在种种形表的繁富之下掩蔽住了。但是我们踏着科学家的步趋向前行，而只须致力于他们所以取得胜利的那种精神。

关于这一点，我最好引弗列得利戈何（Frédéric Rauh）来作论证。他是巴黎大学的名教授，主张思想自由，力求行为自由的一个人。他对于研究"情感心理学"的方法，曾有新异的著作，我姑且把其中最精采的一页引出：

> 现代人所积思劳虑的根本问题，大概就是要规定在何种形式之下，科学思想可以应用到一切心理问题或精神问题方面。因为我们推想关于这类问题，总有一种可能的科学态度（une attitude scientifique possible），并且，照我们的观察，科学意念是逐渐趋向于组织人的思想及人的品行。……然而这并不是必定要向科学贷取什么手腕或方术；所要采取的仅是一种科学精神。……
> 其实我们又觉得没有科学，没有普遍的方法，而仅有一种普遍的科学态度（qu'il n'y a pas de science, pas de méthode universelle, mais seulement une attitude scientifique universelle），一种共同的精神状况，在各种不同的研究之中，可以把些同样合乎科学的精神，引到显然与科学相反的方法上去。好久以来，大家把某种科学的方法，与科学精神的本身混为一谈，因为那种科学曾有许多显著的成绩，于是把一切有形的科学（les sciences du monde extérieur）变成了科学的唯

一型类(le seul type de la science),但是一切物质科学与精神科学的单位,不过是一个准的而已。

然而这个准的也尚未证明,因为这个单位还是假设的或是近似的;想拿同一的科学精神,应用在两种不同的方法里面,或许是不可能的,而且那两种不同的方法,是从一切科学种类的差别而来的。再者,就是在物质世界的科学里面,亦复不能取同一的科学精神。在物质科学方面,有许多类推的理论,都已公认为虚假的,偶然的,或是先期成熟的,都是被列在一个悠远的甚至不的确的将来里面了。所以对于自然界,于各种科学家都是共同的自然界方面,只有一个智能的趋应而已。……

对于真实的智能趋应,这就是我们所能取法于科学家的;因此我们研究文学的人,对于文学方面,要输入无偏颇的好奇心,严肃的信义,勤劳忍耐心,尊崇事实的精神,信仰的慎重,自信与信人都要持疑难的态度,要有不断的批评精神,以及考察与校正。在下了这番功夫以后,那时我们能说果否是做科学工作,我依然不能知道,但是至少可以确信我们定能产出更好的文学史。

假使我们想到一切自然科学的方法,那末无论是属于普通方法,或属于以事实为根据的一切研究的共同方式方面,也不管我们所想到的方法,是否对于构造我们的知识方面,或比较对于启明我们的意识方面要少些。我们要审视有同的方法,异的方法,不变的方法和变的方法,但是也莫要管那些方法所影响的是否偏于伦理性方面,或是偏于他们所演凑的外表。在各种科学方法的思考上面,第一我们要持审慎的感情,要明了什么叫作一个证据,以及什么叫作知,借以抑制我们对于自己的奇想异说,不至于阿谀苟且;而对于认为真确的事物,也不至于轻率趋附。

我们不能去实验,我们只有观察,观察一些不能量也不能称的事实,而且那些事实,是从来没有重复雷同的。每件事实,就类而论,都是独一无二的,这不是因偶尔而生的,却是从本质而然的:这正是文学的原著与史实的卷档发生差别之由来。再者,甚至在历史里,治史的人,原可依附普通事实,对于一切个己的殊异,并可取其抽象。但是我们治文学的人,一样在搜求普通事实的时候,还要揪住种种个己的差别。倘若我们不把个己的差别保留住,那末我们就自相混合羼入历史与文字学里面去了。我们可以在哈隋洛(J. Racine, 1639—1699)的戏剧里,寻出他与卜哈东(Nicolas Pradon, 1632—1698)和季洛(Quinault, 1635—1688)的共同点么?或是在哈隋洛里面仅仅看出他所遗传于刚必士突洪(Campistron, 1656—1723)的东西么?当然寻不出看不出什么!哈隋洛所以使我们如此的赏识,如此的关切,正是因为他是哈隋洛,正是因为只在哈隋洛里面有独有的东西。至于论列我们的悲剧家之间的共同点,那末我们当然要审辨他们的共同点何在,而且要记牢那共同点,好把法兰西的悲剧下个定义,以及承认他与他的环境的关联。但是,你看我们中间有一班醉心科学方法的人，只爱在最强烈的奇特作品里面，寻求普通的东西，而且即以他们所肤见的，当作那些作品之中所含盖的。所以各种科学方法自从输入我们的法兰西以后，不能有丝毫贡献，那些科学方法，只是在制造型式与类别的定义而已。然而我们，一方面是要擒住独一无二的现象，一方面，还要显出个己。岱洛（Taine）强用科学方法以研究文学，假使不幸他的方法成功，他或能评定法兰西十七世纪的悲剧；至于个己方面，他至多不过见到卜哈东和季洛，恰好他俩都是平庸的样本，而他永不能见到那个己天才的集成偶尔一次实现的哈隋洛。

我们的研究是属于历史的。我们的方法即是历史的方法；将来我们的成绩只是历史的真确；但是从一点上说，我们的条件却是与历史家的条件不同。他们是研究过去的已空的事迹，就是凭借现存的痕迹去重行配合过去事迹的概念。当着我们追寻十八世纪感情生活的状况，或是文艺复兴的思想的情态，我们也是追索不再存留的过去的景象（l'image d'un passé qui n'est plus）。但是这个过去，我们即在尚存的真实之中重行捉住，而这些尚存的真实即是文学作品：就此一点而论，我们研究文学史的人是与艺术历史家相类似。诚然有许多已死的文学作品，然而杰作终久是在我们面前，与诸卷档中的史料绝然不同，都是处于化石的状况，死而且冷，与现今生活渺不相涉。但是侯班士（Rubens, 1577—1640）与杭蒲项（Rembramdt, 1606—1669）的图书，终久是生动的，活跃的，还可使现在人们的心灵，一样的感受印象，而且其感印的程度，与画家的同代人们所感受的是依然相等，而又能确切标出其与现代的图画作品，有深刻的变更之点。所以杰作，对于受过文化的人类，确能建树智慧的或情感的激发之永久可能性（des possibilités permanentes d'excitation intellectuelle ou sentimentale）。

凡属杰作，都有它生动的固有性（propriétés actives），因此，它可以永存。文学的杰作有否这种不朽的境地，须视其有否属于自己的而又美妙的形式；因为作者的奇特性（l'originalité）即在那形式中实现；所谓形式者，即是文笔（le style）。这也就是承认什么外界的度量，甚至什么论理学，都不能领略美之所在，因为美感的反应作用，绝非别样东西可以替代的（rieu ne pouvant ici iemplacer la réaction du sentiment esthétique）。所以在文学里面，永远有一个天定的而且正当的印象主义（une part fatale et légitime d'impressionisme）。在科学家，以及历史学家，都是要竭力排除他们的自己变更；我们研究文学的人，是迫不得已要容纳我们的自己变更；只在引用一位前辈或一位同志的印象的情形之下，我们也许要拒绝容纳我们自己的印象。这样看来，很可推想我们真是做客观的科学功夫，因为我们不时的要舍置己见，直接采纳别人的主观主义。

但是那时候，为着根据所当认识的事物的本质，去组织认识的方式，如果我们所研究的对象迫令我们要用主观的印象，如果科学方法的第一道命令就是服从对象的精神，那末，还是承认及规定印象主义的作用比较合科学些呢？还是否认那种作用比较为合科学些？或是听从这种个人元素无形混入于我们的研究工作之中，并听从其无规律的活动为比较合科学些？但是在否认一种真实的时候，依然不能取销那个真实。

印象主义是使我们与美接触的唯一方法。对于探美，我们要爽快的用印象主义，但是我们也要悬崖勒马似的制止它。综括言之，要辨别知与觉，要辨别所能知的与所应觉的，在能知的地方莫要用觉，当着觉的时候莫要信以为知：我相信文学史中的科学方法，可以概括于此，只有借这种辨别的功夫，我们对于如此相对的，如此暂时的，如此不肯定的，如此不的确的真理，才能供给一点科学知识的固定性，至少能供给一点科学知识的公正精神，但是要把握住这类辨别所能含盖的一切影响。

在这合乎方法的养成之中，我还要说我们应当要求而且实施一种完整的自由。科学精神，有些人已经说过，根本上就是自由的。在什么地方，自由不是完的，那就是科学的积进精神仅仅得其貌似或萌芽的时候。

在法兰西，一班文学历史家，对于保持科学自由的原理，没有好大的功劳。固然是没有人向我们拒绝自由，但是至少有两种可以变成专横的威权：一则是政府，一则是教育。第一种威权，在我们法国，已经无心干涉了，第二种威权，也已无力实行文学思想的弹劾了，因为这两种势力所要干涉的事太多，已无暇去监察纳马丁（Lamartine）和孟岱略（Montaigne）所表现的思想，所以文学史也就因为那有权为恶的人们那个漠视的观念而竟沾了光，担保了我们的无罪过的把戏的自由。

然而我也不情愿言之太过，绝对的东西，不是在这个世界里，因而我们的自由也不是绝对的。我们往往还是碰到几个界石。这就是教士会的人们，在他们所办的学校里面，关于卡尔文（Calvin）和何朗（E. Renan）不曾加以抨击的书籍，都要一律排除禁绝。此外就是君主阴谋方面，一见有人宣讲与君主义理相反的事实，就觉得于他们不利，忿而用其对付的手段……

这些恶势力，对于科学的自由，与我们文学界，固然是一种危险。但是真正可怕的仇敌，不是在外界，而在我们本身：就是我们的无知，我们的离奇想像与我们的狂热（es sont nos ignorances, nos fantaisies et nos passions）。

批评与文学史，感受自由的钳制，比较自由的过度还要少些。这种过度的自由，就是把科学一味的盲用到个人的任性；讲到真正圆满的自由，我们只能得之于纪律之中，得之于一切正确方法的健全纪律之中。我们过于相信只要有思想便够了，而没有充分相信文学所须要的思想，是经证验真确的思想。我们过于相信拿我们的同情和忌视，偏爱与宗派，愿望与梦想，就可造成文学的真理。我们过于向我们的演绎法趋求事实的形似，过于减缩自然的美和人生的美，并且过于束紧人类天才的力量于我们的门户见解的槛阈之内。我们过于想像从预定的见解与论理，再加上才能的矫揉，便可造成历史。……总而言之，我们久已就有许多最坏的习惯，我们现在还有一些。……在智识的程序之中，与在伦理的程序之中都是一样；第一是要反抗自己,去求知道如何才算是自由。

裁制在我们本身的魔力的方法,与戒备在别人方面的魔力引诱的方法,都已具立了。现在我们的职务,就是对于客观知识的方面,要随时随地隔断主观的元素,勿使美的印象与狂热情欲和偏颇的信仰相混杂。要隔除仅能产生谬误与武断的诱惑,要持守,要滤清,要估量凡能助成一个作者的天才,或一个时代的灵魂之正确表现。

抄本的研究,版本的校对,正副本的研讨,年代的考证或年谱学、目录学、传记,搜求的来源,作品影响的记载,书录与档案的搜集,诗的统计,文法的研究,趣味与文笔的观察,以及种种合法的表册……这些研究的方法,是异常迂缓,异常艰难,往往敌抗不住那急于结论的技巧的懒惰性;并且这些方法都是审察的,缩减的与诠释的方式,他们的利益是在可以标划我们的研究的程序,我们纵然时受懒惰的诱惑,但是这个程序,毕竟是不可支离的。至于我们的目标,就是关于知识方面的问题,是要把个人的感情部分,缩小到不可缺少又能正当的最低限度,因我们对于知识,要给其全有的客观价值。

过去的时髦批评,无论从理论方面或实际方面,总是否认文学之中有科学研究的可能性,所谓科学的,即是指正确而忍耐的研究。但是这些批评,我们竟可弃置不论;不待辩的证据,就是在这最后二三十年以来,甚至从这以宗说学派为战场以奇想怪论为赛会的最近四个世纪以来,坚固的知识的范围,确是增长了不少,其增长的趋向约有两种:

第一,文学发展的干线,思想与感觉性的潮流,趣味变迁的情形,形式构成的程序,与宗派体类格式逐渐瓦解的历程,这些普遍事实,都已有了更确切的认识,更详实的观察,和更精细的分析。也更能透彻了解那些事实的性质,更能确当的追随那些事实的形势。因为种种参证的材料,都已继续不断的搜集了,且都经过严格的评判,文学的范围,也在不断的阔展,所以文学普遍化的基础,已有较妥的担保了。

另一方面,关于伟大著作家的天才,已渐次有定论了,对于伟大作品结构的形式与影响所起的概念,也已逐日显明,并且有固定的趋势了。至于不能明了的地方,在孟岱略和巴士卡尔的著作之中(dans Montaigne et Pascal),在波休艾和卢骚的著作之中(dans Bossuet et Rousseau),在伏尔德和沙突不尼阳的著作之中(dans Voltaire et Chateaubriand),以及在许多别的作品里面,依然是有的,并且其中矛盾的地方,恰是成正比例。但是要紧紧的追随近几年来文学研究的运动;要注意争论的疆域并没有缩小;已成的科学,与已证实的知识的范围,还在日见扩展;并且对于不合科学的自由的让步,比较从前少些;只要那个疆域与范围,不是因着无知无识,不是因着江湖派的把戏,不是因着狂妄的成见而崩溃了或消散了。倘能如此好好下去,确能逆料在有一天,大家对于作品的定义,内容与意义,都能互相了解。彼此争论的态度,都不过是根据感情的品质,但是我相信大家永远总是争论。

在科学的工作之中，有一个智识单位的定理（un principe d'unité intellectuelle），这就是：没有国界的科学（il n'ya pas de science nationale）。科学是人类的，科学虽是造成人类智识的单位，然而他也要竭尽协助之力，去保持与更新所有国家的智识单位。

因为，如果没有一个德意志的科学，没有一个法兰西的科学，没有一个比利时的科学，而只有一个共同的科学，那末，更是没有一个党派的科学，一个君主的或共和的科学，一个天主教的或社会党的科学了。同一国家的人们，既然对于科学精神都是一致合作，那也就是承认他们的祖国的智识单位。既然接受一致合作的纪律，如是在各个党派与各个信仰之间，便树起同心相应的基础……

如此，并不须丝毫抛弃个人的理想，而彼此都能了解，都能合作：因此大家可跻于相互敬爱与同情的境地。宗派的，炫异的与狂热的批评，都是使人分离，而文学史偏是使人集合，正似人的精神受科学的兴感一样。如此，则文学史就变成一个方法，可以使分道扬镳的一国人们，全体重行接近，并且因此我又敢说我们丝毫不是为能博古通今的考证而工作，也不是为着人类设想，而是为着我们的祖国工作（Nous ne travaillons pas seulement pour l'erudition, ni pour l'humanité, nous trvaillons pour nos patries）。

现象学概说[1]

杨人梗

一、序　　说

现代哲学界之潮流,哲学家分为"学之哲学"与"生之哲学"之二大别。现象学之创始者爱特满特·傅赛尔(Edmund Husserl)名前者为"由上之哲学"(philosophie von oben),名后者为"由下之哲学"(philosophie von unter)。然学之哲学与生之哲学之划分,乃从内的见地而言,傅赛尔之区别,则从外的见地而言者也。

学之哲学(由上之哲学)云者,即康德之所谓理想的定立之事实,由概念的而加以考究者也;其方法为客观的,故其结果为形式的,为超越的。生之哲学(由下之哲学)云者,即从具体的生活之直接的内容出发,非客观的抽象,乃现实的种种状态之考究者也;故其结果为经验的,为实际的。此二方面,均表现于人生之中,而从来即立于对立之地位。傅赛尔之现象学之所以在今日哲学界中能放一异彩者,即努力于此二方面之综合也。傅氏之哲学,一方严密遵守客观的方法,他方则从意识之内在的见地加以深讨,而谋由上之哲学与由下之哲学之携手。更严密言之,所谓本质学的全体学的现象学者,实欲从根本上以解决现代哲学中种种至难的对立的问题;此种问题,即存在与事实、规范与价值、必然与当为、现实与理想、现象与本体、主观与客观、个体与普遍、所与与构成、先验与经验、超越与内在、理论与直观、批判与体验、理性与感情、学与生、论理的与心理的以及认识论的与形而上学的等对立的问题。故现象学一方从纯粹理想之立场,他方则从纯粹体验之立场,以阐明所有学问成立之根据及其关系,而形成学问全体之基础,亦即所谓"学之学"者也。从而现象学实对于学之哲学与生之哲学,认识论派与形而上学派,先验理论主义与先验心理主义,均兼收而并蓄之。

似此,现象学乃哲学中之基础与中心,心理学自受其支配,即审美学、经济学、

---

[1]　载《民铎杂志》第10卷第1期,1929年。

法律学、政治学、伦理学、宗教学、数学以及教育学等亦无不受其支配者也。

二、何谓现象学

现象学之术语,非傅赛尔所造,亦非新近所成立。在黑智尔(Hegel)之哲学中,黑氏即名其哲学为"精神的现象学"。又如康德之认识论中的现象论的立场,笛卡儿(Descartes)之"我思故我存"(cogito, ergo sum),休谟(Hume)之哲学基调等,亦多少含有现象学(phaenomenologie)之思想。然兹篇之所谓现象学,与从来之现象学则并非一物。今兹所谓现象学者,乃"体念之纯粹本质学",乃"纯粹意象即纯粹意识之本质学"(见傅赛尔所著《纯粹现象学之概念与现象学的哲学》九三页"Iden zu einer reinen phaenomenologie und phaenomenologischen philosophie"),即纯粹的现象学。更严密言之,今兹之所谓现象学,并非立于"对于客观的主观"与"对于实在的现象"之立场之现象学,而实超越此立场,即所谓纯粹体验之境致之纯粹现象,换言之,即以所谓先验心理学的研究之对象的现象,为论究之标的的现象学。

三、现象学之创始者

今日之所谓现象学,其创始者,当推爱特满特·傅赛尔。傅氏德人,生于一八五九年四月三日,现任海特堡大学正教授。氏之处女作为《算术哲学》(*Philosophie der Arithmetik*, 1891),氏于数学有精深之研究,实今日一有名之数理哲学家。氏曾师事佛能慈·布能塔罗(Franz Brentano, 1838—1917)因决然由数学而转入哲学之道。其时正一八八四年,氏方二十四岁。氏虽师事布氏不及二年,然于人格方面,于思想方面,则受布氏之影响不少。

其后,氏祖述大陆认识论之鼻祖笛卡儿及纯论理主义之伯恩哈德·波杂罗(Bernhard Borzano, 1781—1848)。其现象学之主要著作《论理的研究》二卷(*Logische Untersuchungen*, 1900—1)始公之于世。由此事实观之,其现象学为认识论的,为论理主义的,实甚明显。

一九一三年,氏之名著《纯粹现象学之概念与现象学的哲学》及《哲学与现象学的研究》(*Philosophiesche und phaenomenologischen Forschung*),始公于世。"现象学"与"现象学的"术语,从而震动全世界之哲学界。

氏之哲学对于学术界之影响殊大。彼有名之心理学者、伦理学者、美学者特阿多尔·李甫师(Theodor Lipps, 1851—1914),有名之伦理学者马克司·史勒尔(Max Scheler, 1874—)等,均无不受氏之影响。此外氏之学徒,则有法律哲学家亚多尔夫·南那哈(Adolf Reinach)以及特阿多尔·雷新(Theodor Lessing)。又在本质论方面属于傅氏一派者,则有天才哲学家阿图·怀怜格(Otto Weininger,1880—1913)。更有傅氏之高足弟子马丁·海德格(Martin Heidegger)者,则更对于其师之纯粹现象学而高唱其解释的现象学。再于教育方面,则有爱恩斯特·克里克(Ernst Krieck)之现象学的教育学。由上所述,可知傅氏哲学之影响之大矣。

四、现象学之概念

（一）现象学乃先验的心理学。傅赛尔之现象学,在学者间虽二三其说,要之其为先验心理学的观察,则在多数哲学家中,均所承认者也。盖傅氏之现象学,系记述分析纯粹意识之构造以阐明其本质之学。唯吾人所当注意者,则现象学之探究,并不限于先验心理学之领域,并进而以先验心理学为其基础而探究哲学问题。

欲明先验心理学为如何之学,则对于经验心理学之意义,不可不略加以说明。今日吾人普通所称为心理学者,即经验心理学。此种心理学之任务,在于研究意识。换言之,即经验的意识之事实,为其研究之对象。吾人之意识,根本的加以考究时,则所谓知情意之意识现象,即其具体的全一的如实的存在。普通心理学之所认为对象的意识,即系表现于时间、空间以及因果范畴内之意识。亦即经验的意识对象。然而体验的意识云者,则决非如此;盖此非依时间、空间以及因果范畴而使之抽象化,此实本来的纯粹的先验的意识。换言之,即经验以前之意识。

肯认此先验的意识,乃现代学术界之共同倾向。精神科学派之所谓"生"与体验,李克迪(Heinrich Rieckert)之所谓纯粹经验与体验,实验主义之所谓根本的经验,皆非与此纯粹意识全无关系者。要之,此即所谓先验的意识。从而若欲研究此种意识之先验姿态,则非有求于先验心理学不可。如前所述,现象学乃记述分析纯粹意识之构造以阐明其本质之学,似此则以究明先验的意识为其目的,其理至明;且在此意义之中,其为先验心理学,理亦至明。

（二）现象学乃认识之形而上学。如上所述,现象学并不限于经验心理学之探究,且及于哲学问题之探讨;而哲学问题云者,即认识之问题。故认识问题亦从现象学之立场而加以探究。换言之,即努力以阐明各种学问之认识的基础。故哈特曼(Hartman)谓现象学为含有新的意义的认识之形而上学,并非不当。

现象学既从先验心理学之立场进而一转以讨究认识之问题,则非首先讨究真之基础、善之基础以及美之基础不可。从而现象学乃一种之认识学(哲学),其理甚明。然哲学并非心理学,心理学不问其为先验的抑为经验的,但其学之自身之性质仍然为一种之科学。其次,现象学之认识论亦决非通常之认识论。且亦非批判的认识论、经验的认识论与唯理的认识论。实则乃一形而上学的认识论。何以言之?

即体验学云者,系从形而上学的立场以从事于探究之学也。此亦即哈特曼所谓含有新的意义之故。总之,傅赛尔之现象学对于所有哲学上之难问题,如上所述经验与先验、存在与价值、内在与超越、形式与内容以及思维与实在等对立之问题,傅赛尔均欲从第三之学问之立场,以谋解决,此亦即其现象学之重大任务也。

五、现象学之要点

(一)现象学之方法。举凡学问,无不注重其方法,而尤以哲学为最。如康德哲学中之批判方法,柏格森哲学中之直觉方法,以及的而特(Wilhelm Dilthey)派哲学中之精神科学的方法,皆其例证。从而傅氏现象学之方法,亦大可注意者也。

现象学的方法,为"本质直观"(wesenserschanrung)之方法,又名为"现象学的还元法"(phaenomenologische reduktion)。还元法即还元于元始本体之状态,从而直观之之方法。故还元于元始本体之状态,必先于科学的经验的自然的意识中除去其一切后验的要素,以还元于意识先验之状态。傅氏之所谓"现象学的判断中止"(phaenomenologische epoche)与自然的定立而加以括弧(einklammern),乃使吾人由"自然的态度"(natuerliche einstellung)而入于本质之世界,并且欲从事于本质直观,则事实上,对于特殊之自然的存在的问题必加以括弧,而排除(ausschaltung)自然的定立;故在方法论上言之,一如笛卡儿,而采取一般的怀疑之态度,即从自然而形成自由之谓。然而何以采取此种态度?盖对于如实的体验内容以及直观内容,欲依其纯粹的状态而加以记述者也。

现象学的还元法,更可以分为本体的还元法与先验的还元法二种。本体的还元法,即超越自然科学的态度与常识的态度,而观究事物之普遍的本质之方法。自然的常识的态度,以为自我之外尚有他我,以为人类意识之外尚有自然界之非我世界,此实对于此种说法之经验的科学的常识的态度。现象学则抛弃此种态度,而采取本质直观的本体洞察的态度。

其次,先验的还元法,即从志向性(intentionalitaet)之立场以阐明意识本质之方法,亦即充实对象之内容的方法。以上还元法之解说,现象学一面从内容的方面加以直观的体验,他方面从向外的方面以记述此直观的体验之成效,从而始可阐明事物之纯粹现象之自身的本质。故现象学又可名之为纯粹体验之记述的本质学。

(二)纯粹意识(体验)论。如上所述,现象学乃纯粹意识之学。即对于本质的普遍必然性,从哲学的立场加以考察,而记述分析其如实的现象之学。果如此,则纯粹意识又为何物?盖纯粹云者,即吾人之意识,依其具体如实之状态而存在,并未加以何种思维的人为的之状态也。普通所谓意识,系对于对象与实在(外界),指其主观侧之机能而言;然现象学所指之纯粹意识,则决非如此。而系指其在主观剖判以前及以后之直接的如实的意识。换言之,此种纯粹意识即体验之自身。唯因专用体验二字,恐惹起多少之误解,故不如用纯粹意识之为恰当。要之,此乃超认识的最具体的绝对意识。

纯粹意识,乃吾人体验上之事实,从而非所谓概念的意识。此种意识,乃扩大至任何处,而连续为不断之流。亦即无始无终之无限的流动体。故傅赛尔谓:"反省之所与(gebend)在绝对的体验之无限之领域",乃现象学之根本领域。此意识之世界,乃互从无始之过去而来及无终之未来而去,即连绵不断之流,而其中心点,即以现在为其焦点,此应加以注意者。因而纯粹意识之世界,必检讨其过去之任何部分,同时于未来,亦必使之充实其体验之部分。傅赛尔以过去为过去的现在,以未来为新的今,即此理也。新的今之未来,决非空虚无物,而必含有必然的充实性者。

其次,体验的意识,依傅赛尔言之,乃以自己之现在为中心,从而加以扩充的无限之周环连续。即今从考究一个本质出发,而超出于第一之周环,从而更进于第二之周环。在第一周环及第二周环完了以后,其结果,所谓从前之意识之中心已去,而形成为"过去之今";但新的周环之中心(本质)的今随之而来,而形成为真之现在。把住(retention)云者,即现在之今抱摄过去之今之意。此外,对于未来之豫测(protention),即以现在之今认作未来者也。

要之,傅氏之说,乃以体验(纯粹意识)之几重而重叠于前后左右,一个直观在一个立场,均有一个连绵之领域,在此领域并且在其对象界,种种之真理因而形成。

(三)纯粹意识之构造。根据以上所述,则体验云者,纯粹意识云者,其自身之本质构造果何?若以傅氏之见,意识者并非形式之物,而含有一定之内容者也。含有一定之内容的意识,即作用性与对象性相结合之物之意。故此,意识乃具体的,乃体验的。此意识之形式(作用的方面)与内容(对象的方面)相结合之物,即名曰志向性。唯其有志向性,故体验始因之可能,故形式与内容之合一因而可能。

今假定已知觉桌上有一玻璃杯,此体验的知觉意识,即所谓含有玻璃杯之内容的意识,在此意义以内,此意识乃具体的全一的意识。故形式(作用性)与内容(对象性)相融合,即加内容(B)于意识(A)而形成二元的,玻璃杯始可由意识而描出。此亦即具体全一存在的玻璃杯之意识。在此情况之下,则所谓形式与内容之结合,若非有志向性介在于其间,亦属不可能者也。此志向性从广义言之,自属作用性之一部之一方面,然从狭义言之,则所谓作用性亦至有区别性之物。要之,此志向性结合意识之形式与对象,乃心理学之说明法。

更详言之,所谓体验意识之内面构造,将其记述分析之,则不可不注意于对象层与作用层之二层之结合。作用层即体验之形式的方面,对象层即其内容的方面。傅氏则借用希拉语"逻尔昔斯"(noesis)以名作用层,"逻尔妈"(noema)以名对象层。纯粹意识之内即含有此"逻尔昔斯"与"逻尔妈",然"逻尔昔斯"与"逻尔妈"究为何物?则不可不加以说明。"逻尔昔斯"元为理性之意。理性乃哲学的心的能力,亦即"作用性",故傅氏又认此为作用性。此所谓作用又即志向性的形式化之意。其次,"逻尔妈"在体验意识之中,系指其内容而言,如玻璃杯、松树以及云等,皆一切之意识内容也。但此处有可注意者,即"逻尔妈"更加以分析时,则更有所谓内容之物在。此物傅氏名曰"喜优劣",意即内容之素料之谓,即体验内容之内容,乃直接所与,亦即原始的体验素料,对"逻尔妈"而言,则称"逻尔妈"为形成结果。兹为使读者易于明白计,表示如下:

体验	一、作用——逻尔昔斯(形成力)	
	二、内容——逻尔妈	(一)喜优劣(体验素料)
		(二)逻尔妈(形成结果)

以上,乃依洞观的方法而分析体验的意识所得之要素。其次,将彼等之关系加以说明,"逻尔昔斯"依此纯粹感觉的"喜优劣"而起作用,其形式化活动之结果,即由含有一定意义的"逻尔妈"所形成。此形成(即逻尔昔斯化)后的"逻尔妈",即含有一定意义之物,如玻璃杯以及松树等对象性,换言之,即意识内容。其最初之与料"喜优劣",乃形成以前之物,而无何等之意义者也。

如傅氏之见,在"喜优劣"之素料之上,而被之以"逻尔昔斯"层,于其内面,则加以意义附与的活动,以形成"逻尔妈"的对象"意识内容",其结果,始形成为玻璃杯之知觉,始形成为松树之想像。如上节所述,体验流为连绵无限者,从而"喜优劣"亦为连绵无限,从而"逻尔昔斯"之活动亦连绵无限,结果形成一切之世界,即形成无限之对象界。此"逻尔昔斯"(作用性),既表现于知觉的方面,又表现于想像的方面,又表现于情意的方面;是故在"逻尔妈"上言之(对象),亦有知觉的"逻尔妈",如玻璃杯、松树等;亦有想像之"逻尔妈",如龙如鬼等;亦有情意的"逻尔妈",如道德、艺术等。总之,"逻尔妈"者,对象界之一切也。

(四)作用与内容及内容与其同一性。如上所述,内容的"逻尔妈"乃依"逻尔昔斯"而形成,从而内容的"逻尔妈"非观念的不可。观念的云者,非存在于外界之事物(如玻璃杯以及松树)之自身,乃意识的事物。此"逻尔妈"的形成,从内部的方面观之,乃意义附与之意。换言之,即于意识之内容的物质的要素上而附与以一定之意义,更使之加以充实。其结果始为玻璃杯以及松树。由此而观察之"逻尔妈",乃其时间之具体意识之内容,同时即其意义(对象性)。

如此,则所谓意义云者果何物乎?依傅氏之见,即本质(wesen)之谓。本质者,即自身充足的超越体。超越体离开意识之作用,而独自存在即最初所附与者,此超越的事物,任何人之观察均无不相同。如青色自身之"青",乃超越事实,无论何人,无论在何时在何地,其自身均无何等之变化。关于此点,傅氏实论理主义之有力的主唱者。然彼决非单纯之论理主义者,乃价值的体验主义者。

最后,内容与对象自体之关系,亦必加以说明。内容者即"逻尔妈"之谓,对象自体即真实在之谓。具体言之,即观察的松树与真实在的松树之关系之谓。

附注:现象学在最近哲学界占重要之位置,作者以课务忙碌,未能尽所欲言,殊觉不安。唯全篇所绍介者,均其重要之部分,读者得此,亦可以知其梗概矣。其详则请俟诸他日。

作者于一九二八双十节前一日写

现代文学的十大特色

微知

现代文学的特色,约有十种:

第一是感觉的。从十九世纪末叶直至世界大战为止,这时期内的文学是情绪的。但现代的文学则大体可说是感觉的,即观察事物,不诉诸情绪,而以直接感觉去接受。

第二是理智的。不置重于漠然的感情,而用理智来判断,来说明,来描写。无论观察什么事物,不仅仅以感情去判断它的善恶美丑,而运用理智来穷究其理由。故现代尖端的文学多有理智性的闪动。凡文学只用感情书写,只诉诸感情的,未免时代落伍了。现代的文学诉之于心,同时也诉之于脑。

第三,现代的文学是与科学相调和,而可与一致的。从前的文学动辄排斥科学,避开科学。而现代的文学则对于科学所昭示的真理,并不反对、畏惧,反而取择应用。且不但科学为然,虽属工业、商业,凡从来以为不得与文学相调和的物质上人类的作为,现代文学都能与之调和,或且非调和不可。故如交易所、工厂、矿山、铁路,均得成为现代文学印象的源泉。

第四,现代文学是明快的,而非忧郁的。对于现在为肯定的,对于未来为乐观的。无论资产阶级文学,或是无产阶级文学,凡最新的文学,同具有这个特长。而在这一点,二十年前的文学,与今日的文学乃是绝对对立的。厌世主义、悲观主义和现代文学是不能相容的。

第五,现代的文学持有急速的时速(Tempo),迟钝的描写,麻烦而迂回的喋喋多言,都在排斥之列,只是明快地,直捷地,像快车一般,省略细微的事情而进行。长篇小说的作品有分裂而成短篇的倾向。冗漫的心理描写,被代以简洁的动作的描写。这是因为现代生活有急速的时间性,即文学亦与之有密切的关系。

第六,现代的文学是恋爱的。这是因为现代人的性生活已经自由解放的缘故。性是可以大胆地露骨地表现出来。旧的性道德观尽可不必顾虑。又以科学之力暴露了旧时性生活的神秘,排斥了性的偏见,确定了新性道德的基础,而压倒隐蔽主义和禁欲主义。无谓的羞耻与无根据的美德恶德价值的转换,亦有力于助长这个

---

① 载《东方杂志》第 27 卷第 7 号,1930 年。

倾向。

第七，现代的文学是健康的，而不像前世纪末叶时的病态的。健康的文学的魔力，比较病态的文学的魔力，更足以使现代人引动。因而现代的文学不如旧文学一般的"生的美透"，对于当前的自然，和人事的不如意，不再无谓地流泪了。现代文学不许流着无价值的眼泪，而应冷静地直观着现实。

第八，现代文学是人类的，只有关于人类的事物，才足以鼓起现代文学的兴味，自然退避到人类之后去了。这个因为在现代表示着奇迹的，就是人类。唯有人类的头脑乃是神的创造物中最可惊异的东西。而近代科学与近代工业的重大进步，更使人类对于人类感受兴味。

第九，现代文学是大众的，超逸的，只有极少数"识者"所能懂得的古董文学，已在现代文学中消失了。教育的普及与出版事业的工业化互相为用，又使读者的人数急激增加。这大多数的读者，决不满意于只有极少数文人所能了解的技巧文学，而要求着普遍的，谁都能明了的作品。所以现代的文学是被读者的要求所吸引。现代的作家不必需求著名的文学家了。

第十，现代的文学是阶级的。资产阶级与无产阶级的对立，自然使文学也有同样的对立。现在有所谓代表资产阶级世界观的文学，与代表无产阶级世界观的文学——所以现代的文学愈有分裂的倾向了。

文艺科学的建立[1]

何东辉

一、科学闯入了文艺领域

在近代文化领域内，引起了绝大的变动的，科学的进步是其中之一罢。科学是不分界限地要求着真理的，无论你是神圣的也好，你是浊世的也好；你是宇宙的钟灵也好，你是庸凡也好，科学是将一例地看待，要求对你明明白白的知道。所破灭了十多世纪来认为天经地义的天地是上帝创造的人是泥捏的等谎骗后，科学又闯进了神圣的 humane letters 的领域了。在这个领域里，文人们是素以"人生之谜"一句话来做护身符的："人生是个谜，是神奥的东西，只配文学人来谈，不容科学过问。"但是科学就不承认谜，只有愚蠢才活在谜里，科学正要猜破一切的谜。早一点，如安诺德（Mathew Arnold）已经感到这样的威胁了，当他写到文学与科学这题目（discourse on literature and science）时，他就提出来说自然科学是否要代替 humane letters 来教养人呢？他回答说不，讲到人生，科学是不能解答的。现在，说这样话的时候早过去了，安诺德即使再活转过来哓舌也没有用，科学正坚持着要做这个呢！譬如"人性"（human nature）这个老题目，现在就有心理学（the science of soul）来对付。心理学现在虽还只是一种年青的科学，但 human nature 这个题目，只有等它来解决是无疑的。

科学最初兴起时是被视为异端的，但现在说到上帝也只有规避着它了。一八八〇年赫胥里（Prof. Huxley）在他的 *Science and Culture* 里面说："骂一个作者是科学家，就是对他的讨厌的文章最好的答辩。"但今日海莱·倍洛克（Hilaire Belloc）对科学叫苦时却说："无论什么说是用科学方法建立的就无可否难呢！"（见 Hilaire Belloc: *Conversation with an Angel* Page 211）从这两句话里，就可看出科学的估值在它的敌人们眼里已经不同了，它已从不值得一顾一跃到无可否难的地位。无可疑

---

[1] 载《清华周刊》第42卷第1期，1934年。

义的,科学既在近代文化领域内驱逐出魔术、宗教、玄谈哲学,等等,它必然的要求来清理这一片久为谎言邪说所盘踞的园地的,文艺研究将成为系统的科学,不再是所谓批评家个人的呓语,不再用什么"得之灵感""人生之谜""天才"等话来搪塞;没有"灵感",没有"谜",没有"天才",只有"地"才。一切都须科学地阐述,科学方法代替了所谓 humane letters 的方法("method of humane letters"到底是怎样的方法,实在也只有天知道)。我们且热诚地等待着文艺科学的伽里略(Caleleo),牛顿的来到吧!

二、文艺科学发展史的简单叙述

自科学踏进了"圣洁的"文艺园地后,文艺研究开始向着两个不同的方向。一方面是坚持着安诺德般的 humane letters 的唯心态度,一方面是一部分先知先觉者,抛去了以前晦暗含糊的态度开始走向文艺科学。了解到一切现象——文艺也在内——都不是单独存在的,于是脚踏实地的在客观世界里找求因素来解释文艺现象;或是用自然科学——心理学——来阐明文艺创作过程。艺术社会学和文艺心理学的萌芽,于是在这一片未经垦拓的园地里透露出来了。目前由于艺术社会学的先决条件社会意识学、社会科学等尚未十分发达,及文艺心理学的先决条件心理学亦尚年青,艺术社会学和文艺心理学都还只有萌芽而已,但它们的成为完整的科学只不过是迟早的问题。

一八五九年是划分学术史的重要界限,就在这一年从印刷机上刊印出了达尔文的《物种原始》(*Origin of Species*)。在这个纠正了十几世纪来人类头脑里的错误的进化思想撼动着世界的前一些时,艺术社会学也萌透了它第一次的苞芽。这是在一八四七年,比利时人米盖尔斯(Michaels)著他的弗朗特尔派(Flandre)的绘画史,首先感到艺术史是应该和这一国的政治、产业,和社会发达的联系上研究的。这是第一次艺术社会学的问题为人所考虑到。米盖尔斯虽有这样的企图,但由于他对社会本身的发展史尚无十分知晓,艺术又怎样的会适合于社会的发展,当然更不能解答。米盖尔斯之所以会意识到艺术社会学的基本问题——即在艺术的某种形态和社会的某种形态之间设定合法则的联系——实还只是智慧上偶然的先见,他是不具备着解决这问题所需要的条件的。

第一个来开展米盖尔斯所偶然意识到的题目的,是伊保里特·戴纳(Hippolyte Taine),那是在十八年后戴纳在巴黎美术学院的讲演。无疑的,这时进化论的影响波及到文艺领域里来了,实证哲学,孔德(Comte)、勃克尔(Buckle)和斯宾塞尔(H. Spenser),这些人体系虽不相同,都昭示了文学和自然的及社会的环境间的密切关系,戴纳的《艺术哲学》(*Philosophie de l'art*)和《英国文学史》(*Historie de la*

Literature Anglaise)的产生才无足奇异。戴纳谈艺术社会学欢喜用当时时髦着的自然科学术语"环境",想努力把这个造成像植物学一样的纯科学(pure science),检出了"种族""环境""时代"三个因素来处理文学。但是,没有唯物论的哲学和社会科学的基础,科学的艺术社会学是不会在他手里完成的。在"环境"这自然科学的术语下,他表示着观念的道德的环境,即所谓"思想和风习的状态""精神的气质"。"在这里(即在某时代某种社会的特质的思想和风俗习惯底形态上)是具有决定其他一切的第一原因。"戴纳这样说着,但是"思想、风俗习惯层的形态决不是决定'其他一切'的'第一原因'呢"！他并且没有又考虑到米盖尔斯所提出的基本问题,即"人类社会是如何地发变的"。戴纳学说的矛盾是由于他一方拉着唯物论的历史观,一方来不放手观念论的历史观,国民的心理是跟着国民的状态变化而去化的——这样说时他确是唯物论者。国民状态又是由国民心理来决定的——这样说时他一只脚又陷入了十八世纪观念论的深坑里了。朴列汗诺夫在检讨戴纳的错误时说:个个人的心理活动全部由社会的全组织即社会全体的性质来决定的,社会的全组织即社会全体的性质是由生产力的发达程度来决定的。而生产力之发达程度是多少依据于地理环境的性质的。如是地理环境对个人心理的影响只是间接又间接的而已。生产力发达到某一阶段,由这个发达阶段来决定国民在社会过程中的相互关系(生产关系)。由这种社会关系所具有的社会姿态产生和这种姿态一致的精神状态、风俗习惯,在这种精神状态风俗习惯中才出现倾向、兴趣、情调和与这种倾向、兴趣、情调一致的宗教、哲学、艺术、文学等。如是看来这过程殊不是如戴纳所说的般简单！戴纳的艺术哲学只是实证主义者无基础的空想而已。事实上,不用说在戴纳手里,便是在他以后的人的手里艺术社会学也没有完全地确立,令人所不能遗忘戴纳的只是他首先意识到艺术科学是可以当自然科学般研究着的。跟着戴纳走着差不多路径的有布朗惕哀尔(Bruntiere,《文学史上类型的进化》,L'evolueion des Genres dans L'Histoire de la Literature),在戴纳的三个因素外又加了一个第四个因素"个性"。拉都叔(Letourseore,《各人种的文学进化》,L'evolution Literaire dans les Diverses Races Humainds),勃克尔的河流文化说,以及比较文学史者朴斯奈脱(H. M. Posnete,Comparative Literature),洛里哀(F. Loliée,《比较文学史》,A Short History of Comparative Literature from the Barliest Times to the Present Day),自然主义者勃兰地斯(G. Brandes,《十九世纪文学主潮史》,Mains Currents in 19th-century Literature)等,他们都犯着和戴纳一样的不澈底主义的错误。

戴纳举出的三个因素之所以处理不了艺术社会学的问题,根本上固是因为他没有唯物哲学的基础,一方也是由于他开头就企图来处理已经发展到很高级的文化民族的艺术而难于捉摸。使科学的艺术社会学有新的建设的,是民俗学者和原始文化学者的研究,格洛赛(Ernst Grosse)的《艺术的发生》(The Beginnings of Art)

就是因了这个而成了艺术社会学上不朽的杰作的。由于原始民族的文化比较地单纯，头绪容易寻找，格洛赛才抓住了决定形成艺术的本质的根源，那不是一种地理、气候和"思想的状态"，而是成为人类一切文化的基础的经济或"经济组织"。于是在他的这本著作里，格洛赛首先找到了艺术社会学最根本的问题的解决。但是格洛赛不幸的把他的艺术社会学只限于原始民族艺术的研究，对于高级文化民族艺术的研究依旧空白着。格洛赛以为在人类发达的低级阶段，艺术是由"经济组织"来决定的，但在高的阶段，艺术的本质就不由经济来决定了。那末，显然的，格洛赛对于决定艺术本质的基本因素问题依旧是半知半解的。

艺术社会学的基础是要由唯物论来奠定的。辩证法的唯物论这样教着：不论何时，不论何地，某个社会的形态，是和一定的经济组织不可避免的地、合法的地一致着，而在这社会的形体里所包含的艺术的意识形态的上层建筑一定的 type 和形式，也同样地不可避免的地一致着。只有站在这个观点上才能应答米盖尔斯所提出的问题，即"怎样的艺术适合于人类社会的发达的每个时代"。这样辩证法唯物论的世界观一确立，建设艺术社会学的理论的地盘便有了。首先成功地应用唯物史观到艺术研究上来的是朴列汗诺夫。在以前悬隔着经济的根据的这个意识形态的部门（文艺），这个方法好像是不能在一般上适用的，而文化民族的艺术好像是与经济的社会的要素无关系地生存着、发达着。但是，如果经济不为决定"其他一切"观念的领域的"第一原因"，则这个方法，这个观点是有绝对的意义的么？隔离着经济的基础这个领域，在它底存在和发达上，也受社会的经济的约束的铁一般的必然性的制限，而对于一切的意识形态，同样对于艺术，这个方法（唯物史观）也可以适用，而证明它底效果是很大的。朴列汗诺夫提供了这意见。他检讨了戴纳的错误，他举着从发达的最低阶段到今日的艺术史上各种具体的例证，他把在静学的及力学的状态的艺术的间接的和直接的约束，由经济的和社会阶级的要件，确实地论证着。但是，艺术社会学的问题是决不会在朴列汗诺夫前停止的，朴列汗诺夫所做到的只不过是艺术方法论的建立——便是这个方法也没有被朴列汗诺夫完全解答——至于如何这个方法应用到各时代艺术各个人创作的阐明上去，则还待后人的努力。朴列汗诺夫的许多论文都是社会学的综合性的梗概，即使合在一起来也不成为艺术社会学。

有了朴列汗诺夫所建立的方法论进一步来应用这个方法的是霍善斯坦因（W. Hansenstein）。霍善斯坦因企图做一个明示在社会底历史的发达的阶梯上的各"阶段"，使和艺术发达的一定的"阶段"一致着的尝试。他设定人类社会的历史的发达是根据经济的和社会阶级的特征的，自狩猎生活、原始农业，以自然经济作基础的封建经济组织，至以商业资本主义作基础的资产阶级经济组织，再至表示着从封建制度到资本主义的过渡期的混合社会经济组织，而最后至工业资本主义。在人类社会经济发达的各阶段各时代是有一定的社会形态和同时大概是一定的艺术样式适合着。

霍善斯坦因虽然很接近解决艺术社会学的建设问题，但是他的研究也只是公式化的轮廓的描写，好像呈着一种被社会学的地建设了的艺术样式的历史外观。况且每个适合的经济形体，在人类发达的过程中，多数是常被反覆着的，譬如古典期的希腊资产阶级社会，在十五世纪到十七世纪的意大利、荷兰，和十九世纪后半的欧罗巴也有，所以并不如霍善斯坦因所说的可以划分几个阶段般简单。同时霍善斯坦因关于这方面的著述又只做到造型艺术中裸体描写的一部分。

符拉地米尔·弗理契（Uladimir Friche）是现在这个叙述里所不可遗忘的名字，因为他是奠定唯物论的艺术社会学基础的最有功绩者的一个。弗理契是首先抛弃了那种仅是公式的轮廓的历史外观的研究，而能真正深入到艺术研究的深奥的各方面去，证论着艺术史上某现象的场合，某艺术家作品的场合。霍善斯坦因的错误是被他纠正了，他不再仅仅依从地理上和年代符号上的区别，且同时研究这些反复的社会经济的组织，以及因而引起的艺术上典型、种类、主题和样式的反复。单独的从历史观点来说明是不够了，现在需要从艺术的各个方面，从艺术的社会机能，从艺术的当做社会心理和社会生活底某种组织手段各方面来研究。但是艺术社会学的问题也不会在弗理契面前而停止的，弗理契在他的巨著《艺术社会学》的序文里说："艺术社会学，作为设定那建在经济基础上的意识形态上层机构的一部门的综合法则的科学，是应该网罗建筑、音乐、绘画、诗歌、雕塑等艺术创造的一切种类。但是要综合地建设这样广泛的、一切艺术的社会学，现在还没有到这时期，是很显然的。因为艺术社会学尚是太年青的科学；明确一点说，便是还未存在，刚入了胎生期的科学。"这并不是自叹，而是艺术社会学目前状态确实的描写。在《艺术社会学》这巨著里弗理契也只敢处理造型艺术的一方面（建筑、手工的造型艺术还不在内），至于文艺社会学的其他部门还是空白着的。便是艺术社会的诸基本问题我们也不能说被弗理契以前的人或弗理契自己所解决了。

至于文艺心理学则简直可说无建立的历史可以叙述，文艺心理学实在还是连胚胎都未有的科学，这原因是由于心理学本身都还未完全建立，从事文艺心理学的人先把自己毕身精力放在心理学的研究上恐怕还不够，何况谈及文艺心理学呢！文艺心理学这个名字虽常在许多人的口上被说着，但这些人只是做着详梦说鬼般的事，甚至连心理教科书上的常识还没有的，绝对够不上科学两个字。真真从科学的心理学方面着手研究文艺心理学的如弗洛依特、潘父洛夫虽有可宝贵的收获，但也只是片段的部分的，而未能把它构成系统的科学。所以这是等待着更多后代的人努力的事。

三、文艺科学任务的轮廓

卢那卡尔斯基说:"艺术是向着形式创造的人类劳动的生产物"。这虽是最一般的又是最抽象的艺术的定义,但并无不正确处。在这个定义里就可引证出艺术是存在和社会的其他部门的连联关系上的。

所谓劳动是在其中人把周围环境的这个或那个 element 在空间改换着位置的含目的活动。无论人类想遂行怎样的劳动,它总是在空间的各部分改换位置。他把什么东西去掉,或者添加上什么,或者使其组合,等等。这样,所谓创造,事实上只不过是形式上的,实质上它什么也没有制造出,即是它不能从"无"中生产出什么东西。当然,人类在自己的劳动上所追求的目的是种种样样的,那就使艺术所以别于其他的部门。劳动,在这儿是艺术;既不是凭空添出什么来,而是一种移置,一种组合,一种从它本身外的其他部门内取出什么舍掉什么而加以形式的创造,则我们的断语,"它是存在和社会的其他各部门的联系的关系上的",就出来了。譬如拿莎士比亚来说,无论他是怎样了不得的人生体会者,表现者,他的能耐也只止于人生的体会,人生的表现,他不能创造什么人生来。莎士比亚的人物海姆莱脱,无论人家加以多少种不同的解释,但谁也不会在海姆莱脱身上加上什么非人的质素。如果海姆莱脱是凭空创造出来的天上掉下来的仙人般的人物,则谁也不能欣赏海姆莱脱了吧?艺术既是和其他社会部门有密切连系的一部门,而任何社会部门都是受着社会的基本部门经济机构的决定的,于是文艺科学的第一个任务就是来阐明:

(一)如何某时代的社会经济机构决定某时代的艺术姿态。

问题也还非如此简单,艺术史到底不是一部社会经济发达史。艺术在整个社会建筑中是居于最上层的社会意识建筑内,艺术只在极少的比率上直接地依据于所与的社会的生产形态,它常经由别的连环(如社会的阶级构成,和在阶级利益的地盘上成长的阶级心理)来间接地依据于社会的生产形态,所以文艺科学又应当进一步研究:

(二)如何某时代的社会经济机构直接的或间接的经由基于经济机构的社会其他部门(尤其是社会的意识建筑)来决定某时代的艺术姿态。

这样还不足阐明艺术。艺术的发展还有它本身的 tradition,浪漫主义是萌芽在新古典主义的废墟上的,自然主义又是萌芽在浪漫主义的废墟上的,某一时代的艺术还依据于它前时代艺术的遗产,但这前时代的艺术遗产并不会无理由地被接受,只有在经过这一时代社会因素的洗炼之后。在这洗炼里当然这时代的经济机构又是有着主要的决定力量的,于是:

(三)如何前时代的艺术经过这时代的社会因素的洗炼后其 tradition 得由这时

代的艺术赓续。

艺术是含目的性的劳动,阐明了艺术的社会因素以后,又应当进一步探讨这些社会的因素经过艺术家的重新组织加以形式的创造以后,完成了怎样的社会任务。换句话说,就是艺术创造变成了社会机构之一以后又怎样的开始作用于其他的社会机构,或是艺术的社会因素投入到社会里去又怎样的作用于其他的社会因素,所以:

(四)如何艺术成为社会机构之一后作用于其他的社会机构。

上面所述只是艺术社会学作一般的研究时的梗概,如果作深入的探讨时则还有着新的问题。譬如研究着某一作家或某一作品时,我们就要疑问到,为什么在同一的社会经济基础上这一些的社会因素结合于这一作家或这一作品内,而另一些社会因素又结合于另一作家或另一作品内,即是同一作家,为什么这一些社会因素结合于他的这一期作品内,而另一些社会因素又结合于他另一期的作品内。即是同一些社会因素,为什么在这个作家以这一形式而表现,而在另一作家又以另一形式而表现。为什么有着同样的社会因素,艺术家能以艺术作品而表现,而在另一些人又不能以这个形式而表现。为什么我们有着莫里哀而同时又有拉辛、孔耐益,有着莎士比亚而同时又有着格里尼(Greene)、马罗(Marlowe)呢?这儿就有着个性的问题了。个性是由什么支配的?是由天来支配的么?文艺科学者否认这样的回答。社会因素的不同的结合当然还是由社会的力量来决定的。这个性的问题往往为许多艺术社会学者所忽略,常常是指出了艺术作品中社会的等价就完事了,至于这些社会的等价何以有着不同的结合、不同的出现,好像是剩下来只有天知道似的。在这儿我们写下来可以是:

如何社会的经济支配把各种不同的作家指定在各不同的生活圈里——如何在这被指定的各不同的生活圈里应许了各不同的作家以各不同的教养——如何透过这各不同的生活圈和各不同的教养、各不同的社会因素形成了作家各不同的个性。

这样,个性的问题可以科学地探讨了,并且这不是唯心的,在其中社会的经济机构依旧主有着最先的决定力量。

上面的连结线如果再继续下去,就进入了创作过程的文艺心理学研究的范围,现在作一完全的表示如下:

社会的经济支配把某一作家指定在某一生活圈里——在某一生活圈里作家受到某一的教养——透过那生活圈和教养,社会因素形成了作家的个性、意识、情感——作者的个性、意识、情感,经过作者的想像、理解而用艺术的形式表现出来——这艺术制作经过在社会的经济制度下的分配而达到于读者的面前,而获得反响。

其中,作者如何的经过想像、理解将其个性意识、情感作艺术的表现,以及读者的如何感受反响,都只有文艺心理学可以解决。所以文艺科学之成为完全的系统的科学是应当同时包含艺术社会学和文艺心理学,文艺科学研究的领域这样才近乎完全了。

四、文艺科学的未来

上面涉猎地叙述了文艺科学的纲领,我们知道这等待后人来完成的工作是怎样的繁重。那末文艺科学之进步为系统的科学大约要等待到什么时候呢?

在上文文艺科学发展史的叙述中,曾述说了文艺科学之萌生是因为有了唯物论世界观的基础。为什么应许了唯物论世界观产生的社会背景又只应许文艺科学的萌芽而不应许它急速的成长呢?原来这应许了文艺科学以萌芽的社会,其特征就是在它的复杂性、矛盾性、内容丰富性。一方面科学文明发达到极点,一方面抽象的灵物崇拜还存在。这工业资本主义的整个文化领域就是一种无政府状态,其意识形态的领域中主要的支配思维就是个人主义,个人主义的横冲直撞,各不相谋才造成了整个文化领域的混沌。一方面抽象的灵物崇拜(由于社会关系对人不可捉摸的支配,造成了愚妄者抽象的灵物崇拜的心理)的存在也应许了许多人玄幻的不科学的想头。

文艺科学又是居于社会建筑上层的意识形态领域内,其发展尤需依据于意识形态之能有组织有系统,所以在目前,在整个文化领域都陷于无政府的混沌状态中,它不具备成长的客观条件。那末现在往前看一点,文艺科学之有大的进展,能渐渐走近系统的科学,当然要在一切都成为组织的有机体的集团主义的时代了。那时候,个人主义的幻想毁灭了,抽象的灵物崇拜心理被否定了,整个文化领域和整个社会般变成一个集团的组织,于是文艺领域中妖道术士之流都被赶走,文艺科学可以开始大踏步向前进,我们且努力等待着它的来到罢。

论传记文学

许君远

什么是"传记文学"？中外文学史上全不曾把它列入一个单独的部门，当然很难在古籍堆中找寻一个清楚的界说。所谓传记，乃是自己一生或是别人一生或半生的叙述，从一个人的出生、家世、教育，说到他的思想和道德文章，如果可能，还须提到他的功业和结果。

"传记文学"的性质介乎历史与小说之间，写传记的手法也和写历史与小说为近。不过它有别于历史，因为不必像历史单纯地板起面孔记帐；也有别于小说，因为不能如小说随意离开事实太远。

然而传记文学的重要性绝不下于历史和小说：一方面它能够代表民族性，并且说明当时的政治背景；一方面它述说一个英雄的失败成功，不只激发读者的志气，并且在快意处还能使读者尽量获得文艺的欣赏。它的功用兼历史和小说两者而有之，而其特质则为两者所不能及；如果没有《项羽本纪》，后世绝难明白楚霸王垓下之围的英雄气概；没有《任侠列传》，谁能了解风萧萧易水寒的慷慨悲歌？他如拿破仑之于约瑟芬，维多利亚女王之与阿尔伯特亲王，岂能为简单编年史上之所能尽？有历史性的小说，中外都不少见，《东周列国》和《三国志演义》，《撒克逊劫后英雄略》和《双城记》，算是最著名的例子，不过若竟以此为信史而臧否英雄豪杰，有时也会贻笑大方。

综括中外古今的传记文学，不妨分为数类：（一）为他人作传，（二）自传，（三）年谱，（四）评传，（五）人物介绍。传状在中国史籍中极为多见；自传则除《五柳先生传》和陈眉公自传有数的几篇以外，再也找不到什么宝藏。而且两者都是短篇，不像西方的长篇巨著。年谱、评传甚至人物介绍在中国文坛上非常流行（尤其近年新文学大兴以后），唯独长篇传记不曾有人作过试验，这原因是大费疑猜的。

中国传记之另一特点便是就事讲事，不作过分铺张。评传、年谱便是沿着这条路线，对某一个英雄或大哲作一个编年史式的介绍，只要有生卒年月事业或著作，材料便已完备，再用不着什么谨严的布置和细微的描写。所以严格说来，这两种应该归在"史"的方面，此处不作什么举例或论述了。

---

① 载《东方杂志》第 39 卷第 3 号，1943 年。

短篇的人物介绍和素描,也是现时代下的产物,美国报纸杂志如《时代》,如《生活》,如《新共和国》……颇向这一方面致力:上自罗斯福总统,直到远征北非的杜立特(Dolittle),成为南太平洋重镇的麦克阿瑟(MacArthur),全有较详或较略的小传。中国报纸或杂志对于这一倾向并没有显著的接近,明明是自己的民族英雄,一般所了解的反而不如对邱吉尔、罗斯福,甚至陈纳德(Chennault)了解的更为深刻。大时代的洪流卷拖着文学前进,大时代下的英雄事迹不应该予以湮没,此时我们不能为时贤表彰,难道必须听受后世人妄加议论?抗战军兴,有多少可供介绍的人物?尤其是陆军方面,那一个人的勋业不够彪炳青史,永垂宇宙?——但是谁曾替他们写过一篇有价值的介绍?如果把这些国家长城对于党国的关系,和在抗战中的功业,详细地告诉国人,纵然不加煊染,相信其效力也会大过任何一篇抗战小说或诗歌。我们需要民族文学,我们需要抗战宣传的资料,为什么大家不肯在这一方面多作一些工夫呢?

　　对于存在着的英雄我们不能竭尽崇拜的诚意,对于已死的英雄更是淡然置之,很使人怀疑我们已经把他们整个忘掉。试一检查抗战历史,尽管只有短短的六个年头,却已经存在着不少壮怀激烈的故事;在淞沪战役中有宝山死守的姚子青,陷敌阵自戕的阎海文,在襄樊争夺战中有身先士卒的张自忠,在鲁西游击战中则有燕赵健儿作风的范筑先,……其他大小战役也莫不写下代表我们民族性的史绩,倘使一一笔之于书,宁能无裨于抗战之宣传?敌人甚且永志阎烈士的姓名而弗忘,我们这一般后死者们反而未对先烈尽过丝毫的责任,思之能勿愧死!

　　"自传"素为中国文人所不取,这原因大部是他们不肯说实话,小部是他们顾虑太多;还有一点便是中国学者缺乏写传记文学的风气,如果真的有人(与其是往古时代)自撰一篇自述,不免被目为"其人怪诞不经",便会以"小说家言"而遭摈斥。近人有的在试作这一番工作了,不过仍然不能畅所欲言,譬如胡适之写"四十自述",对于恋爱只字不提,便是一个例子。

　　西洋自传文学算是相当流行,但是好的作品也并不多见,最为人所称道的就是《佛兰克林自传》《尼赫鲁自传》《邱吉尔自传》等寥寥数种。《尼赫鲁自传》几乎完全着眼于民族运动,还不及《甘地自传》(严格说来不能算是他的自传)范围来得广泛。最好的当然要推《佛兰克林自传》,自出生以及幼年苦斗,壮年从政,结婚交友,甚至思想政治,几乎无所不谈,而且谈得十分坦白赤裸。因此有了这本自传,就很难使着替他作传的人知道从何处落笔了。(你读过很好的林肯传记,你几曾读过很好的佛兰克林传记呢?)

　　"自传"给人的道德启示或许比传记多,不过写自传和写日记一样,如果为了公之于世,不免把许多话嗫嚅其辞,便是托诸小说家言,借酒浇愁地假借他人写自己的得意或失意。这在中外文学史中颇有不少的例证可举,所以读了《溪上磨房》便知道乔治艾丽奥特是什么样的一个人;读了《琴爱尔》(Jane Eyre)便可以想像夏绿蒂布朗特的一生遭遇；而《块肉余生述》宁能说不是狄根斯的自白？《儿子同爱人》有百分之七十是劳伦斯(D. H. Lawrence)的身世。广义说来，小说往往就是很好的传记文学，除了自白，对于每个男女主角的刻划都可以作为写传记的借镜，狄根斯的《孝女耐儿》，曹雪芹的宝玉黛玉，不是公认为历史上的人物了吗？

此外还有几本类似自传而又非自传的作品，如歌德的《诗与真理》，加萨诺瓦(Jacques Casanova)的《回忆录》，卢梭的《忏悔录》，吉森(George Crissing)的《一个青年的自白》，取材描写都偏于一方面，因此与其称之为传记文学，倒不如列入纯文学里较为确切。

把传记文学的类别交代明白，我应该谈一谈传记文学的写法。

关于自传，在上面说的尽够详尽，材料全是近取诸身，如秋风中的黄叶取拾不竭，只要能有文学的手腕，把事实作个有系统的整理，坦白真实，相信不会过分失败。从事文学写作的人，谁也明白写自己的经历比写无中生有的事情容易控制，一旦以自己的经历为章本而着笔，当然更为省力而真切，不致陷入"超人化"的毛病。"文以人存"，这是古今中外的一个常例，但是一本好的自传也很容易翻案而成为"人以文存"，为什么作家们不肯作这种平凡的尝试呢？

自传很少超出文学的范畴，传他人则易陷入历史的轨迹。不过莎赛(Robert Southey)写《纳尔逊传》，波斯威尔(James Boswell)写《约翰生行述》的时代过去了，二十世纪的传记文学几乎完全走入小说的领域。在这一种新趋向中我们应该特别提出斯特莱奇(Lytton Strachey)和莫洛瓦(Andre Maurois)两位。前一作家写伊丽莎白和维多利亚女王，后一作家写狄斯莱利(Disraeli)和雪莱传(Ariel)，都是从大处着眼，小处入手，从日常生活中把被传者的人格特癖，竭力刻划入微，使读者从小地方获得整个英雄的本色。譬如斯特莱奇写维多利亚女王之一生，其关于她同阿尔伯特亲王的夫妇生活，真是淋漓尽致，细腻处不弱于哈代(Thomas Hardy)的言情小说。她不是以女王的资格往扣亲王之门吗？闭门羹是当然的，气忿有什么用？所以一次两次三次，最后她必需屈服，而改称"你的太太"。亲王帮忙她一生的施政，在许多国家大事上使她免于陷入错误，小的少数的不愉快绝未影响夫妇间的真正爱情。所以在亲王积劳病逝以后，她还是把卧室布置得一如他的生时，任何人不能扰乱她安息以前对丈夫的虔诚。……这还不够吗？"维多利亚时代"已经成了历史上的专词，千百种的科学和文学的贡献在她的治下产生，谁也不曾忘却她的德意，何必一定在一篇传记里作平凡记帐式的宣扬？另外一点，就是作者不曾忘掉女王也是个人，所以通篇拿她当作一个普通人看待，拿她当作一个有"人性"的人看待，在她降生时不曾"凤栖于庭""彩云蔽日"，使人发生神话式的感觉。

莫洛瓦的作风与此极为近似，他的《狄斯莱利传》非常曲折尽致，描写那位犹太宰相的喜恐哀悲，非常神工鬼斧；尤妙者，就是合斯特莱奇的《维多利亚女皇》而读之，宛然是姊妹编。此外给雪莱作传的岂止十数？然而谁能如莫洛瓦能够道出这位风流诗人的绰约多姿？

因此，传他人也需要独到的手法，不能忽略历史和政治的背景，同时也不能抹杀一般所最珍视的英雄本色，不能妄加牵强附会之词。然而一个史家不一定能有灵活的文笔，一位小说家也难有政治的眼光和社会学的智识，一本好的传记之难于产生，其理由在此。

无可怀疑地，传记文学是在向着一条崭新的路线上走：离历史的边缘更远，距小说的核心愈近；同时全是日常生活，不使被传者迷失本性。这是文学的新局面，也非常适应时代的要求。相信这一个趋势会影响到以后几个世纪的文学。

建立我们自己的传记文学，也应该循此路径前进。

（中略）

"民族文学"这个口号，已经喧嚣了不少年月，然而建立"民族文学"，还有好过于表彰民族英雄这一条道路入手的吗？先贤和时贤的勋业都是民众的楷模，只要多作一些搜集材料的工作就够了，不是比较轻而易举的吗？

不讲历史或文学，天才当然是最大的要素。同一的材料，小说家写成美丽的散文，诗人写成韵味悠长的歌曲——霍桑特意把一篇小说的材料交给朗法罗（Longfellow），而那篇伊梵吉林（Evangeline）遂为千秋万世所吟咏。我所论列到的几种传记文学（尤其是自传、传他人，人物素描等二种）都很需要，在现阶段的中国文坛上能够负起这种责任的，或者大有其人……

（下略）

三十二年三月十二日写成。

诗与近代生活[①]

杨振声

近代生活放逐了我们的诗神。还不如柏拉图对待诗人那样的有礼貌,加以桂冠,喷以香浆,甘言巧语而逐之。而只是遭了科学的冷眼,悄然逝去了。

科学赶走了我们月中的嫦娥,银河对岸的牛郎织女,也赶走了花神林妖,川后海君,雨师风伯,一切我们用幻想组织的美丽的宇宙,用情感赋予的各种神性。总而言之,自科学使宇宙中和(Neutralization of Nature)后,世界已不复为人神相通的感情所支配(因为人类造了神,故可以用人的情感驾驭神,也驾驭了世界),而代之者是"天地不仁,以万物为刍狗"的冷酷世界。来对付这个世界的,不是颂神的诗歌与温柔敦厚的诗教,而是同样冷酷的理智!

跟着宇宙的改观是社会环境的恶化。科学机械化了宇宙,又机械化了人生。农业时代的田园生活,是闲适恬淡的诗境;手工业时代的妇女相聚夜绩,古人且以为是产生诗歌的来源。而近世生活的中心,城市代替了乡村,工厂剥夺了手艺。昔日朝林间的一抹云烟或晚水上的迷离夕雾,今日变为林立的烟囱中冒出来毒人的煤气了;昔日的月夜捣衣或灯下的机杼唧唧,带着一点愁思的缓音,今日却是机械的轧哑震耳了;昔日驼马的铎铃,于今是汽车的喇叭;昔日的晨钟暮鼓,于今是工厂上工放工的汽笛;火车的尖叫,代替了夜半钟声;飞机的雷音,压倒了呢喃的鸟语。加以机械发达后的资本主义,酿成贫富不均,生存竞争的激烈,及生活的烦闷与颓唐。总之,机械的跋扈,压碎了人生的一切。而支配人生的不是神,是机械,它已篡取神的地位了。诺尔度(Max Nordau)以一个医生的资格,诊断"时代的病证",他指出许多的时代病是由于城市的纷扰竞争,神经受刺激过度,以至于疲倦,烦闷而变成歇斯提里亚。我们再看近代的自然主义(naturalism)的作品,特别像左拉(Zola)跟在自然科学后面描写出来的近代生活,再也找不到丝毫神的踪迹了。

神经过敏的诗人看不惯这些工厂丑恶的建筑,受不了到处机械化了的环境的压迫,吃不消一般近代生活的丑恶与刺激,他们或者逃入象牙之塔(如 De La Mau),在纯然梦幻中"追求那甜蜜的灿烂的乐土";或者遁入水清草绿的乡间(如 Blundell),去在那还保存着淳朴风味的旧俗中逃避现实。或者更自然的怀慕古昔

[①] 载《东方杂志》第 39 卷第 6 号,1943 年。

(如 Yeats),在旧日的民俗传奇中与赋有神秘性的山光、云影、林妖、水神的世界里,培育一种象征的美梦似的诗情。

总之,近代生活是自然科学必然的产品,而花间月下隐约藏身的诗神,在强烈的正午阳光下逃遁了。不过,我们不能因此就没有诗,犹如我们不能因此就没有情感一样。今日的问题是:(一)我们不借助于 Anthropomorphism 是不是一样的可以写诗?(二)在近代生活中(包括自然与社会的环境)是不是依然能有诗的情感与写诗的冲动?(三)在近代生活中诗对一般社会是否仍有其昔日光荣的价值?

第一个问题并不难于解答。尤其在中国,不是产生但丁的《神曲》与密尔顿的《天国遗失》那种诗人,须皈依宗教才写出伟大诗篇的。自国风与古诗,便多是描写人生本位的男女之情,别离之苦,与死生之感,以至阮籍咏怀,陶潜的田园诗,杜甫的诗史,写的都是诗人自己的胸襟与时代的伤感。就是谢灵运一派的山水诗,也只是描绘自然,抒写性情,并不乞灵于任何神秘主义(Mysticism)。这里只举几个卓越的诗人,便可以说明中国人文本地的艺术,决不会因为神之退出宇宙便带走了我们的诗歌。

在第二个问题中,比较难说一点,因为一方面由于自然科学的发达,从诗国中吸引去了不少天才的青年;另一方面,我们必须得承认,袭用旧词藻重温旧日诗梦的,亦属于旧诗之回光,而不是现代环境所培育的诗园。因为如此,我们在这里所指的诗的情感与写诗的冲动只能限于由现代生活环境中放射出来的情感及由现代语言中琢磨出来的语言,并由这些情感与语言织成现代的诗章。

至于写诗的冲动,自初民时代的"情动于中而形于言"以至于近代的"苦闷的象征",固是出于"人情之所不能已者",毫无古今之不同。所不同者,近代的新诗人——让我们姑且这样称呼他们,需要更大与更深的"灵魂的探险"罢了。在无神的荒江星野间,得凭他自己的灵感去接触更新的宇宙,得在官感与物象之外之上,去窥探宇宙美妙的法则,他离开了华丽的旧诗的宫阙去到街头、工厂、丑恶的宅窟、贫苦的角落、多忧思的人生里,从丑恶中发现更深一层的美丽,从无诗意的人生中探求幽微的诗意。他如一个慷慨放弃了一份丰美遗产的浪子,独身离开家园,凭着"一身都是胆"跑到还在幻想中的新诗国里去探险。我们不能不赞颂他的勇敢与歌咏他的成功,那怕只是些微的成功。

至于第三个问题的答案,必然的随着第二个问题的成就为转移。诗人若转向往昔,或逃遁现实,将依附于过去之光荣,而失其现代的价值。反之,他若能吸取现代科学之果,对于宇宙与人生进入于更深一层之底里而探察其幽微,由智慧与深情培养出来的诗葩,以此调融及领导现代人的情感生活,新诗对现代人的价值必一如古诗对于古人的价值。

近代的英国诗人及批评家亚诺德(M. Arnold)与现代心理学派批评家李曲斯(I. A. Richards)似都相信在科学发展,人类失去旧日信仰的苦恼中,诗更有其伟大的前途，它将日甚一日的为人类情感所寄托。这是一种危险的预言，如一切预言一样。但在现代生活的日进艰苦中，现代人因失去旧日的平衡而感觉苦闷、游移与颓唐，其情感之纠纷错杂而需要宣慰与调理，在历史上任何时代没有甚于今日的。新诗能否担负起这种伟大的责任，其价值将全由此而定。

新名词溯源[1]
——王云五新词典序

王云五

近来国内流行的许多新名词,国人以为传自日本者,其实多已见诸我国的古籍。日人的文化本由我国东传,久而久之,我国随时代之变迁而不甚使用者,日人却继续使用,但亦因时代之变迁与国情之殊异,字面虽仍其旧,意义却多有变更。近数十年间又由日本回流于我国,国人觉此类名词之生疏,辄视为日本所固有。似此数典而忘祖,殊非尊重国粹之道。试举显著之数例。日之所谓"文部",实早见于我国《旧唐书·百官志》,盖即吏部之意,日人特借用为教育部而已;日之所谓"膺惩",实早见于《诗经·鲁颂》之"戎狄是膺,荆舒是惩",特联用而成一词语而已。他如日之所谓"浪人",则见柳宗元所撰《李赤传》;日之所谓"家督",见《史记·越世家》;日之所谓"配当",见《周礼·地官疏》;日之所谓"支配",见《北史·唐邕传》;日之所谓"印纸",见《旧唐书·食货志》;日之所谓"下女",见《楚辞》;日之所谓"报道",见李涉所为诗;日之所谓"意匠",见杜甫所为诗。此外类是者不胜枚举。其意义或与我国古籍相若,或因转变而大相悬殊。

且不仅日本名词如此,即国内新流行的许多名词,在未尝多读古籍者视之,非认为初期传教士与译书者所创用,则视若著作家或政治家之杜撰。其实追溯来源,见于古籍者不在少数,但正如日本名词一般,其意义有与古籍相若者,有因转变而大相悬殊者,且古今应用不同,名同而实异者亦比比皆是。试分类各举数例为证。在哲学方面,"意识"见《北齐书·宋游道传》,"实体"见《中庸章句》,"诡辨"见《史记·屈原传》,"唯心"见《楞伽经》,"演绎"见《中庸章句·序》,"乐观"见《汉书·货殖传》。宗教方面,"上帝"见《书经·舜典》,"天主"见《史记·封禅书》,"天使"见《庄子·人间世》,"牧师"见《周礼·夏官·司马》,"神父"见《后汉书·宋登传》,"传教"见皇甫冉诗。社会方面,"社会"见《世说·德行》,"阶级"见《后汉书·边让传》,"主席"见《史记·绛侯世家》,"代表"见徐伯彦文,"同乡"见《庄子·盗跖》,"同志"见《后汉书·班超传》。经济方面,"经济"见《文中子·礼乐》,"专利"见《左传·哀公十六年》,"纸币"见梅尧臣诗,"储蓄"见《后汉书·章帝纪》,"失业"见《汉书·礼

---

[1] 载《东方杂志》第39卷第15号,1943年。

乐志》,"保息"见《周礼·地官·大司徒》。政治方面,"政治"见《书经·毕命》,"自治"见《老子》,"总统"见《汉书·百官志》,"内阁"见《北史·邢邵传》,"国会"见《管子·山至数》,"民主"见孙楚文,"党部"见刘克庄诗,"政府"见《宋史·欧阳修传》,"创制"见《管子·霸道》,"监察"见《后汉书·窦融传》。法律方面,"宪法"见《国语·晋语》,"刑法"见《左传·昭公二十六年》,"民法"见《书经》传,"公法"见《尹文子·大道》,"法官"见《唐书·百官志》,"律师"见《唐六典》,"诉讼"见《后汉书·陈宠传》,"权利"见《史记·郑世家》,"契约"见《魏书·鹿悆传》,"上诉"见《后汉书·班固传》,"缓刑"见《周礼·地官·大司徒》,"两造"见《周礼·秋官·大司寇》,"三读"见朱熹诗。国际方面,"外交"见《墨子·修身》,"条约"见《唐书·南蛮南诏传》,"通商"见《左传·闵公二年》,"移民"见《周礼·秋官·士师》,"侵略"见《史记·五帝纪》注,"中立"见《中庸》,"大使"见《礼记·月令》,"国书"见《文体明辨》。教育方面,"师范"见《文心雕龙·通变》,"校长"见《史记·彭越传》。"教授"见《史记·仲尼弟子传》,"讲师"见张协文,"讲座"见朱熹文,"讲义"见《唐会要》,"博士"见《史记·秦始皇本纪》,"硕士"见《五代史·张居翰传》,"学士"见《仪礼·丧服》,"修业"见《易·乾卦》,"卒业"见《荀子·大略》,"先修"见《书传》,"视学"见《礼记·学记》,"测验"见《元史·历志》。体育方面,"竞走"见《淮南子·主术》,"角力"见《礼记·月令》,"打球"见《史记·骠骑传》,"田径"见钱起诗,"游泳"见朱林诗。交通方面,"交通"见《史记·灌夫传》,"旅行"见《说文》丽字,"旅馆"见谢灵运诗,"出国"见《诗经》疏。军事方面,"陆军"见《晋书·宣帝纪》,"海军"见《宋史·洪迈传》,"国防"见《后汉书·孔融传》,"武装"见韩邦靖诗,"戒严"见《魏志·王朗传》,"征兵"见《史记·黥布传》,"会战"见《汉书·项籍传》,"白战"见苏轼诗,"焦土"见杜牧赋,"反攻"见《吕氏春秋·察微》,"工事"见《周礼·天官·太宰》,"要塞"见《礼记·月令》。礼俗方面,"求婚"见《易·屯卦》,"追悼"见魏文帝文,"宴会"见《后汉书·周景传》,"坐谈"见《国策·齐策》,"握手"见《史记·滑稽传》,"脱帽"见古诗《陌上桑》,"剪彩"见李白诗,"开幕"见徐伯彦文。算学方面,"方程"见《周礼·地官·保氏》郑注,"测量"见《世说·品藻》,"百分"见杜牧诗,"比例"见陆游诗,"几何"见《史记·孔子世家》,"积分"见《穀梁传·文六年》。天历方面,"阳历"见《汉书·律历志》,"星期"见《书言故事》,"日曜"见《诗经·桧风·羔裘》,"月曜"见韩驹诗,"恒星"见《穀梁传·庄七年》,"火星"见刘禹锡诗。理化方面,"真空"见《行宗记》,"水力"见《七发》,"中和"见《礼记·中庸》,"饱和"见梁肃文,"分解"见《后汉书·马皇后纪》,"交流"见《唐书·天文志》。生物方面,"生物"见《礼记·乐记》,"植物"见《周礼·地官·大司徒》,"化石"见郑元祐诗,"甲虫"见《大戴礼》,"遗传"见《史记·仓公传》,"寄生"见《诗经》传。医学方面,"卫生"见《庄子·庚桑楚》,"处方"见《世说·术解》,"注射"见《世说·夙惠》,"救护"见《后汉书·班超传》,"开脑"见《唐书·西域传》,"灌肠"见《通俗编》。农业方面,"农业"见《礼记·月令》,"地主"见《左传·哀十二年》,"土壤"见《史记·孔子世家》,"农具"见李商隐诗,"开垦"见《宋史·太祖纪》,"农作"见《宋史·李防传》。工业方面,"工程"见《元史·韩性传》,"苦力"见皮日休诗,"纺织"见《墨子·辞过》,"机械"见《庄子·天地》,"采矿"见苏轼文,"炼钢"见《列子》。商业方面,"招牌"见《庄子注》,"市价"见《孟子·滕文公》,"开业"见《史记·秦本纪》,"损益"见诸葛亮文,"保险"见《隋书·刘元进传》,"投机"见《唐书·张公谨传赞》。艺术方面,"艺术"见《后汉书·安帝纪》,"写真"见《晋书·顾恺之传》,"布景"见《宣和画谱》,"内景"见《大戴礼·曾子天圆》篇,"着色"见刘勋诗,"合奏"见张衡文。语文方面,"文法"见《史记·汲黯传》,"字母"见《玉海》,"汉字"见《金史·章帝纪》。"著作"见《晋书·孙楚传》,"作家"见《晋书·食货志》,"杰作"见陆游诗。历史方面,"世纪"见《太平御览·三皇部》,"五族"见《周礼·地官·大司寇》,"苗族"见《蜀志·诸葛亮传》,"上古"见《易·系辞》,"中古"见《易·系辞》,"考古"见《宋史·林勋传》。地理方面,"平原"见《左传·桓元年》,"高原"见王维诗,"大陆"见《书经·禹贡》,"大洋"见耶律楚材诗,"赤道"见《后汉书·律历志》,"地轴"见庾信文。此外尚有流行甚广之一般名词而非专属一类者,举例言之,如"主义"见《史记·太史公自序》,"纪律"见《左传·桓七年》,"计画"见《汉书·陈平世家》,"建设"见《礼记·祭义》,"一般"见白居易诗,"专门"见《汉书·儒林传》,"同情"见《汉书·吴王濞传》,"努力"见《左传·昭二十年》,"拥护"见《汉书·陈汤传》,"掌握"见《汉书·张敞传》,"飞行"见《诗经·郑风笺》,"疏散"见李白诗,"可能"见许浑诗。"当然"见《中庸章句》三十二章注,"时髦"见《后汉书·顺帝纪赞》,"幽默"见《楚辞·九章·怀沙》,"节约"见《后汉书·宣秉传》,"献金"见王筠文,"起草"见《十八史略·宋理宗》,"宣言"见《左传·桓二年》。

在这许多名词中,有一部分为现代事物的代表,由此可以概见我国古代的发明与发见,由此也可以想见古代中外之交通与人类之殊途而同归。试分类各举若干例以明之。关于物材方面,"石炭"见《隋书·王劭传》,"石油"见《梦溪笔谈》,"火井"见左思赋,"温泉"见《晋书·纪瞻传》,"象牙"见《后汉书·西南夷传》,"磁石"见《汉书·艺文志》。关于科学制作方面,"地动仪"见《后汉书·张衡传》,"水准"见《元史·历志》,"影戏"见《东京梦华录》,"印刷"见《梦溪笔谈》,"玻璃"见《广韵》注,"气球"见李畋《见闻录》,"炮车"见《魏略》,"轮船"见《元史·阿求传》。关于衣饰方面,"油衣"见《隋书·炀帝纪》,"面衣"见《西京杂记》,"首饰"见《后汉书·舆服志》,"眼镜"见《七修类稿》,"指环"见《南史·阿罗单国传》,"耳环"见《南史·林邑国传》,"皮靴"见《南史·武兴国传》,"高底"见《扬州画舫录》。关于食物方面,"牛乳"见《魏书·王琚传》,"沙糖"见《北史·真腊国传》,"海味"见白居易诗,"豆腐"见《本草纲目》,"面包"见《诚斋杂记》,"点心"见《唐书·郑修传》,"中餐"见释卿云诗。关于器用方面,"马车"见《后汉书·舆服志》,"火炉"见元稹诗,"剃刀"见段成式诗,"铅笔"见任昉文。关于风俗方面,"摇篮"见《戒庵漫笔》,"木乃伊"见《辍耕录》,"斗牛"见《事物纪原》。

  本书目的在追溯新名词之来源,各举其所见之古籍篇名与辞句,并作简单释义。其有数义者分别列举之。至现今流行之意义与古义不同者,于各该条下附述今义,而以"今"字冠之。全书计收名词三千七百有奇,以我国古籍之丰富,挂漏当然难免;加以著者学识谫陋,藏书又因乱离散佚,参考未能详悉,舛误恐亦不少。是正固有赖于鸿博,补充当俟诸战后。

(民国)三十二年十月十五日

语言与文学[1]

岑麒祥

在没有讨论到本题以前,请先谈谈什么是语言和文学。

语言就是我们用来表情达意的一种工具——请大家注意语言的"表情"和"达意"这两个功用,这种工具往往就是我们用口发出来的声音。但声音是不能传诸久远的。为要应付这种需要,我们常须采用一种符号把我们的声音记录下来。这种符号,即所谓文字。所以语言和文字其实只是件一而二二而一的东西。我们或可以说:语言是没有写下来的文字,文字却是记录下来的声音。总而言之,它们都是用来表达我们的情意的。古人说:"言为心声,书为心画。"就是这个意思。不过有一点我们是要留意的:我们用什么声音来表达什么情意,这是含有社会性的。《荀子·正名》篇云:"名无固宜,约之以命,约定俗成谓之宜,异于约则谓之不宜。"这便是说:名是没有一定的,大家约定了命出个名来,合于这个约的说出来人家就听得懂,异于这个约的人家就听不懂。所以语言无异是社会上的一种公约。这种公约,同在这社会里的人谁都要遵守的,否则说起话来就没有人懂。世界上的社会不止一个,所以语言也不止一种。比方英国人集合起来构成一个语言社会,他们便有一种语言叫做英国语。我们中国人集合起来构成一个语言社会,我们也有一种语言叫做中国语。各国的语言各有其不同的特性,不能互相混用。并且语言是随时代而变迁的。现在世界上的各种语言,有些有很悠久的历史,有些历史比较短些,但无论如何必有它自己的历史,古语和今语常有很大的差别。

其次对于文学,我们也得确定它的定义。文学这个名辞,在我国最早见于《论语》,《论语·先进》篇:"文学,子游子夏",疏云:"若文章博学,则有子游子夏二人。"孔门本有四科,曰:文、行、忠、信。这里所谓文学,只指"文"的一科,即文章博学之意。其后也有用来指经学的,如《汉书·西域传》:"诸大夫郎为文学者",注云:"为文学谓学经学之人。"至如章炳麟在《文学总略》内所云:"文学者,以有文字著于竹帛,故谓之文,论其法式,谓之文学。"那就差不多等于文章学了。我们这里所说的文学,其实是和西文的 literature 相当的。此词本有广狭二义。就其广义言之,凡一切思想的表现而以文字记叙的,都可以叫做文学。就其狭义言之,则文学专指偏重

---

[1] 载《东方杂志》第 39 卷第 15 号,1943 年。

情感和想像的艺术作品,如诗歌、小说、戏剧及小品文等。这种文学又称纯文学。我们现在所要讨论的就是这种纯文学。

　　语言与文学之定义既明,现在可进而讨论此二者的关系了。我在上面已经说过:语言有"表情"和"达意"两种功用;而文学和非文学的区别,就在看它除思想之外是否兼含有情感的成分。单表现思想而绝不含有任何情感的,那只能算是科学的作品或非文学的作品。它所用的语言,只求其明畅显豁,适合于达意便行。我们读一本科学书,最主要的是要了解它所说的道理,在语言文字方面,是值不得我们怎样留恋欣赏的。试看一般纯粹科学家如牛顿(Newton)、戈白尼(Copernicus)、刻卜勒(Kepler)、格洛修斯(Grotius)诸人,现在还有谁去留心鉴赏他们的原著呢?文学作品则不然。因为所谓文学,除表现思想外,必搀杂有情感,而情感这东西,却多是迂回委婉,或刚愎诡诈,总而言之,是很难绳之以规律的。为要应付这个喜怒无常的怪物,我们非用一些非常的手段不可。这用在语言方面,就叫做表情的语言或文学的语言。

　　文学的语言是多方面的,换言之,即语言的任何部分都可以有表情的用法。先就语音方面来讲,各国的语音系统虽各不同,而其中必有许多可供我们利用来表现情感的原素,却是可以断言的。我国语音有四声的分别。所谓四声,即一种声调的高低抑扬。这和普通音乐里的音阶差不多,所以大家说我国语具有音乐性。从前的诗歌常利用这种声调来构成一种节奏,即所谓平仄。此外,我国字音还有阴阳声的分别。阴声字就是字末不附有鼻音的,如歌、灰、支、尤等;因为不附有鼻音,所以听起来比较高扬。阳声字就是字末附有鼻音的,如东、真、先、寒等;因为字末有个鼻音拖着,所以听起来便比较低沉。再次,韵的本身也各有其独特的性质。大概说来,歌麻韵比较平正,支微韵比较细碎,鱼虞韵比较缠绵,如能配置合宜,也很可以把我们的情感表现得恰如其分。这一点从前研究诗词的人早已看得很清楚,如周济《宋四家词选·叙》内云:"阳声字多则沉顿,阴声字多则激昂,重阳间一阴则柔而不靡,重阴间一阳则高而不危。"又云:"东真韵宽平,支先韵细腻,鱼歌韵缠绵,萧尤韵感慨如具声响。"这都是说得很妥切的。不独诗歌如此,散文也要讲究节奏,不过格律没有这样的严格罢了。我国语属单音缀语,每个语词多只有一个音缀,晚近虽已有演变为多音缀的趋向,而单音缀的语词还占着优势。在一句中,常用两个音缀构成一个音步,如配置不当,念起来便觉拗口。更讲究一点的,还要顾到平仄和双声叠韵等。《文心雕龙·声律篇》内云:"凡声有飞沉,响有双叠,双声隔字而每舛,叠韵杂句而必睽;沉则响发而断,飞则声飏不还;并辘轳交往,逆鳞相比,迂其际会,则往蹇来连。其为疾病,亦文家之吃也。"于此也可以想见了。

　　其次说到语词的连用,在文学中尤为重要。我们试翻开字典看看,里面总有许多语词是一般科学家所绝对用不着的,如嗳碜、涟漪、窈窕、袅娜等。这都是所谓文学的辞语。中国人从前且有一种慕古的习性。无论什么东西,由他们看来,古的都是雅的,目前的都是俗的。在语言方面,不独字有雅俗之分,如"牖"之与"窗","簟"之与"席","冠"之与"帽","履"之与"鞋","首"之与"头","目"之与"眼","泣"之与"哭","广"之与"阔","甘"之与"甜"……用语也要求其有所本,此即所谓典故,如不说"宝剑"而说"龙泉",不说"钱"而说"青蚨",不说"生子"而说"弄璋",不说"丧妻"而说"抱鼓盆之痛"等。至于修辞的方法,则更不一而足。其中有些是纯用比喻的,如普通旧小说所说:"金乌西坠,玉兔东升",以"金乌"喻"太阳",以"玉兔"喻"月亮";有些是以部份代全体的,如《诗经》:"一日不见,如三秋兮",以"秋"代"年",温庭筠《梦江南》词:"过尽千帆皆不是,斜晖脉脉水悠悠",以"帆"代"船";有些是以材料代物体的,如苏东坡诗:"白战不许持寸铁",以"寸铁"代"兵器",《左传》:"则就木焉",以"木"代"棺";有些是以某种人的特征以代表其人的,如杜甫诗:"纨绔不饿死,儒冠多误身",以"纨绔"代表"富家子弟","儒冠"代表"文人学士";有些是以专名而代通名的,如白居易诗:"新教小玉唱伊州",以"伊州"代"小曲",曹孟德诗:"何以解忧,唯有杜康",以"杜康"代"酒"等。这都是用一种迂回的方法表现事物的。

我国的文法比较简单,词序比较固定;但在文学中,也常有故意把叙述的顺序颠倒以示奇警的。比方我国通常行文的次序,形容词必置于其所形容的名词之前,动词必置于主语之后,其他如补足语及宾语等,也各有定位。但如《楚辞》:"吉日兮晨良",则形容词"良"字置于其所形容的名词"晨"字之后;王右丞诗:"竹喧归浣女,莲动下渔舟",动词"归"字、"下"字均置于主语之前。至如《左传》的"室于怒,市于色,野于饮食",韩退之的"衣食于奔走",以至杜工部的"红稻啄余鹦鹉粒,碧梧栖老凤凰枝"等,那就更为奇险了。

以上我们说了文学语言的三种原素,假如运用得宜,自可使声韵铿锵,文采委曲,结构奇拔,本是未可厚非的;但若过于滥用,也可使意义晦涩,失去了作文的本旨。并且语言文字,不过是文学的外形罢了,思想和情感才是它的内容。倘若只注重外形而不顾内容,则文笔虽很典丽,而言之无物,也不能成为佳构。这种专尚藻饰的作风,昔人曾谥之为雕虫小技,而"雕虫篆刻",却是"壮夫不为"的(扬子云语)。此风大抵最盛于汉魏六朝,逮夫唐代,已渐成强弩之末,所以韩愈登高一呼,便万壑响应,成就了他那起八代之衰的古文运动。民国初年,胡适之提倡白话文学,在《文学改良刍议》那篇文章里(民国六年一月发表于《新青年》),提出了八项主张:

(一)须言之有物;

(二)不摹仿古人;

(三)须讲求文法;

(四)不作无病呻吟;

(五)务去滥调套语;

(六)不用典;

(七)不讲对仗;

（八）不避俗字俗语。

其中除第一项和第四项是关于内容的外,其余各项都是与语言有关的。所以有人说:一部中国文学史只是一部文学形式新陈代谢的历史(见胡适《逼上梁山》),这句话不是没有道理的。

文学语言何以会起这种新陈代谢的嬗递呢？说起来理由也很简单,因为文学最注重情感,而表现情感的方法却必须是新的,独创的,始能尽其责任;假如套用久了,便会慢慢的变成滥调套语而失去了它的表情的功用。文学的美丽不只在形式,而尤在内容。《礼记》云:"情欲信,辞欲巧。"《周易》云:"修辞立其诚。"如何去培养高尚的和真挚的情感以与文学的语言相配合,将是一般文学家所应有的努力。

论中国的戏剧理论建设[1]

田禽

引 言

无论那一种运动,必须建立起正确的理论基础;而后这种运动才有发展的前途,和奠定社会基础的把握。戏剧运动当然也不能例外。虽说实践能产生理论,但是,假如我们能够先有一套正确的理论作为我们行动的指针,不是更能迅速而正确的达到我们预期底目标吗?

中国初期话剧——文明戏之所以失败,不能不归罪于它缺乏正确的理论建设,因而它的行动有些地方是近于盲动,结局,不但没有奠定社会的基础,反而被社会人士所唾弃。证诸这一事实,我们就不难明白,单靠实践产生的理论指导行动有时是靠不住的呵!所以,我们不谈戏剧运动便罢,一谈戏剧运动,首先就应当重视戏剧理论的建设,否则,它就不能合理的,迅速的向前发展!

自从北平国立艺术学院戏剧系及田汉领导的南国社先后成立以后,戏剧理论逐渐的建设起来。五四时代的刊物如《新青年》《新月》,在这方面也尽过相当的力量。当时,戏剧系因为拥有大批在国外专攻戏剧的留学生,他们不断的在各著名的报章或杂志上发表戏剧论文或剧本,因为他们大多数是新文化运动的中坚分子,所以,社会上一般人士对于他们所发表的戏剧论著比较重视,因而助长了中国新演剧理论的幼苗。老实说,戏剧理论能有今日这样丰盛的结果,不能不归功于当时那般拓荒的先辈们。

当时,戏剧系的教授,如余上沅、熊佛西、赵太侔、陈治策……都是新从国外归来的学者,那时,正是中国的混乱时代,他们在客观环境极度恶劣的情势下,以革命的奋斗精神从事戏剧运动,终于把一向被士大夫阶级视为"小道"的戏剧,在国家最高学府里成立了"戏剧系",给中国戏剧史上创了一个新的纪录。同时,他们为了替

---

[1] 载《东方杂志》第40卷第5号,1944年。

中国新演剧运动杀出一条血路，所以在理论建设方面也不遗余力的发表宏论，阐扬戏剧在学术上、教育上，和艺术上的地位及其价值，因而说服了一般轻视戏剧的迂阔份子，并震动了全国新青年的心弦，奠定了新演剧存在的基石。

不过，当时理论的趋向大多偏重于学术方面，而在技术或方法方面比较缺欠，所以另外一般人常以"学院派"的徽号嘲笑他们，虽说这多少带点儿"文人相轻"的意味，然而，事实上我们也不能否认，他们确实有着学院派的气息。可惜的是：当时新演剧敌对的营垒——旧剧，因为有着攸久的历史，和流俗的支持，其残余的势力仍然很大，同时新演剧的本身因为客观的障碍，和主观的缺欠，在演出方面确实没有旧剧那样吸引观众的魔力，由于此，曾经有一个时期，新月派的一部份人又掉转头来倾向于旧的戏剧了。一九二七年新月书店出版的《国剧运动》（余上沅辑），就是这般人们的最真实的凭证。

再，陈大悲与蒲伯英等在北平创办的人艺戏剧专门学校，在理论建设方面是相当努力过的，只是他们的戏剧理论还残留着一九一八年春柳杂志社的戏剧月刊——《春柳》——的作风，换句话说，它多少还带点儿文明戏的色彩。活跃在战时剧坛的几位剧人，如万籁天、李一非、徐沙风……都是出自"人艺"的门墙的。

北平是全国公认的文化区域，许多著名的学者执教于这个古城的学府，在其间，有不少的教授，虽说他们没有直接参加戏剧活动，然而他们也不断的撰写戏剧论文，或在大学的文学院里讲授文学概论的时候，附带讲授戏剧课程，有的甚至单独为戏剧设立一门课程，专论戏剧原理，或戏剧作法之类的课程，如胡适、张彭春、王文显、熊佛西……他们都担任过这类课程。

南国社和上海艺术学院的戏剧科，对于戏剧理论的建设也相当努力，特别是南国社，它是理论与实践同时并进的一个拓荒的戏剧团体。田汉不单努力于剧本的创作，而且在理论和剧本的译述方面也有着丰盛的产额。

洪深回国后，因为他有着丰富的戏剧学识，在上海复旦大学开辟了一块肥沃的戏剧园地——复旦剧社，他不但领导着学生们演剧，而且更进一步的领导他们学习理论，今日戏剧界有不少的活跃分子，都直接或间接地接受了他的深刻的戏剧理论的影响或指导。假如我们称洪深是一位剧作家，倒不如称他为戏剧理论专家更来得妥当或切实些。

由于地域的关系形成了戏剧的两大主流，在南方有田汉、洪深、欧阳予倩……在北方有熊佛西、余上沅等……分担南北的领导人物。结果，在新演剧这一文化的分野上也就有了京派与海派，或学院派与非学院派之分。这原因主要的并不是完全由于地域观念，而是基于"文人相轻"，甚至圈子外的人们说："是为了争全国戏剧领导权的关系。虽说他们口头上不肯坦白的承认，而实际上，骨子里未必不是这末一回事！"这看法或许不会错误的。

但是，我们也不必因为新文化运动中间有了派别的存在而就悲观起来，要知道,正因为有了派别的存在有时更能新文化的进步!

战前戏剧理论的收获

　　新演剧,无疑地是一种舶来品式的文化,当然,它的理论根据也不能例外。在战前,短短的二十余年当中,在戏剧理论方面,无论质与量,都不能使我们完全满意,由原文译述过来的戏剧理论,我们且不必管它,而我们所谓自己创作的部分又有多少是我们自己绞脑汁写出来的呢?天晓得。自然,这其中也不能没有几部是费了自己的心血,根据自己的实际经验写了出来的,但,那是太少了。

　　熊佛西在拙译《戏剧演出教程》底序文里这样写着:"中国的新兴戏剧运动自发生以来,无须否认,是不断的受着西洋戏剧理论的影响,虽说其兴起也另有它个别的社会背景。近年来,基于若干同志的努力,我们的戏剧已逐渐摆脱了西洋的影响,而走入自主的建设之途。不过,在事实的表彰上,所成就的一切都很贫弱,这也是我们不该讳言的事实。因而,在这种情形之下,我们觉得理论的研究与实践的活动,仍是十分需要的工作。因为这两者本就有互相因果的关系;理论可以指导实践;反之,实践也可以产生理论。准乎此,则西洋戏剧理论尤其是技术的介绍,还不失为一件重要的工作。……"(此序写于战前。初版未及排入)

　　的确地,我们的戏剧理论"在事实的表彰上,所成就的一切都很贫乏。"然而在当时以销路定取舍的出版界,能有这样的成绩(在量的方面),也就难能可贵了。为了使读者更亲切的明了中国戏剧理论在战前的成就;特借此宝贵的篇幅胪列于后,作为戏剧研究者的参考资料:

　　从一九一四年到抗战爆发的一九三七年止,我们出版了以下的这些理论书籍——如朱双云的《新剧史》(一九一四年出版),许家庆的《西洋演剧史》(一九一六),杨邨人的《戏剧史》,陈德彝的《戏剧的化装术》(一九二〇),陈大悲的《爱美的戏剧》(一九二二),宋春舫的《宋春舫论剧第一集》,范寿康《学校剧》,朱西周译的《学校剧论》(一九二三),雷家骏的《敏儿演剧史》,张舍我的《戏剧构造法》(一九二四),孙俍工的《戏剧作法讲义》,谷剑尘的《剧本的登场》,王光祈的《西洋音乐与戏剧》(一九二五),徐公美的《戏剧短论》,郁达夫的《戏剧论》,侯曜的《影戏剧本作法》,徐公美的《演剧术》(一九二六),余上沅(辑)的《国剧运动》,余上沅的《戏剧论集》,沈宰白译的《戏剧研究》,余心编译的《戏曲论》,佟晶心的《新旧戏曲之研究》,俞寄凡的《西洋之神剧及歌剧》,昇曙梦的《新俄演剧运动与跳舞》(一九二七),画室(辑编)的《枳花集》,熊佛西的《佛西论剧》,蔡恭晖的《独幕剧 ABC》,张若谷的《歌剧 ABC》,徐霞村译的《剧院的将来》(一九二八),阎折梧辑的《南国的戏剧》,北平艺术学院辑的《戏剧系第一届毕业同学论文集》,左明辑的《北国的戏剧》,向培良的《中国戏剧概评》，马彦祥的《戏剧概论》，田汉的《爱尔兰近代剧概论》（一九二九），陈子展的《孔子与戏剧》，上海艺术剧社辑的《戏剧论文集》（一九三〇），欧阳予倩的《予倩论剧》，陈大悲的《戏剧 ABC》，张伯符译的《戏剧论》，阎哲吾的《学校戏剧概论》《学校剧导演法》，袁牧之的《戏剧化装术》，田汉编译的《欧洲三个时代的戏剧》，余心的《欧洲近代戏剧》（一九三一），向培良的《戏剧导演术》，马彦祥的《戏剧讲座》，朱肇洛辑的《戏剧论集》（一九三二），谷剑尘的《民众戏剧概论》，陈瑜译的《戏剧概论》，谷剑尘的《现代戏剧作法》，熊佛西的《写剧原理》，袁牧之《演剧漫谈》，谷剑尘的《戏剧的化装术》，赵铭彝的《苏联的演剧》（一九三三），卢冀野的《中国的戏剧概论》，陈治策的《表演术》《戏剧导演浅说》，唐槐秋的《戏剧家的新生活》，洪深的《洪深戏剧论文集》，中华平民教育促进会的《农村戏剧》（一九三四），赵琼的《珍儿演剧史》，洪深的《电影戏剧的编剧方法》《电影戏剧表演术》，孔包时的《话剧演员的基本知识》，润荪、人邕合译的《当代苏俄戏剧》（一九三五），贺孟斧的《舞台照明》，朱人鹤的《舞台装置》，向培良的《舞台服装》，朱人鹤的《舞台化装》，陈大悲的《表演术》，向培良的《剧本论》，谷剑尘的《电影剧本作法》，柳民元等的《戏剧作法》，向培良的《舞台色彩学》，李朴圆的《戏剧技法讲话》，谷剑尘的《剧团组织及舞台管理》，徐公美的《小剧场经营法》，胡葵荪的《歌剧概论》，徐公美的《农民剧》，中华平民教育促进会的《过渡演出特辑》，吴研英等的《从故事到演剧》，阎哲吾的《学校剧》，章泯的《喜剧论》《悲剧论》，丁伯骝的《戏剧欣赏法》，陈明中的《戏剧与教育》，徐公美的《演剧概论》，张庚的《戏剧概论》，宋春舫的《宋春舫论剧第二集》（一九三六），朱炳荪译的《舞台与银幕的化装术》，郑君里译的《演技六讲》，阎哲吾的《剧场生活》，熊佛西的《戏剧大众化之实验》，吴天译的《演技论》，宋春舫的《宋春舫论剧第三集》（以上均系一九三七年"七七"以前出版者）。

　　从以上的戏剧理论书物的产额来看，多少也可以看出戏剧运动消长的侧影。单行本的戏剧理论对于辅助戏剧的发展固然有相当的贡献，同时，我们更不能忽视了附在报纸上的戏剧周刊或旬刊的特殊价值，因为它们比较单行本更来得普遍些，它们可以说是推动新演剧运动达到"社会化"的源泉，由于它们的辅助，一般社会人士逐渐的对于戏剧才有了正确的认识，进行参加了这一新文化的阵营。

　　战前，附在报纸上的戏剧周刊或半月刊，将近百种，限于篇幅，仅择其重要者的几种列后：如戏剧系时代张鸣琦为《大公报》编的《戏剧周刊》，段公爽为《武汉日报》编的《戏剧座》，马彦祥的南京《中央日报》编的《戏剧附刊》，刘念渠为天津《益世报》编的《演剧研究》，袁牧之为上海《中华日报》编的《戏周刊》，张鸣琦为天津《庸报》编的《舞台艺术》，北平《华北日报·戏剧周刊》，以及历史最久的《北平晨报·剧刊》，阎哲吾为山东《民报》编的《戏剧周刊》，田禽为山东《民报》编的《七日剧坛》，河北《民声报》的《戏剧周刊》，唐纳为上海《大公报》编的《戏剧与电影》……

　　此外，如春柳杂志社编的《春柳月刊》，民众戏剧社编、中华书局出版的《戏剧月刊》，田汉主编、现代书局出版的《南国月刊》，新月书店出版、摩登社编辑的《摩登月刊》，广东戏剧研究所出版，欧阳予倩、胡春冰合编的《戏剧》，熊佛西主编的《戏剧与文艺》，马彦祥编辑、光华书局出版的《现代戏剧》，北平艺术学院编辑的《戏剧系》，郑导乐、谢韵心合编，艺术书店出版的《戏剧与音乐》，袁牧之编辑、中文书店出版的《戏》，包时、凌鹤合编的《现代演剧》（上海杂志公司发行），山东省立剧院的《舞台艺术》，葛一虹、徐韬合编的《电影演剧》，张季纯、王毅哉合编的《文艺舞台》，凌鹤编辑的《电影》《戏剧》《舞台银幕》，欧阳予倩、马彦祥合编的《戏剧时代》，章泯、葛一虹合编的《新演剧》，辛酉学社编的《戏剧的园地》，……这些都是专门刊载戏剧译著的月刊或半月刊，戏剧之所以能奠定社会的基础，得力于这些刊物的地方的确不少。

再，一般文艺刊物对于戏剧也尽了相当的力量，它们不但经常的发表戏剧译著的论文或剧本，有时更特别的为戏剧出专号或特辑，例如《新青年》的"易卜生专号""戏剧改良专号"，《中国学生》月刊的"戏剧专号"，清华《文学月刊》的"戏剧专号"，《矛盾》月刊"戏剧专号"，《剧学月刊》的"话剧专号"，《民施》周刊的"民族戏剧运动专号"，《新人》周刊的"西施特辑"，《时代画报》的"时代戏剧电影特辑"，《民族文艺月刊》的"戏剧专号"，《光明》半月刊的"戏剧专号"……

虽说战前在戏剧理论方面的建设有着这样辉煌的成绩，然而真正重视理论的人并不太多，一方面由于理论的本身并不完全健全，或者深奥的理论多于简明的方法，换句话说，理论太偏于专门化，太近于学术性，而忽略了技术方面的介绍与研究，因而使一般真正想学习理论的人也不得其门而入。另一方面，由于戏剧还没有走上职业化的坦途，大都在爱美方面兜圈子，一般爱好戏剧的爱美性的演剧者，只靠着"胆大脸皮厚"来从事演剧工作，他们以为能登台表演就算是戏剧家，而一般负指导责任者，有时不得不顺从着他们的意志，否则戏剧就演不出。于是也就不敢过分的跟他们讲理论，而只是采取"说戏"的方式；告诉他们一点儿肤浅的技术方面的理论，他们也以此为满足；并不希求深造，在这种情形之下，理论焉能不与实践脱了节？因此，戏剧的发展与进步就不会不迟缓。因为没有理论基础的演剧是不会持久的呵！

战时戏剧理论建设的鸟瞰

"七七"事变发生后，演剧的怒潮澎湃于各地，由于演剧的范围扩大，因为演剧工作者日益加增，一般知识份子和青年学生，他们鉴于演剧工作乃是宣传抗战最犀利的武器，于是他们都自动的参加了演剧活动，然而在演剧偏重于政治要求之下，自然，对于艺术就难免忽略，于是只问宣传的效果，不计艺术的成就，因此，他们除了自己摸索着，在实际演剧生活中得了一些皮毛的经验，或从小册子、戏剧杂志或周刊上得了一些技术的方法,他们就认为不再需要什么理论的学习或探讨了!

要知道,宣传效果的获得是基于艺术的成就的,只是偏重宣传,而不在编剧技巧或演剧的艺术上下一番苦功,决不会获得理想的效果,或持久的反应。

曾经有一个时期,观众对于抗战戏剧发生了恶感,主要的原因就是由于我们忽略了艺术性而偏重了戏剧的宣传性。

艺术性的成就是由于编剧者和演剧者的理论修养的程度为断的。近年以来,读者对于理论的书籍特别感到兴趣,不但戏剧理论如此,其他一切社会科学的理论也特别畅销,这可以说是一个好现象。

理论是实践的指针是不错的,但,我们应当善于运用理论,而不可被理论所束缚,那样,我们就不如没有理论了!同时,我们更不可利用理论作为我们的挡箭牌,专门攻击敌属,乱捧友属,或作为无聊的论争的武器!这点是我们学习理论的人值得注意的,所以,我们特别指出要善于"运用"理论,而不可胡乱地"利用"理论!

近年以来,不但读者喜欢研究理论,而演剧工作者也特别重视了理论,尤其是演员群,因为对于演技要求深造,于是他们便着重于演技理论的学习,借此,接受前人的演剧经验,来补充自己的空虚。所以一般前进的演员或剧团,充满了学习理论的学术空气,另外一群演员,甚至于编剧或导演,或自命为前辈之流,却迷恋于旧时代所获得的一点贫乏的经验,便固步自封的停在那一不进步的阶段,不要说研究新的理论,甚至他们每天连报纸都不肯看,这样的演剧工作者,无论是青年的一代或老年的一代都大有人在。假如他们的朋友,劝他们要多读书,多研究戏剧理论,他们便会举出几个例外的人物来搪塞,比方说,某某人根本没有学过戏剧,然而人家现在是了不起的名演员,或明星;又如某某人并没有在戏剧学校读过书,人家照样成了名剧作家或名导演;又如某某人倒是在国内或国外研究了多年的戏剧,然而却永远出不了头,弄得一生世都无声无臭的……这是一般不长进的戏剧工作者的口头语。他们这种"只见树木不见森林"的短见,是不攻自破的,所以也用不着笔者再在这里赘述了。

谈到战时戏剧理论的建设,在抗战初期支持全国戏剧运动的刊物,不能不推华中图书公司发行,田汉、马彦祥(洪深是以后加入的)合编的《抗战戏剧》半月刊(二十六年十一月创刊),武汉转进以后,《抗战戏剧》不幸停刊,继之而起的就是熊佛西主编的《戏剧岗位》(二十八年四月创刊),董每戡、侯枫、李来熊、田禽合编的《戏剧战线》(二十八年九月创刊),章泯、葛一虹合编的《新演剧月刊》(复刊号出后,不幸又停刊),以及田汉、洪深、夏衍、许之乔、杜宣等合编的《戏剧春秋》月刊,和上海方面最富于学术性的《剧场艺术》,这些定期刊物虽说都先后宣告停刊,但,对于战时戏剧运动的发展裨益良多,最近仅存的《戏剧月报》(陈白尘、潘子农、贺孟斧、张骏祥、吴祖光等为编委)单独的负起了指导剧运的重任,近顷闻马彦祥、焦菊隐、洪深、刘念渠等合编《戏剧时代》月刊一种,已与文风书店签定合同,定于九月间创刊,我们希望今后有更多的定期戏剧刊物出现。

附在报纸副刊上的戏剧周刊,在量的方面远不如战前来得多,然而在质的方面确比战前的周刊或旬刊有斤两些,惜乎常是出刊不久就宣告流产,这不能不说是战前新演剧运动在理论建设方面的一个大损失!

在戏剧理论建设方面,无论质与量,贡献最大最多的不能不说是章泯与葛一虹主干的新演剧社,他们所编辑的新演剧丛书都是切合当前戏剧界最需要的,如上海杂志公司发行的葛一虹的《战时演剧政策》《苏联的儿童戏剧》,刘露的《舞台技术基础》,章泯译的《戏剧导演基础》《表现艺术论》,以及正在印刷中的崔白音译的《编剧技术教程》,和葛一虹在读书生活出版社出版的《战时演剧论》,都可以说是战时剧坛有价值的理论收获!

胡绍轩为了适应流动演剧团体的需要,曾为独立出版社编辑了一套戏剧理论丛书,指导一般散布在民间或前线的剧团,于二十九年开始发行,共计十二种;如胡绍轩的《战时戏剧论》,田禽的《战时戏剧演出论》,赵清阁的《编剧方法论》,阎哲吾、张石流合著的《导演方法论》,陈治策的《表演技术论》,贺孟斧、赵越合著的《舞台装置论》,杨村彬的《新演出》,周彦的《下乡演剧的实践》,侯枫的《战地演剧的理论与实践》,阎哲吾的《战时剧团组织与训练》,刘念渠的《战时旧型戏剧论》,胡绍轩、张惠良合著的《现阶段戏剧问题》……这套丛书在内容方面虽说没有什么高深的理论,但,对于一般没有理论基础的剧团,确实尽了指导的任务!因为他们的内容大多偏重于技术方面的基础知识和方法。

胡氏最近又为贵阳文通书局编辑戏剧丛书,参加撰稿者为焦菊隐、刘念渠、徐昌霖等;焦菊隐之《丹青科的戏剧生活》亦编入该丛书。

王平陵近为文风书店编辑儿童文库,其内容着重儿童演剧知识,如江村的《谈演技》,徐昌霖的《怎样演戏》,田禽的《我教你演戏》……

其他关于各书店印行的戏剧理论单行本,例如田汉的《抗战与戏剧》,章泯、宋之的、周彦等集体著作的《演剧手册》,舒畅的《现代戏剧图书目录》,胡春冰的《抗战戏剧论》,赵清阁的《抗战戏剧概论》,冼群的《戏剧学基础教程》《戏剧手册》,唐绍华的《战时演剧手册》,贺孟斧译的《苏联演剧方法论》《近代戏剧艺术论》,田禽译的《戏剧演出教程》,赵如琳译的《苏俄的新剧场》,舒湮编的《演剧艺术讲话》,天蓝、葆华合译的《导演与演员》,田禽著的《怎样写剧》,陈白尘的《戏剧创作讲话》,刘念渠等合著的《演剧初程》,国立剧校的《表演艺术论文集》,孤槐译的《戏剧写作教程》,田禽译的《剧场艺术讲座》《怎样写电影剧?》……

最值得我们愉快而兴奋的,要算今年出版的几本译作:例如贺孟斧译,群益出版社发行的《我底艺术生活》(史丹尼司拉夫斯基原著),郑君里、章泯合译的《演员自我修养》(新知书店出版,原著者同前),这两本书问世以后,我相信对于剧运的发展以及演剧工作者的戏剧修养上必有广大的帮助或指示,因为这两册名著乃是全世界公认的戏剧宝典。其实，史丹尼司拉夫斯基的表演体系的提及还是远在十余年以前的事，只是由于当时客观环境的限制，没有早早的介绍到中国来，现在，作为新文化运动的新演剧，在奠定了社会基础的今日，不约而同的于同年出版问世，这在戏剧界，该是多末有意义而且值得特别庆幸的事呵！尤其使我们欣喜的是：史丹尼司拉夫斯基的表演体系，已由研究阶段进入实行的阶段，比如章泯、陈鲤庭、郑君里、史东山……在排演方面，都先后采取了这种表演体系从事导演工作，而且已经获得了优良的效果，不久以前，中国万岁剧团演出的《蜕变》就是好的说明或例证。

由于这两书的出版，无疑地，使我们对于史丹尼司拉夫斯基的表演体系，不单能有深刻的认识与研究，更能使广大的戏剧工作者普遍的理解这位艺术大师的艺术成就。我是这样想着。

其次，关于演技方面的译述，如田禽译的《新演技手册》，也是值得推荐的一本演技基础知识的小册子，这本小册也是根据着史丹尼司拉夫斯基的表演体系写成的，美国各大学的戏剧系已经采用为演技课程的教材，因此，我愿附带着介绍给读者，特别爱好戏剧的青年朋友们。

在抗战接近胜利的今日，我们的戏剧理论建设，逐渐的进入自主之途，至少是已应意识到了演剧的路向要着重中国作风中国气派的民族演剧，而且这问题已经引起了广大的专家、学者，以及演剧工作者们的热烈的讨论。然而如西洋或苏联的戏剧宝库的介绍仍不失为一件重要的工作，而且越是进入自主之途，越应当有计划，有系统的译述西洋或苏联的有斤两，有丰富内容的戏剧理论，作为我们溶化在自主的理论血液里的滋料，使得它们的优良部份变为我们民族的、中国化的理论。最低限度它们是可以帮助我们建设自主的、中国化的戏剧理论的。

我以为政府专门设立一个戏剧编译所，站在新文化建设方面也不是过奢的要求吧？

最后，我们应当深切的感谢新闻界、出版界，以及文艺刊物的编者……能够跟我们澈底合作，假如没有他们偌大的助力，和我们自身的努力，戏剧运动是不会有今日这样伟大的成就的，更不会在理论方面有这样辉煌的建树的。

末了，我诚恳的要求每一位戏剧工作者不但要对于介绍或建设戏剧理论而努力，同时更盼望善于"运用"理论，不要"利用"理论，并且要随时随地的研究理论，切不可为理论所束缚！要知道，没有理论建设，便没有实践的成长，没有理论基础的剧团是没有永恒的生命的，同样，没有理论基础的个人也不会有艺术成就的，只是凭个人一点小聪明或经验，决不够应付戏剧的综合艺术。

然而，空谈理论不求实践也是要不得的呵！因为理论与实践是有着密切的关系或相互因果的。

还有一件值得注意的问题：建设理论，除了文字方面，此外口头方面的建设尤其重要，以事实为例吧，比如国立剧校在重庆的时候，举行的星期戏剧讲习班，和中央青年剧社举办的星期戏剧讲座，以及各戏剧团体定期或不定期的戏剧讨论会，对于戏剧理论的建设都有着极大的价值的，所以，我们希望更能经常的展开这一有意义的工作。

谈新诗

傅庚生

新文学运动从萌生到现在有二十几年了,它发展得很快,看光景似乎可以"三十而立"了。顽固者反对的议论不再在耳边絮聒,到了自己冷静下来检讨自家的阶段,所以近年来抱着"春秋责备贤者"的善意而立论的渐渐的增多起来,这是可庆幸的,也是可忧惧的。检讨过去才可以筹策将来,这里预启着"百尺竿头,更进一步"的朕兆;自己的眼睛看不清自己的睫毛,这里又潜伏着"医不自医,卜不自卜"的危机。

郭绍虞先生说:"一种文学革命所引起的新文体,假使尚未达到完全适用,便不能说是此种运动之成熟。在现在,白话文是文艺文,而文言文是应用文,所以犹有他的残余势力。……新文艺运动虽只有二十年的历史,而我们却不妨希望他早熟——希望他早从文艺的路走上应用的路。"(《新文艺运动应走的新途径》)郭先生是由文学史上认识了这一点,自是很正确的。但若仔细的来估量一下今日的白话文学创作,似乎在其为文艺文这一点上,还令人不免有"早熟"之感;若想推广它的领域,囊括了应用文,怕又要有第二个"早熟"等在那儿了。

冯友兰先生说:"在新文学作品中,新诗的成绩最不见佳。因为诗与语言的关系,最为重要,于上所举例可见。作新诗者,将其诗'欧化'后,令人看着,似乎是一首翻译过来底诗。翻译过来底诗,是最没有意味底。因为有这些情形,所以所谓新文学运动,并没有得到他所期望的结果。"(《新事论》)任谁都知道,诗是最精纯的文字,它在文学的各部门里边是一向——也会永远——雄据着王位的。它是文学中之大国,其他如戏剧、小说、散文等,都不过是它的附庸。自从文学革命以来,小说、散文等都比较的有些成就,独有新诗似乎终还在"尝试"中,内容和形式都还没有确立一种规模。这是畸形的进展,而新文学界就是这样的像无头蛇一般蠕动着,盘旋着。

叶绍钧先生说:"孟实先生说:'一切纯文学都要有诗的特质';推广开来,好的艺术都是诗,一幅图画是诗,一座雕像是诗,一阕曲调是诗,一节舞蹈是诗,不过不是文字写的罢了。要在文学跟艺术的天地间回旋,不从诗入手,就是植根不厚。"

---

① 载《东方杂志》第41卷第8号,1945年。

(朱光潜先生著《我与文学及其他》一书的序文)我再"推广开来"的说一句：新文学发展中,偏是这擅据着王位的新诗暗默着没有声气,正是新文学植根不深。树根不深,枝叶是难得繁盛的;偶尔它的枝叶扶疏茂密了,反而会有倾覆的危险,便愈加不幸了。

一定要新诗的体式确定了之后,"在文学跟艺术的天地间回旋"着的人们,他们的深挚的感情和高洁的思想,才有所附丽。直接而精炼的,便自然会创造出新体诗歌;或者借助于表情身势与语言歌唱,便自然会创造出歌剧与话剧;或者把戏剧的衣冠改为文字的描写,便自然会创造出小说,或者要脱却诗歌与小说上种种的限制,而要自由的去抒写内在的情思,便自然会创造出散文。至于一个作家情思方面的涵养和锻炼,当然又离不开要有"诗"意——尤其是新的诗意;如叶先生之所云从诗入手,植根才会厚的。

目前新文坛上的情形,却正在倒行逆施着！小说和散文像是有绚烂的外表,而有不少的作品是这外表就是它的全部的。戏剧掉过头去作了小说的附庸——只有话剧,没有歌剧,供给着趣味,表暴着技巧,内容有些也是虽"传奇"而实是枯槁的。这些文艺作品的背后,寻不见有"诗"的特质。新诗呢,不生不死的僵在那儿了。这光景,正像一个苹果,长得还没有胡桃大,种子核儿(新诗)已经结得坚韧了,却不一定孕有生机;果肉(戏剧)受不到核心的滋润,反为表皮所拘束着,是干瘪的;只有果皮(小说散文)却砾红得爱煞人：这不正是"早熟"的象征吗？

因此,许多新诗人都关闭了他们灵感之府,走向"附庸"之路了。仍在努力着的,也为了限于天才与功力,做得像样分儿的尽有些,建树起旗帜的似乎还没有。十之五六是学步邯郸,今天写一首"十四行诗",明天又是"象征派",盗弄欧西的躯壳,而失去了灵魂。这是新文艺绝大的损失,也是新文学运动没有更大的成就的主因。

郭先生又说："口头的话与笔底的文既不能十分符合,所以可以古化,同时也可以欧化。古化,成为古文家的文;欧化,也造成了新文艺的特殊作风。白话文句式假使不欧化,恐怕比较不容易创造他文艺的生命。"这些话稍有些"以道殉乎人"。不能吸收欧西的长处,只是为人家所"化"了,"不似则失其所以为诗,似则失其所以为我",正是新文艺的致命伤;批评的人是不该再曲为之辞的。冯先生说："不幸自民初以来,有些人以为所谓新文学应即是欧化底文学,而且应即是这一种真正底,单纯底,欧化文学。他们于是用欧洲文学的花样,用欧洲文学的词藻,写了些作品;这些作品,教人看着,似乎不是他们'作'底,而是他们从别的语言里翻译过来底。不但似乎是翻译,而且是很坏底翻译,非对原文不能看懂者。我们于上文说,文学作品是不能翻译底。隋唐译佛经底人向来即说,翻译的工作,如'嚼饭喂人',是个没有办法底办法。翻译的东西,向来不能教人痛快,这些似乎是翻译底东西,更'令人作三日恶'。"新文艺的各部门中,诗是尤其不可翻译的,而在今日却要推新诗为尤其欧化,所以它的成就也便"尤其"不佳了。

不过我们不要误解,以为生在现代还可以关起门来不管什么欧风美雨,从既往的诗歌中依旧可以不假外力的揣摩出新的"花样",这"花样"又会切合时代的需要。这是不可能的。冯先生说:"普通所谓文学中的欧化,有一大部分亦不是欧化,而是现代化。在现代,我们有许多新底的东西,新底观念,以及新底见解,因此亦有许多新名词,新说法。我们现在底人说底或写底言语中有新名词新说法,乃是因为我们是现代底人,并不是因为我们是欧化底人。"这里容我来夹杂一句解释的话:现代之所以为现代,虽然不是——也不该是——全盘的欧化,但影响是多少要受到一些的,采撷吸收它们也是应该的;不过"文"格要独立,中国的新诗要表现出有中国人的情感在做着它的主人!

诗、词、曲的时代都过去了,"旧瓶盛新酒"只是骸骨迷恋者的一种梦呓。可是文学仍然有它的历史性,向前走路的人有时也需要回过头去看一看的;更何况现代文学家的躯体中还流着得自遗传的血液呢?"抽刀不能断水",作新诗的人对于本国过去有韵文字若是丝毫也没有下涵泳的功夫,他会遭遇到失败的。同时为了近代各民族文化互糅的缘故,你只是抱残守缺的灌溉本国的旧根株,希望它绽放出时代的新花朵,恐怕也要徒劳。新诗它需要有崭新的形式与现代的内容,取资于外国诗歌之处也显见是很多的。

郭先生又说:"新文艺有一点远胜旧文艺之处,即在创格。所谓创格,也即是无定格。"这话深浚了"文体解放"的含义,此次文学革命之所以得成功,正仰仗着这"创格"的彻底。可是天地间的事往往是"祸兮福所倚,福兮祸所伏"的,美点在那儿,弱点时时也紧跟着它。"无定格",所以诗体解放了;"无定格",所以新诗直到现在也没有建立起一种规模。新诗不拘字句的多寡,不管音韵的调协,所以许多新诗都像是把散文的句子,简短的,错落的横着写下来的一般。诗与散文的分别,应该只是写法的不同吗?诗,不单是用眼的艺术,也要用耳的。用耳,便要注意声音之美。中国的语文是单音系,所以过去自然的走向音内再求声韵平仄的协调,造成独特的声韵之美的格律(如律诗骈文等)。现在"变"是应该的;一切都不管便不免要滋流弊了。任甚么都不管的结果,不但"质胜文则野",并且由于文的粗制滥造,可以影响到它的质也属于生糙的情感。这样,再凭借着什么来打动人心?都算你自己抒情罢,也要有个"低回要眇,以喻其志",不该拾到篮中便是菜的。因此,这"无定格"三个字到今日似乎也该考虑一番了。

朱光潜先生说:"'武帝植蜀柳于灵和殿前,常曰:此柳风流可爱,似张绪当年。'几句散文本极富诗意,王渔洋在《秋柳》里引用这个典故,造成'灵和殿里昔人稀'的句子,便索然无味。"(《文艺心理学》)这是含咀之余得来的结论,我们应该都有同感。但是不能因此便推衍着说:"诗所重的止在它的意境,形式是无关宏旨的。齐武帝的言辞的记载是散文而不妨有'诗意',王渔洋的诗句虽具诗的形式,而像'散文'一般的索然。"原来"此柳风流可爱,似张绪当年"句,它有诗的感情,所以动人,"灵和殿里昔人稀"句,便因使事的缘故,丧失了原有的情感,所以味同嚼蜡。这是就着它的质(内容)说。至于它的文(形式),我们读到后者,自然晓得它是七言诗句;读到前者,本是散文的句子,而感到为诗意所笼罩了的,于句中的词汇和排列上都有关系。假如删去"风流"二字,而把"当年"两字再提到前面去,改作"此柳殊可爱,有似当年之张绪者",便不见有"奢遮"诗意了。因为"风流"两字一方面虽是"凝衿素气,自然标格"的张绪的评,一方面也足以唤起人们"大江东去,浪声沉千古风流人物"一类的联想。"当年"两字一方面既已写出"以德贵绪,赏玩咨嗟"的武帝的情怀,一方面也可以引起"止应摇落尽,何必问当年"一类的联想。尤其是"风流"和"柳"连接起来,而落到张绪身上,这种睹物思人的情感既是美的题材,这种联想的构成——再借助于词汇的嵌饰——也搭配成诗的素底。至于把"当年"两字缀在句尾,合于旧日诗词的安排;而这句中平仄字的排列为"仄仄平平仄仄,仄平仄平平",也合于浮声切响的比错,便不待说了。可见这几句"散文"之所以"极富诗意",内容和形式都分肩着这美的因素的。

它所富的诗意,可以说是旧的诗意,而不是新诗的。因为它词汇的安排,形式的组织,仍是旧诗的。假如我们把它翻译成白话:"这棵杨柳的样子风流可爱,像是过去的那人儿——张绪一般。"它的"诗意"恐怕便要贫乏得多了。新诗需要有新的内容和新的形式;这翻译的句子却是既丧其质又乏其文的,所以不能认它作诗。

这一点也从侧面说明了文学革命的必要,不革命便只能陈陈相因的走向坟墓去。但是无论怎样"革命",也不该革了自己的命。中国的语言文字,有它的特点,文学的美多少要借语文特殊的地方做它的基石的。"尝试"之后,往往是一种新形式最适宜于宣达一种新情思。这种形式不该是漫无规律的,要有一个合适的定格,才能教人涉其涯际而浸淫深入。形式确立了之后,抒写情思的人便可以自由自在的涉想与表现了。这样才吻合了"继事者易为,后来者居上"的道理。今日的新诗,受了"无定格"的累,虽说可以"说自己的话",但诗并不只是"说话"。谁也没有个准稿子,每逢创作一篇诗歌,便等于创立一种体例。希冀着它能达成美的条件,无奈等于不依着规矩去画方圆,"使尽了平生之力画圆圈,他生怕被人笑话,立志要画得圆;但这可恶的笔不但很沉重,并且不听话,刚刚一抖一抖的几乎要合缝,却又向外一耸,画成瓜子模样了。"这样,知道它吓退了多少半途而废的诗人,知道它屈杀了多少可以有成就的天才?我们试着把质性近似的旧诗词曲和新体诗歌比较着去读时,往往可以发现旧日有定型的诗词多半是驾轻就熟的,省力的,自由自在的;而无定格的新诗却多半是捏手捏脚的,吃力的,忸怩造作的。这些都不关作者的情思,我疑心是形式问题从中作梗。形式的固定与否是在给诗人以一种怎样大的方便或是障碍啊!

我要声明的是:我并不是迷恋着死的文学的人,也不是在讥讪着新诗人的才力不逮。仅只是在痛惜着新文艺的"早熟"。很多人创作新诗在漫无目的的尝试，走马灯式的团团转，并不想找出一条道路来。有的才在尝试便自许成了功，无头苍蝇般的乱飞乱撞，撞到什么写什么，横的竖的都谥之为新诗。美其名为只管耕耘，不问收获，实际却是只受恭维，不听劝诤。从事批评的人又怕担着"反革命"的骂名。"三复白圭"，或是顺情说好话。以致这新文艺中据着王位的诗坛，二十几年还是无人作主！

蒋百里曾经称赞过一首诗，说是中国青年的思想，因了抗战的关系，渐次的进步了。那诗是——

战地与秋收

快快成熟起来吧，
让一粒一粒谷子填实我们前方将士的肚皮，
增强他们杀敌的精力。
……
禁不住幻想把两臂张成天罗地网一样，
护卫起今年这些绿油油的新稻，
不再叫那些野兽掠劫去！

青年们的视野扩展了，不只再注意他们自己的身边事，或者描绘些风花雪月，倾吐些无名的悲哀。伟大的时代背景已经由新诗中反映出来，这首诗的朴忠真是值得赞叹的。不过我读到它时，不免有"几句散文极富诗意"之感，没有恰当的形式来辅佐着它，它只能给我们看见一块未经琢磨的完璞。

在文字变革的过渡期间，这情形是必然的。新诗和旧日的诗词完全脱了节，便难于创造出一种新而美的形式。情思受了大时代的激荡，尽管可以显现出它的伟大；但是"伟而丽"是一时尚难臻及的。这文质不能并茂的原因，归根结蒂只有一句话：从事于新文学创作者有志于"开来"，而忽略了"继往"。

冯先生说："至少自唐宋以来，中国本已有语体文。讲学底人写语录用他；文学家写小说词曲用他；普通人写书信用他。这种语体文自唐宋以来，已经为思想家、文学家，以及普通人所普遍地使用。所谓国语底文学及文学底国语本来是已有底，而且本来是很普遍流行底。近人虽努力作语体文，而尚没有如《水浒传》《红楼梦》等伟大纯文学作品出来，很少有如杨椒山《教子书》等可以感动人底文件出来。就这一方面说，民初的文学革命运动是继往。……民初文学革命的开来的方面，即是它说：语体文亦是正式文体，而且应该是以后唯一的正式文体。在以前语体文是非正式文体，所以可用以写语录而不可用以写论文，可用以写家书而不可用以与师友写信。在以前语体文是非正式文体，所以用语体文写底文体作品，都是'闲书'，不能入高文典册之列。文学革命以后，语体文成为正式文体，所以在这些方面，都翻案了。就这一方面说，民初的文学革命是开来。……此外还有语体文'欧化'一端，似亦可列入民初文学革命的开来方面。不过这一端并不是文学革命开底。我们于第八篇'评艺文'中说，所谓欧化大部分是现代化。现代人说现代事，其说底方法及形式自不能不有新花样。所以自清末以来，中国的语文，已竟开始现代化了。梁启超的文章，固已充分现代化，即严复的文章，亦不是真诸子，真桐城。所以这一端，民初文学革命，虽扬其波，而不是开其源。于此我们要注意底，即民初的文学革命运动，若不是有继往这一方面，它不能有它所能有底成功。……就以上所说，我们可见，社会上的事情，新底在一方面都是旧底的继续。有继往而不开来者，但没有开来者不在一方面是继往。"这是就新文学运动的发展一方面说，它既能继往，又能开来。所以这运动成功了。但若就新文艺的内容说，我们感到它扬欧化之波的工作做得很够，这只能说是部分的继往（因为它"虽扬其波，而不是开其源"）与片面的开来（因为它太偏于"欧化"）；至于承接"中国文化的一脉薪传"，大家努力的火候还差得远。也许这便是"近人虽努力作语体文，而尚没有《水浒传》《红楼梦》等伟大纯文学作品出来"的原因。开来者，忘记了在一方面去继往，所以不能有它所能有的成功。新文艺中的新诗，这种缺憾尤为显著，因之它的成绩也便最不见佳。过去尝试的路子已经走向牛角尖儿里去了，应该转换一个方向走。

这儿原是十字路口，你该"凡事回头看"的，在纵的方面观察我国诗歌的流变史，多多的含咀前代的作品；再"左右采之"的在横的方面采撷欧西诗歌的菁英，来辅助完成新诗的形式与内容的创造。这交叉点才是起脚点，你勇往直前的走向前去吧，这时凭依着你诗歌创造的天才，会蔚成伟大的作品的。

诗人们只是凭借着他们的"烟士披里纯"而创作，批评者的意见向来是为他们所唾弃的。我这一番粗浅而近于常识的话，只想说给一般有志于试作新诗的学习者。别再去学卞和的抱璞哀号吧，珍护着自己的两只脚，选择一条正确的路去走；训练自己的技巧，作一个理玉的工匠，把径尺之璧磨琢出来，才是新文学界的硕果。

谈散文[1]

柴斯特登　林栖译

在阴郁的病态的心情中,我常常颇觉得恶魔变形为散文又到世界上来了。散文像蛇,光滑,文雅,行动自如,又是摇摆着或徘徊着的。而且,我想"散文"(essay)这个字的原义是"试作",蛇无论怎么讲法也是有试验性的。这诱惑者总是试探而行。去发现别人容受的程度如何。散文那种令人迷惑的不负责任的态度表面上是失去力量的,其实很能使读者失去力量,然而蛇虽无爪而能刺,正如虽无腿而能行一样。它是闪避的,不可捉摸的,印象派的,色度由浓而淡的一切艺术的表征。我以为至少就英国说起来散文简直是弗兰西斯·培根发明的。我信得准。我早就总觉得他是英国历史上的流氓。

说明一下也好,我并不实在认为所有的散文作家都是坏人。我自己就当过散文作家;或者说想当散文作家;或者说装做散文作家。我也决不喜欢散文。我读散文时多半感到最大的文学上的乐趣,当我读完疯人所写的侦探小说和论文之类的智力上的必需品之后。世界上没有比现代散文更好的读物了,如E.V.露加斯先生或者罗伯特·林德的作品是。不过,我虽不像露加斯先生和林德先生,我根本不能写出来一篇真好的散文,我那个不吉利的比喻的动机却不是猜忌或妒恨,无非是一种自然的夸大的兴趣,因为题目过于微妙不容严正而谈。假如我可以模仿真正散文家的羞怯而有试验性的口气的话,我说我的话里还有些意思也就算了。现代文学中的确有一种又把捉不住又危险的成分。

我的意思是这样。文学的几种旧形式和几种比较新的形式的区别在于旧的为合理的标的所限制。戏剧和十四行诗属于旧的一类;散文和小说属于新的一类。假如一首十四行打破十四行的形式,它就不成其为十四行了。它也许变成一种狂放而令人兴奋的自由诗;可是你不必因为对它没别的可叫而叫它十四行。不过说起来属于新的一类的小说,你真是常常因为对它没别的可叫方叫它小说。有时候叫做小说它连一篇故事也够不上。没法子考验它或者给它下定义,除非说它不像史诗那么空白多,而且常常缺乏故事性。同样的说法可适用于散文的表面上动人的安闲和自由。按它的本性说它不必确当地解释它所要做的是甚么,于是躲开了

---

[1] 载《读书青年》第2卷第4期,1945年。

它是否真做了那件事这决定的判断。不过在散文方面有一种实际上的危机,完全因为它太好谈理论的问题了。它总是谈理论的问题而不负合乎理论的责任或者陈述理论的责任。

例如,关于赞成和反对所谓中古风的有道理的没道理的话都谈过若干了。关于赞成和反对所谓现代风的有道理没道理的话也谈过若干了。我曾偶然试谈过一点有道理的话,结果总是被认为没道理。不过,如果一个人想要真能辨别中古和现代情调的一种真实而合理的标准,可以这样说:中古的人以论文的语句去思想,而现代人以小品文的语句去思想。说现代人只是"试"想——或者,换句话说,尽力打算想,也许是不公平的。不过现代人常常只是去试得结论是真的,而中古的人觉得他若不能得到结论简直不值得去思想。这就是他取一种叫做论文的限定的东西而且立志证实它的缘故。这就是马丁·路德,那位在多方面都是中古式的人,把他立志要证实的论题都钉在门上的缘故。许多人以为他这是做有革命性的甚至有现代性的事。其实他所做的正是自从黑暗世纪微露光辉以来所有的其他学者和专家所做的。假如真正现代的现代人打算去做,他恐怕会发现他从来不曾把他的思想安排成论文的形式。总之,就我而言,若认为这是恢复中古制度的严格用具的问题完全是一种错误。不过我确实觉得散文已经游荡得离论文太远了。

在许多最美丽的散文的最出色的语句里有一种不合理的难以辩护的性质。我欣赏的散文家无过于司蒂文生;也许当代钦佩司蒂文生的人无过于我。不过假如我们取一个爱读的并常被引用的句子来看,例如,"在希望中旅行比达到更好",我们会看出来它给各种诡辩和非理开了一条道路。假如它可以做为一个论题提出来,它无法被辩护认为一种思想。一个人若觉得目的地比较起旅途来是令人失望的,他根本就不会在希望中去旅行。旅行比较可喜是说得通的;可是这么看来就不能说有希望了。因为那句话的意思是假定旅行人希望着旅程的终点,不止希望着它的中途。

你看,我的意思当然不是说这种有趣的似是似非之谈在文学上没有地位;也不是说因为这个散文才在文学上有地位。完全闲散游荡的散文家之天地广阔正如完全闲散游荡的旅行者一样。麻烦的事是散文家变做仅有的道德哲学家了。游荡的思想家变做游荡的说教者,我们的布道僧侣的唯一的代替人。无论我们的主义将来是唯物的或者唯心的,或者怀疑派的或者超经验的,我们需要的不仅是这一点主义。心思经过相当则游荡之后不是想达到目的地就是想回家。在希望中旅行并一半玩笑着说比达到好是一件事;没有希望地旅行因为你知道你永远到不了又是一件事。

我重新读了特别为司蒂文生所爱的空前的最好的散文里面的几篇——哈兹里特的散文,也有类似的感想。"你依照哈兹里特的想法处世便有君子之风",奥古斯丁·勃雷尔先生真诚地说过。不过即在那些想法里我们也看到这种矛盾的不负责任的脾气的发端了。例如,哈兹里特是个急进派,不住地攻击保守派不相信人民或群众。我想为了《撒克逊劫后英雄录》里面中古的群众不大方地嘲笑了骑士团的退却这么一点小事把瓦尔特·司科特教训了一场的就是他。反正从无论一处或许多处人都会推定哈兹里特自愿为民众之友。然而他又极其激烈地自愿为一般人的敌人。他开始写一般人的时候他叙述的正是最坏的保守派所称为群众的那个无知、怯懦、残忍的多头怪物。你看,假如哈兹里特非得把他的论民众的思想以中古逻辑学者的论文形式发表不可,他就只好思想得清楚得多把意见弄得决定得多了。我把结论交给这位散文家去说;我承认我不敢保准他会不会写得出来那么好的散文。

修辞学与风格论

[德]Wackernagel 易默译

修辞学,一向的意义,不十分确定,有着各种的解释,有时受了极端的限制,有时却又被过度地扩大。

希腊文中 ρήτωρ 的意义是演说家和演说术教师,所以古人说起修辞学,无非是指巧辩之艺术和理论而已;亚里士多德就认为如此;他是诗学之父,我们也可以称他为修辞学之父。为了要予演说家以一种完美博大的训练,古人在这一课题里,不单包括了与演说家有关的种种,而且必然地还包括了演说家与散文作家,甚至与诗人,在艺术上的共通部分——事实上是包括进了"以辞达意"之一切方法和规律。

因此,在修辞学的课程里,不但教人怎样构造一篇演说辞,以达到演说底特定目标,而且还教人怎样注意措辞之适当与美化,怎样注意造句分段之安稳与声调之谐和,以及怎样应用隐喻与借喻来使词藻优美;总之,他们接触了无尽的课目,不单是有关于一篇演说,而且也同样有关于哲学论文、历史记事文,以及史诗、抒情诗或剧诗。在修辞学里,他们又把风格论包括了进去,这不是因为只有演说家用得着风格论,而是因为它是一个共通的课目。譬如说,他们偶尔做一篇关于怎样写历史的论文,他们也会同样地把风格论引用了进去。就是这么着,亚里士多德在他底《诗学》里,也有几段论风格的文字。

这样把风格论和修辞学合在一起,在希腊文和拉丁文的经籍里虽然言之成理,在近代却引起了两种各不相同的错误倾向。一方面,因为风格论底规律也应用于写诗,修辞学这一名字就被拉得名正言顺地统括了诗的理论与散文理论;这样,修辞学就完全等于语文底全部艺术,不管是诗底艺术或散文底艺术,而不单单指演说中散文底艺术,其含义广泛达于极点。另一方面,有一部分人很适当地把修辞学限于散文里的表达术;但是在这里,风格论底规律却被一视同仁地当作专指散文而言,虽然事实上其中有许多规律只能应用于诗,而绝对不能应用于散文。第二种对于修辞学的看法,目前最为流行;非特专讲修辞学的书本作如是观,连合论修辞学和诗学的书本也抱着这种态度。

在本文里,我们将指出修辞学底课题是超于纯粹的演说术之外的,然而却并不

---

① 载《国文月刊》第 54 期,1947 年。

超于散文。事实上，诗学既是研究诗的学问，我们不妨把修辞学看作研究散文的学问。不错，这样一条定义，在语源学上并不完全合理，但在传统上既无完全相符的名称，我们就不得不在此采取现代学者底一部分主张和处理法。但是关于散文领域以外的，即关于散文与诗相通的风格论的领域中的一切，我们将分开来在"风格论"的项目下加以讨论。

一般的散文

  散文与诗犹如南极之与北极，成为直截的对称词。它是一种表现于语文的心的观察，基于理性而合于真理。这种理性，在诗底作品里，可以说是隐藏在幕后的；而这种真理，只有当它是美的时，才可以入诗。在散文这形式里，作为追求科学知识的官能的理性，记录和表出了它底经验和意见——即它底知识；然后经过了这种再现，那理性在另一个人身上活动起来，结果使他得到同样的知识。既然散文底共通特性是教导，那末散文自然是教训式的了。诗之诉于善，诉于真，是限于美底条件的；因此，没有情感和想像底合作，即是教训诗也不能存在。相反地，散文并不需要这种合作和媒介。它简单直捷地自理性诉之于理性。理性所认为真的，也不必求其美与善；如果美了、善了，也不是理性原来所注意的。它所以活动，完全是为了真。

  所以，理性底语言的散文，假使成为美与善的表现，只有在这些美与善是真的时候；而它之表现真，却不必顾到这真是不是美与善。因此，散文并不需要诗所需要的形式之美。只有在诗里，在表现美的观感的时候，美底定律才必须支配语文，我们才必须把话语按节奏排列在韵文里，而把这些韵文编成诗节。反之，关于表现底形式，理性只要求易解——要求明洁，它别无他求；如果它注重文字底美，那只不过因为美可以增进明洁，可以减轻理解的功夫。精炼的理性底语言，诚然从未忽视过声调底和谐；但所以如此，只不过因为灵魂与官能底密切连系，能够使理性更易再现其知识，而能够取悦于官感的知识，则更易为他人所接受之故。只有在这样狭窄的界限内，散文才可以讲究艺术的处理或雄辩的艺术。至于那种专属于诗底语言的丰富的谐韵，及其远超于取悦官感的目标，则非作为理性语言的散文所应注意的。这种语言，正是所谓 prosa, oratio prasa, 或 prosa-proversa；这就是说，它平铺直叙，没有谐韵语词底反复，没有本身底流转。另一方面，诗底语言则叫做 oratio versa。和"被限制的"语言处于相对地位的，就是那种不受束缚的语言，soluta；这是理性所要求的唯一的表现形式；而这形式所要求的和所能受纳的内容，只是一种理性的内容。在纯粹理性的教训诗中，诗的形式实为一种弱点，正如戏剧中的散文形式一般；这种形式和内容之不调和，破坏了形式和内容间应有的相互依存性。

以上是论述一般的散文,以及散文和诗底区别。现在我们应该谈谈散文底年代和源流了。这将使我们有机会列举散文语言中的各主要部门而说明它。

时无分今古,地无分中外,作为一种文学的形式看,散文底发展实远在诗底发展之后。当然,在文学之外,散文必早于诗,因为散文的晤谈无疑地必定先于诗底创作。然而作为一种要达到文学的目标而自觉地采用的表现形式,散文应该算作诗底妹妹,或者更好是算作诗底女儿;因为在全世界任何民族间,文学的散文底产生,总要后于诗底产生好几个世纪;目前还有某些源流极古的民族,直到如今仍旧没有产生出散文来。当某一民族由天真纯朴底时期进入较自觉的人为文化生活底时期,文学的散文才初次萌芽。在这阶段之前,整个文学是诗的:历史只可由传说中去测知;那就是说,人们并不窥探过去的事迹,去寻求赤裸裸的未加修饰的真理;那些事迹只保存在诗的外衣里,生动而美丽;那种传说,本质上就是想像的,也取着想像的外形,或为民谣,或为诗歌。泰西脱(Tacitus)所说关于古代德国民族的话,也可应用于一切民族。他说:"他们那传统的歌曲,便是他们唯一的记录和历史。"理性多少还是淹没于诗里;它底教导和想像及情感有着密切的关系,因此使这种教导近乎诗的意境。关于教训的史诗及教训的抒情诗,我们已经说过,就是这种情形。在这种诗里,即使并未达到预期的效果,那谆谆诉说的道理,至少必须穿起诗的外衣。人们竟从未想到还有别种形式可以用来说理的。譬如说,在这个时期,甚至法律的箴言也采用韵文,辞句力求诗的色彩。在希腊部落及萨尔脱部落当中,我们常常可以获得这种格言底证据;在德意志民族间,我们也有着同样丰富的例证。

渐渐地,判断精神发展起来,终于理性自觉其在文学中的权利与适宜性了。它厌倦于幻想的玩弄历史,而把幻想完全抛弃,开始凭借记忆去工作,不用任何其他的帮助。因为它只管发掘真理,所以毫不轻视历史上的任何琐碎细节。因此,材料愈聚愈丰富,人们感觉需要一种较便利、较自然的表现形式,最后发觉这样一种新形式同时且较为合宜。于是,从史诗中,就演化出散文底一种主要部门,那就是叙事的或历史的散文,我们谓之曰"历史"。同样地,在教训诗里,诗的观点和形式之不适宜及有损于内容,也逐渐明显起来——如果采用了散文的形式,那末叙事说理将如何简略明确。当社会生活和政治组织日益复杂,也许道德就日益腐败,而少数韵文的箴言就不够应用;由于需要更多的、更精密的箴言,在教训诗以外,就又加了教训的散文。

除此之外,有一种外在的环境不容忽视,因为这环境到处支持并加速着散文底演进,不论是历史的或教训的。书写底技术,现在由于文化进步,正在继续传播,但在古时,甚至在已为众所周知的时候,却不大为人所信赖。因此在记事和说教的时候,为了要保持勿忘,必须采用较易记忆的诗的形式。在另一方面,由于自然的反动,书写未能受普遍的欢迎,正因为要保存任何东西,已经有着另一种满意的方法。在较高的文化阶段,书写与散文之间就存在着一种相符的动力与反动力之关系:在书写方面，由于它底较大的便利，使散文能够成立，因为要保存散文，我们不能单靠无助的记忆；在散文方面，它一旦存在，就增加了用笔底需要。

历史的或记叙的，教训的或说理的，这就是散文底两大部门。它们底根源同为理性；它们底目标同为制造或复制真实的知识。究竟想像和情感在散文里占何种地位，它们底活动达何种程度，最好留待详论那两大部门的时候，再加以研究。

风 格 论

关于修辞学与风格论的混乱，我们毋庸复述，但在开始讨论诗学的时候，有一点我们却必须先予说明，那就是：诗学或修辞学底目的，决不是要把一个诗学底学生或修辞学读本的读者，造成诗人或演讲家。一个教师或作家，如果他是聪明而有良心的话，必定因为文学中有诗与散文，所以才讨论它们；他将根据它们底规律而予以阐发及解释，因此，我们更易理解，更易欣赏，更易判断。这时，如果听众或读者间有一个人，天赋着诗才或辩才，于是这种学理的教导，便有双重的价值，因为他将从而获得实际的好处；这样的一个人，诗学或修辞学底教师才能够帮助他发展。但是要把一个毫无天资的人造成诗人或演说家，却不是教师或任何人所能办得到的。

关于风格论，也是这样。固然，风格论所关的事物，没有诗学或修辞学底那末深奥。它底对象仅在于语文表现底浮面；不是观念，不是材料，而只是外在的形式——即用字造句之法而已。这些外在的事物，有人以为大可以由人传授，一学就会。然而，老实说，风格并非机械的手艺；风格论所谓的语文形式，是无可避免地受着内容底限制。风格并不是按在思想底本质上的，没有生命的面具。它是容貌底活的表现，是活的面目底表现，由内在的魂灵所产生。或者，风格可以说是内容底外衣，但这外衣的折叠，却产生于它所覆掩着的肢体底姿态；而使肢体移动或取某种姿态者，却又只是魂灵。因此，在讨论风格论的时候，我们不能比在讨论诗学或修辞学时，存着更大的希望。关于风格，我们底目标只能在对已存的文学材料，作一种学理的解释；论者除了唤起读者底合理的和自觉的鉴赏，养成他底批判力以外，不能再有别的企图。至于实际应用方面，论者只能促进少数人，如果他们有着丰富的美的观念，天赋着对于形式美的感受性。对于其余的人，一切规律只不过有一种消极的价值。它们叫我们不要怎样——而永远不会积极地教我们要怎样。

这样开了个头，现在可以写到正文了。

大家都知道，风格一辞最初出于希腊文，后来进入拉丁文，最后才传到我们底文字里。希腊原文本指一种直线条的东西，其长度大于高度。στυλοs解作一根木棍，一支石柱，最后解作一把用以刻字或作图的刀子。根据语源及意义看来，它相当于德语里的 stiel。拉丁文中采用此字,主要地是指刻刀而言;因为拉丁语缺少 li 音,就拼作 stilus。在拉丁语中,并非在希腊语中,这字底意义获得了形象的发展,最初它等于我们在隐喻中所用的"手"字,即相当于拉丁语底 manus——这是造字底典型方法;其次,它更为形象化,成为以辞达意底典型方法;早在台兰斯(Terence)、希萨洛(Cicero)底用法里,就是这样的了。我们今日讲到"妙笔"等等,正亦如此。我们用此风格一辞,习惯上即指那后一种的隐喻中的意义。然而在我们底用法中,字面底意义已经扩大了。在整个艺术的范畴里,不论是绘画、雕刻、音乐等等,只要当一种内在的特性,通过了特殊的形式,表现于外时,我们就说那是一种风格。因此,例如我们常说建筑中的浪漫风格,或者说那是拉斐尔(Raphael)或巴哈(Sebastian Bach)底风格。又如,对于一只普通的船,艺术家往往很笼统的说:"这船有它底风格",意思是说那只船合用、好看,同时在形式上有一种显著的特点。然而,尤其是我们用风格一辞来指语文(不论是诗或散文)里的表现手法。所谓"写作底风度",与风格堪称相当,但却并不完全相等;无论何时,我们可说风格,但不能随便换以"写作底风度"。对于一篇文章,我们可以说那作者的风格怎样怎样,也可以说他底"写作底风度"怎样怎样;但是对于一段说教或一只歌曲,即便是写在我们面前,而不是真个讲出来的或唱出来的,要说"写作底风度"如何如何,那是不很适当的。当作复制或鉴赏问题来讨论时,说教必须认为是口讲的,歌曲必须认为是唱出的。

如果要特别明确地指出风格在语文中的表现底地位,我们可以这样下一个定义:风格是语文中的表现风度,一部分决定于表现者底心理特征,一部分决定于表现底内容与目的。这定义既不太广泛,也不太狭窄,可谓恰到好处吧。它足以包举风格一辞在文学中的各种用法,譬如说,它可以指一般的戏剧风格,也可以指希腊人底戏剧风格,或者,也可以指某一剧作家底风格,如依斯契拉司(Eschvius)底风格云云。然而它却并不太广泛,不像一般所采用的定义那样,把风格和写作底风度只作一个武断的分别,而为了这个分别,便把理应归属于诗学、修辞学,甚或论理学的事物,都揽入了风格底概念里。依照一般的定义所作的区别说来,风格是一个人怎样形成、按排,并表达其思想的方法;而写作底风度,则是选字措辞的方法,完全被当作表现手段中可以耳闻的因素,只和演讲对抑扬顿挫及造句法之间的关系有关。这种说法,失之于给风格者太过,而给写作底风度者则不及。

让我们加以更进的阐发,那末我们上述的定义就可以完全证明为不错的了。在那定义中,我们说:表现底风度一部分决定于表现者底心理特性,一部分决定于表现底内容与目的;换一句简单的话说,风格有其主观面与客观面。让我们把赫尔特(Herder)底论地理的演讲来作例。这里,他底风格,就是表现底风度,一方面是客观地受着内容与目的底决定:所谓内容,第一是指主题底要旨,就是说研究地理底功用及趣味,其次是指环绕着主题的全部思想材料;所谓目的,即是说那次演讲是要说服那般特殊的听众——学者、教员及友人——使他们承认，并且赞助这意见，而那些意见则又是那末地按排和连系着，务须适于演讲，而且特别适合于在学校里所作的演讲。因此，客观地说来，整个演讲就有一种关于地理的学院式演讲的风格。在某种程度上，它和一切关于同一课题，在同样听众前所作的演讲，有着共同之点。使这次演讲与众不同，而成为赫尔特底演讲者，是风格底主观面；正因为他有他底特殊的胸襟和教养，他生活在一个特殊的时代里，所以他底措辞造句，表义达意的风度，都是他个人所独有的。

当然，这两者必须是永远共存在一处的：它们不能分离，因为它们实际是二而一的东西——是语文的外形，不过从不同的观点加以观察，才得到这不同的两面；所以在一篇良好的作品里，任何一面底单独存在，是不可能的。一篇只有风格的客观面的作品，不幸这种作品正多着——读起来令人有缺乏个性的印象。客观面和主观面必须共存在有机的组合里；有时偏重在这一面，有时偏重在那一面，增减损益完全视内容而定，要看那内容是偏于客观性的呢，还是偏于主观性的。表现形式之应该偏重于哪一面，即风格之应该偏重于哪一面，只依此决定。在史诗底作者，因为他底观点要求最高度的客观性，因为他底意见与材料并不取自内在，而完全自外界吸收取用的缘故，所以他底表现形式——他底风格——自以极力抑低主观性为贵；如果这主观的因素竟表现得很充裕，那是诗人的观点已经过当地主观了。在另一方面，如果在一个抒情诗人底诗歌里，我们即使难以发现一切抒情诗底共通性——就是客观面——而只有他那个人的抒情的特性，我们也不能贬摘他。愈有个性，愈近于他底内在的气质，换句话说，愈是真正的抒情，那末他所给予他底概念的表现形式，就必定愈有主观性。

但是这种衡量重轻、支配高低的艺术，并不是尽人而有的。关于风格，只有少数作家能够表现出客观性与主观性间的自然的和艺术的关系。大部分作家是缺乏生动的个性。而其他的作家，不是由于爱好虚荣，便是由于不能控制的强硬的个性，则走了恰恰相反的路，把主观过分地发扬了。风格上的这种轻重失当的支配，造成了一般所谓的形式主义；正如绘画与雕刻里的形式主义，诗与散文里往往有某种因素，对于所表现的事物并无关系，纯为作家底气质、好恶及习性底产物。有人在应该把所表现的事物置于自觉的主观性质之上的时候，却反把自己的主观性质置于所表现的事物之上，这就犯了形式主义的毛病。举例来说，在希腊的戏剧家间，伊斯契拉司底形式主义——即亚里士多芬（Aristophanes）在《群蛙》一剧中所讥笑者——可以和索福克利士（Sophocles）底纯正风格，及幼里批底士（Euripides）底缺乏个性相参照。其他的形式主义者，在拉丁作家间，则可举出泰西脱；在中古时代的德国诗人间，则可以举出厄斯铿巴克（Wolfram von Eschenbach）；在近代的散文作家间，则可以举出摩勒（Johannes von Muller）和琪恩·保罗（Jean Paul）。我是有意举这几个人来作例，其实他们底形式主义都是由于精神力太强之故；他们除了这一点外,都可算得第一流作家,如果能够幸免于形式主义的话,他们一定稳坐各个部门里的第一把椅子了。诚然,独特显著的形式是不平凡的作家底记号。次一流的作家决没有这种功候;他们底个性是那末琐碎与薄弱,决不能强烈地流露于表现之中。如果材能平庸的人也有一种形式的话,那末这种形式当是模仿所得,这时,缺点更是双重的了:原作之所以流于形式主义,也许只是由于未能把有机的组合处置得当,它无论如何至少总是发于一个活的有机体;然而在模仿的作品里,那形式主义却沉沦于纯机械的技巧里,徒有其表,没有一丝生命底气息了。摩勒底风格虽然温存热烈,却总有些生硬粗砺,因为它并不直接受内容的限制,所以时时令人有累赘纷繁之感;实在,由于形式主义化了之故,这风格阻碍了内容底发展,而不能加以推进。可是,如果完全从主观方面加以观察,而予以适当的评价,那末它正是一个饱学的古代史学家底无可避免的、不受束缚的表现。但当我们看到摩勒底模仿者,他们就为了缺乏个性,不能自制一种风格;譬如说,当我们看到席跨克(Z chokk)和排伐里亚底路得委格王(Ludwig),看他们抄袭摩勒的简洁的句子,他底倏然而止的片语,他底倒装句法,他底古僻的口吻等等,我们就好像看见某种动物正在模仿一个人底姿态,但却学得不成功,因为它根本不懂得每一动作所含的意义和目的。正如《华伦斯泰之酒》中所说,他们只学会了他们底领袖底咳嗽及吐痰的本领而已。

蒲风(Buffon)底名言:"风格即人"(le style c'est l'homme),说的就是风格的主观面。这一面就是个人的形相,不论共同的类似处如何强,它使一个诗人或历史家,有别于同时代的其余的诗人或历史家。当我们要褒贬某一个作家,或者要比较并区别某几个作家的时候,我们所作的文法的或美学的评论,首先必须着眼于此。因此,作品底本身愈是客观的——就是说,作者主观愈受压制——我们愈需要认清风格底主观面。例如,你不能说只有鉴赏力薄弱的人,才会看不出《伊里亚特》(Iliad)和《尼泊龙之歌》(Niebelungeulied)是许多风格各各不同的作者们底集体创作;原来其中每一个作者都是精娴的——即客观的史诗作家,因此他们底风格底主观面是深深地隐藏着的,非普通的观察所能发现。相反地,你必须佩服叶尔夫(Wolf)和拉区曼(Lachmann)底锐利的目光,因为他们排除一切困难,才看出了上述两大史诗底风格上的不同的个性,因而认明了它们为集体的作品。

在这种作品里,风格底主观面就成为批评各个作者及其作品的批评对象。然而一般的风格论必然不能十分深入于这方面。一般的风格论底任务,在于发掘及阐扬普遍的规律;这种规律不单单约束某一个作家底,或某一个民族或时代底语文表现手段,而约束着一切时代底各民族与各作家。可是这些普遍的规律,却在客观的方面:在这一方面,风格不为表现者底变换的个性所决定,而为所表现的价值不变的内容与目的所决定;它们讲的是每个个人与他人所共有的动作和动机。据此,深入我们或将偶而触到纯主观底某些问题,但大体上,我们主要地只能探讨风格底客观面。

如果真要马上谈谈这些偶尔触到的问题,我们可以参阅琪恩·保罗底《美学发凡》里的一节文章(第七十六段);在这里,他简要地罗列了好些作家底个人的风格,而这节文字本身底风格,也是他个人所特有的;这节文字可以作为怎样处置这些材料的榜样。同样地,希萨洛在他底《演说论》里,估量了许多希腊作家和罗马作家,连他自己也在内。没有问题,较之琪恩·保罗,他是较为冷静和清醒的,但是他在这里所予以的印象是否活泼有力,却属疑问。

从客观方面看来,风格或表现的风度,如我们所说过的,决定于被表现物底内容与目的。然而内容与目的,却又视创作时魂灵底哪一机能最活跃而变易;在复制那内容的时候,这特殊的机能就出而活动。现有三种机能要予以考虑,就是:理性、想像和感情。表现于语文里的内容,既或是创造于理性底经验与判断,或是创造于想像底概念,或者创造于情感底冲动,因此表现底目的必定也就在于唤起读者或听者底理性底知识,或想像底意境,或情感底活动,使它再生在读者或听者底魂灵里,恰如它先产生于作者底魂灵里一样。如此首先就发生了理性的风格、想像的风格,以及情感的风格间的三重区别。但是这区别仅指出了在某一事例中究竟哪一机能最为活跃,不论在作者方面或在读者方面;它并没有指出存在于两者间的表现底性质,并没有指出在每一事例中,风格底特性应该怎样,借以达其作为创造与复制间的媒介之任务。但就是关于这一点,上述的区分与命名也十分合理与自然,当我们要表现理性底创造物,以达知识底复制的目的时,对于表现的要求将是明确易解,一言以蔽之,就是清晰。当创造与复制都属于想像底范畴的时候,风格就宜乎富于一种相符的形象性与生动性;这时表现必须生动。最后,当创作家底感觉或同情必须影响读者或听者,使或浓或淡的悲欢情绪反映于后者底灵魂时,那末借以产生这种效果的表现,必须是热情的。这里,我们就获得了风格底三大类和三大特性:(一)理性的风格,以清晰为特性;(二)想像的风格,以生动为特性;(三)情感的风格,以热情为特性。

问题马上发生了:这样把风格底类别和特性予以三重的区分,怎样能和早先把一切语文表现分为诗与散文的二重的区分法相调和而不悖呢?这问题可以很便当地予以下面的解答:一切诗底基础和始末是想像;诗底机能便是用现实的形式来描摹观念。这是最古的一种诗——史诗——底独有的特性;同时,在诗底最高发展的形式里——即戏剧里,具体而活泼的想像也是最重要的因素。一般的诗底风格,以及史诗和戏剧底风格,完全同是想像的风格。另一方面,和诗站在相对地位的是散文,它在本质上是非官感的和抽象的,正和诗在本质上之为官感的及具体的相反。散文倾向于真,诗则倾向于美;散文底目的在于予理性以新的知识——它底目的始终在于教导。教导性便是散文底一般的特点。因此,散文既是知识教导所采用的形式,它自适于理性的风格,它底最重要的要求当然是表现底清晰。

但是诗底范围里并非只有史诗和戏剧,散文底范围里也并非只有教训文和记事文。在各个的范围里,还剩着另一种类,而第三类风格即情感的热情的风格,便适于这一种类。在诗底范围里,我们指的是抒情诗;在散文底范围里,我们指的是演说。抒情诗超越了历来的诗底界限,把诗从现实世界中解放出来:这里,诗人从自己的情感中吸取材料来表达他底观念;他所表现的是他自己的内在的冲动和热情。抒情诗对诗底其他种类的关系,和演说对散文底其他种类的关系,完全平行而相符。当然,演说家底主要任务,犹如其他的散文作家一样,是要教导听众;他和教训文作者一样,必须建立某种明确的理论,使人相信。然而教训式的说明,并非演说家底特殊的和最终的目的:这实在不过是要达到目的而用的手段;他所以要使人相信,为的是要使人服从。他那全部教导底目的,只在于引起一种情绪,更由此情绪而决定听众底意志。既然演说家和抒情诗人底主要的任务,在于唤起情绪,那末适合于两者的风格,只有情感的风格——除了这热情的表现风度外,没有别的更相宜的了。

文学与社会科学

Lyman Bryson　黄时枢译

当我们讨论社会科学的本体时,解释为什么一切文学作家是社会科学的敌人,或许是有用的事。大多数诗人对物理学,或者对他们心目中所怀抱的物理学家观念,存着敬而远畏的心理。但许多以艺术形式表示思想与情绪的作家、诗人、小说家,以及批评家,却反对采取那种使自然研究成为科学的特质,用于研究人类的行为。这些阻力许多是出于本能。凡是不作任何努力去了解社会科学的作家,绝少是晓得他们自己动机的。虽然这些动机正是人类行动的微妙源泉之好例子,而了解这些微妙源泉是艺术家引以自傲的事。

为什么作家是社会科学的敌人?我们如果看了文化形式的缓慢变化,则这种敌对是自然的事,并不令人惊奇。一个文化发展得复杂而且丰富的时候,它亦更成为分工的。而社会科学就得从作家方面取去作家认为属于他们的一部分工作。对自己的人格作科学的思考,是分工发展的最后阶段之一。不论作家们会对于别人的越俎代庖如何不自觉地表示愤慨,以及公开嘲笑别人用与他们不同的方法来处理他们所专有的问题,这种分工终是会发生的。等到分工发生以后,作家便不能再说只有他们对人类行为的描写是唯一真实的描写了。

我们可以叙述一下这一分工可能成为什么样子。艺术家与科学家之区别是难定的。科学家从他的活动一开头起,便使艺术家失望惊吓;因为,他们两者都以文字为对象,他们对于文字的态度大不相同。这里所用"艺术家"一词,是指用形象来表达情绪的人。用形象来表达情绪,原是艺术之要素,明显地,大多数艺术家往往更进一步,借直接叙述与直接诉诸感觉来表达情绪,而他们用了种种方法所表达的,除了情绪外,还往往表达了额外的有价值的观念、判断,以及知识。但艺术家的本份是表达情绪。

文学,当然不只是美术家的作品。它一向是,可能将来亦总是,一个远较宽广的人类互通声气的门类。它是一个大原型,以符号系统来表达人类情思的一种未分化的东西。分工发展了,从这个原型中刻划出哲学、宗教,甚至"物理科学"的大部。柏拉图(Plato)曾经把《荷马史诗》的有些部分,分成宗教、哲学与科学。近代的

---

① 载《东方杂志》第 43 卷第 11 号,1947 年。

社会科学家只是旧猎场上的新主顾,但他携有他自己的武器,而且追逐新的猎物。

文学的艺术家,当他写作的时光,利用字句的暗示性,色彩、意义朦胧的广大的可能性。以为一位艺术家与他的一位欣赏者间的交通是意义确切不移的,而且只限于他们共通的实际经验,那真是大谬不然。对那位欣赏者而言,艺术家的字句只是欣赏者自己经验的表象,而这些字句只引发他自己经验与本性中所有的东西。这不是说艺术家并不具有什么意义;相反的,他怀有许多意义,交叠相间结成一堆,他的字句由他私人世界而造成的,凭借这种符号而与欣赏他的人的私人世界相接。一位艺术家,对许多人至少代表许多种意义。

事实上——虽然这又是一个题外文章——有趣的是大文学家们往往显著缺乏抽象思想的能力。这当然不是使他们引人入深的原因,但他们的复杂的情绪的与敏感的气质,包括缺乏抽象思考能力一点,亦不至妨碍我们欣赏他们的作品。托尔斯泰(Tolstoy)是个好例子,我们举以为例,省掉对现存的小说家说出开罪之辞。

相反的,科学家不承认字句是人类表象能力的自然产物,而认为是造作出来的符号。所以,自然地,文学家对社会科学之敌意,有许多可从他们批评社会科学的"切口"("jargon")看出。作家们虽然是使用语文的专家,但谁都懒得去考虑社会科学家面对的专门名词问题。在任何科学的发展中,到了一个时间,普通的字眼便将不能适用。普通字眼包含的意义太纷歧,而科学家却必须有一个符号,尽可能对每个人确切地只有同一个意义。这种字眼在普通语文中实际是没有的。普通语文的字眼,蕴含隐约、复杂、多重,以及迂曲的意义。文学家而喜欢减少文字含义的,可称绝无仅有。里却士(Richards)说得适切,文学家用多重意义的字眼可以得到更好的效果,可是社会科学家却不能似艺术家地那样,用日常的语言来叙述一个科学重要性的论断。

顺便我要说起,这意思与"文字通顺"并不相同。关于许多科学论著文字的沉重与拙劣,诚然难以为之辩解,但倘若一位批评家嫌文章写得太坏,那就不啻隔靴搔痒了。无论如何,科学家不能用普通松懈的"人人知晓"的字眼来表达他所认为重要的科学论断。

那么他怎么办呢?用普通字眼,强加规定,予以一个确切的单一意义么?或者制造新字?不论他怎样做,他与文学家间都不免发生麻烦。倘若取了前者,他要被责备为越俎代庖;倘若取了后者,又将被群起攻之,骂为杜造切口。他即使声明,指出已有研究自然现象的自然科学的先例,社会科学家不过步武前人而已,也是不能解围。

文学批评家不看生物学或者物理学论文,因为他不懂这些论文讲些什么。他既不肯化时间去学习这类专门名词,他也不会要求这些论文必须明白通晓到使他可以理解。但是,社会科学家处理的材料,与文学家主张由他处理的材料,正是同一的东西,即人类的行为。艺术家自己的叙述,依照他自己的意见是"真"的。至于事实上他们所谓是的真与科学意义的确切,能否兼收并蓄,合而为一,他们是不管的,即使考虑了,也认为讨厌的。他相信他所称的真知灼见,而不相信统计。洞见无疑是一种绝有价值的知觉方法,而且自古已有。洞见能够给我们同情和了解,如果由一位艺术家用起来,还能够使人启发感兴。统计是枯燥的,但比较可靠。切口,或者专门名词,在引用时可以使各种不同的人都能得到同一的意义。科学家用了另给特殊定义的普通字眼便可将就过去;譬如,生物学家用 organizer(组织)一词;否则他们可以用一套新造的字像 electric(电子),neutron(中子)等,与以确切的意义。

倘若文学批评家不特不责备科学家,而且还帮助他脱出这两难的处境,那么,这不仅是善莫大焉,而且可以证实文学批评家对语文一道确有其专门知识。社会科学家相信,只有在我们对于以可观察现象造成完满的分类系统与处理理想的与抽象实验的符号系统以后,我们对于人类行为,方能有科学的描述,而且对人类行为方可作靠得住的预测。这个问题也许可以用直刀直入的方法通知文学批评家,请他们不要看任何社会科学文章,正好比不看任何遗传学或分子物理学文章,作为解决。但这不仅有些不合礼貌,而且可能是毫无用处,因为文学家对每一处理人类的事物,都感觉到兴趣。倘若文学家能在他范围以内了解科学家必须如何去工作,结果将要好得多。

然而,即使这种开门见山的话也不能完全解决一般的问题。自称有洞见的人对于信任统计与累积的人,仍抱戒备的心理。这种心理是自然的,不仅由因为深恐侵夺而起,也因为我们多少世纪来,文学一直是唯一的聪明且合理的对人类行为的注释。亚里斯多德(Aristotle)知道何为科学,但他依然不会建立一个科学的社会学;自亚里斯多德以来二十世纪多,所有关于人以及人与人间关系,关于社会与其命运的聪明的、合理的、严肃的思想,都藏在文学里。形成我们精神生活的整个学问与宝藏是在那些诗篇、戏曲,以及小说里面。

社会科学家所能要求的是:一种制度过去曾经帮助过我们,因而我们对它发生虔敬的心理,但虔敬的心理并不要我们必须非永远依赖这个制度不可。这要求同样适用于文艺心理学(literary psychology)与文艺社会学(literary sociology)。文艺心理学一词,由散塔耶那(Santayana)所首创,只要胜任愉快的作家对于心理的工作有兴趣作严肃的思考,它总是存在的。科学的心理学正在变化之中。我们可以避免弗洛伊特(Freud)究竟是科学家还是诗人的辩论,但倘若我们称拉辛(Racine)为心理学家或者期待桑戴克(Thorndike)成为诗人,那我们就很难与以可靠预测为考验的心理学完全脱离。

当然,活着的人夹杂各种成分的,这不必说,无疑地是如此。所有的人都是诗人,所有的人都是科学的,但我们此处所企图描述的为科学家性质的人而不是寻常人的人。关于后者尽可留给哲学家们去研究。直到前几世代止,我们关于人类所知的一切,还藏在文学里;我们关于人类将来的知识可能也是藏在文学里。如果说这种知识的重要部分，用科学论断的形式另自存在，则早先所说的分工须待先行完成。

然而还有一个必须一提的困难。由人类行为判断中寻求真理的人，他们对于文学作家不由不采取严峻的态度。作家自己以及批评家们、欣赏家们，常犯一个不幸的致命的错误，他们把表达能力与可靠知识混为一谈。单有表达能力而没有充实内容的例子极易列举。嚣俄(Victor Hugo)便是一位。自然以有力的形式表达有力的思想，也是有的，在英文中可举霍勃士(Hobbes)或邓尼(Donne)为例。但是，不妨狂妄的说一句，在大诗人，甚至大哲学家的作品中，有许多段文章是极其动人，而且似乎极其启迪人知的，其实却极端错误，与文字美丽成为对称。这是否可以说，它们即使错误，还是伟大的文学，而依据这一尺度，则任何科学的论著将成为毫无价值？任何美学理论都说，表达能力是使一位艺术家成为伟大的一个因素。它只有在其他艺术家和在他自己的心中，使一位艺术家永不犯错误。

再回头说托尔斯泰，我们可以安然称他为世间有过的伟大艺术家之一。但他运用他的非常表现能力写成的作品，而其中有许多根据抽象思想的标准看来，可称浅薄之至。一位大小说家显然可以是，也可以不是一位大思想家。但要艺术家们承认这个区别却颇困难的，因为他们的表达能力是他们的主要才能，而他们要尽可能达到的争取的权威。此处我无意于疑问所谓"艺术真理"的确实。我只表示艺术的真理与科学的论断是大不相同的东西，各有不同用处。

艺术家们是自我中心且富于情感的人，希望他们静静接受科学家的侵略，是不合情理的。目前也许并无使艺术家有以自慰的现象，但鉴于科学家的越来越科学化，使他的读者愈来愈成为特殊的一群，则应该有可以使艺术家安慰的地方。他不能像艺术家那样，创造自己的读者，他不是为欣赏，而是为确实而工作。

如果诗人们能够看得到，科学家的服务非特没有减少，而且增加了他们自己工作的贡献，则他们对于某些工作之为科学家所占有，也许还引以为慰哩。他们对于某种具有非常专门化形式的工作，现由或即将由专门家们担任，他们可以感谢不置。科学家可以以确切的名词描述人类行为，预测未来的事件。工程师可以应用这种理论知识，应用于控制方面；因为一切科学都以取得控制为最终目的。控制本身只是其他目的之工具。我们从那里去获得前进的希望，以及一个更合理社会应该趋向的目标呢？无疑可以从宗教从哲学中去求，但同样一大部分可以从世界文学中去求得。

科学的观念，当然是种发明。有价值的观念，我们借以生活的观念，生命借以获得意义的观念，亦是种发明。艺术家，以生活批评家的身份，是一位价值之批评家；倘若他足够的伟大，他也是位创造者。他观察的真实与忠诚将成为使他具有权威的因素之一，但他的艺术的权威来自他的表达的能力：他表达出人类为实现伟大人物的理想时所具备的精神之上反抗、进取，以及发展。（译自一九四七年出版 *Science and Freedom* 内一章）

论传记文学[①]

汤钟琰

一

传记原属历史的范畴，并不能算是文学上的创作。我国自司马迁的《史记》一书以本纪、世家、列传为式以后，历代正史大都以列传出之，尤足说明传记本非文学。[②] 西洋传记始祖布鲁达克（Plutarch）之名著《罗马英雄传》亦仅系史书，只以文字瑰丽，始为后代文士所推崇。

不过我们之所以把传记归之于文学者，有几层原因：

第一是古代历史与文学原无明显的分野；写得好的文章一概名之曰文学，不独历史不独传记而已。那种情形在中国尤然。大抵清代以前的文人多少懂得一点历史。（至于说是不是想把历史的典故用来装饰八股炫耀博学，是另一问题。）最近三数百年以来考据之风大盛，文学与史学才算约略分了家。在中国谈传记自当以《史记》为滥觞。司马迁的时代正是文风大盛的时代：《史记》之出在形式上虽属官家的史料，实际上却是文学上的一种新的体制。因此，我们把《史记》当作文学创作看待，并不过分。

第二是大部分的传记，多系出自文士的手笔。中国历代史官，均以文人充任，历史的研究并非他们的拿手（自然更谈不上史观）；其所以连正史亦多以传记出之者，因为传记中易于插入主观的想像与描写，换言之，也就较为接近文学的创作。我们如果把司马迁、班固等当作史学家看待，还不如把他们当作文学家看待。他们如果不是史官，不曾写下《史记》与《汉书》，也定能以他种体制的文学创作见称的。在西洋，布鲁达克以后最煊赫一时的传记家鲍斯威尔（Boswell）也是一个纯粹的文

[①] 载《东方杂志》第44卷第8号，1948年。
[②] 我国传记一词原无确实定义。赵翼云："古人著书，凡发明义理，记载故事，皆谓之传。孟子曰：于传有之，谓古书也。古公、穀作《春秋传》，所以传《春秋》之旨也。秦汉之际解书者多名为传，非专以述一人之事也。"说见《陔余丛考·卷五》。然专述一人之事，而名本纪、世家及列传者，当自司马迁始，至魏晋间，则有传记一词矣。

人;他的传主约翰生博士更属是一个被人说为"疯疯癫癫"的文学家。鲍斯威尔的《约翰生传》(*Life of Dr. Samuel Johnson*)是世界传记杰作之一。文学家所写的文学传记,我们把它划入文学的范围,自然比划入历史的范围要来得妥当一些。

第三是自从新传记家如斯屈瑞基(Lytton Strachey)、卢特威奇(Emile Ludwig)等出现以后,传记已经有了新的使命,更应该划入文学创作的范围。在他们看起来,在传记中史实的叙述并不算十分重要;占首要地位的乃是个性的分析与描写。传记主角在某一个时候做了一桩什么事,这是历史家的笔法。但是,他为什么要做,在做这桩事的过程之中他所起的心里变化如何,这却需要文学家艺术的手腕。为了要在心理上予以细腻的描写,传记家有时甚至不得不借重主观的想像。这就接近文学的创作了。

因此,我们如果不便把以前的传记当作文学作品,至少我们也应该在一九一八年斯屈瑞基发表《维多利亚王朝名人传》提倡以表现个性为传记主旨以后,用鉴赏艺术作品的眼光来测量传记的价值。一般人大抵称斯屈瑞基以后的传记为新传记。而且,从此也就有了所谓传记文学(biographic literature)的名称。

二

把传记当作文学作品看待,则我们可以看得出在一切体制的文学作品中,传记是产量最少,成就最微的了。

写传记也确乎不是一件容易的事:难得的是要怎样才能描绘这个传记的对象——就是说,一个栩栩如生,活灵活现的人。

司马迁的十二本纪、三十世家与七十列传,原应该说是很好的一百多篇传记——在形式上是传记,在文字上又那末遒劲。不过有几点,未尝不有懈可击。即令撇开摩登的心理状态之描写不说,光从史料上讲(也许是每篇的篇幅太短了?)每个人物的描写太欠完全。严格地说起来,《史记》不是传记,只是人物的片断写照。其与传记的比较,正如速写之与长篇小说。(此种作风所及,到了汉末魏晋,便一变而流行了碑志之类。再由六朝到唐宋,则流为笔记小说了。)再就是《史记》中的人物大抵缺乏人性的流露。如我们所晓得的,司马迁撰《史记》的目的不在描写一个人,而在褒扬(或是贬责)。以是,我们读了他的人物以后,总觉得作者缺乏一种所谓"人性的了解"(human understanding)。这个缺点不是由于艺术手腕之不够,而是由于其出发点的不同。①

---

① 《史记·太史公自序》云:"……主上明圣而德不布闻,有司之过也。且余尝掌其官,废明圣盛德不载,灭功臣世家贤大夫之业不述,罪莫大焉。"其作传自然不是以研究个性描写个性为目的。

魏晋以后所流行的墓志碑铭之类,虽然也未尝不可以称之曰传记,但大抵都是过分的褒扬之词,都是毫无根据的功德歌颂,应酬文章。几乎一切的墓志碑铭之类都逃不出"某也自幼聪慧少年老成"或是"见义勇为急公好义"一套的把戏,为某甲而作的墓碑同时可以用来作某乙的传记;作者在写这些东西的时候可以与他的传主毫不认识。几乎没有例外地,墓碑之类里面找不出一句出自作者内心的话。从前写墓碑出名的蔡伯喈,有一段颇有趣味而且意味深长的故事。据说他晚年为郭林宗撰写墓碑,写完后叹了一口气,说他毕生写了无数的墓碑,只有在这一篇里才算是说了几句无愧于心的话。这就是说,过去所写的一切都是扯谎!从这故事里面,我们便可以晓得多数墓志碑铭的真实性了。

这种情形在西欧也是如此。譬如说,一八六一年,维多利亚女王的丈夫阿尔伯特亲王(Prince Albert)去世以后,女王为了纪念他,请了很多学者名流来替亲王写传记。其中有一位甚至写了十四年,出版时五六大册。但是,这些传记和我们的墓志铭一样,我们在其中看不出一点真正的阿尔伯特亲王的灵魂。倒是斯屈瑞基在《维多利亚女王传》(*Queen Victoria*)一书中附带着轻轻地把亲王描写几笔,却清楚地显出了亲王的真正面目。这原因很简单。过去写传记的人总希望(自然也许是不得已)把传主描写成一个十全十美毫无缺陷的圣贤,而忘了他同时还是一个"人"。传记作者既把传主当作神一般地看待,没有一点上文所说过的"人性的了解",这传记无疑是要失败的。

在国内,除了《史记》《汉书》而外,我们是难得找到更好的传记了。在西欧,出色的传记作家也有限得很。英国十八世纪的鲍斯威尔算是了不起的传记作家:他的《约翰生博士传》也应该算是最伟大的传记之一。这本书的特色是一破过往的传统,没有把约翰生写成一个完人。在这本传记里面我们看得出约翰生博士很多奇特的性情与缺点。这些合乎人性的表露能够帮助我们对于约翰生的认识,我们算是能够从这本传记中看得出一个活生生的有血有肉的人。但是,鲍斯威尔仍然有很多令我们不能满意的地方。《约翰生博士传》还只是事实的记载(虽然没有隐瞒没有过分的偏袒),而缺乏心理状态的叙述。我们虽说可以看得出约翰生的好的与坏的表面,但是不能看到他内心的生活。用一个比较空洞的譬喻,鲍斯威尔之作还只是平面的,而不是立体的。

鲍斯威尔以后,一直到一九一八年以前,没有什么特别惊人之作。英国还算是传记文学发达的国家——以后麦考莱(Macaulay)也写过《约翰生传》,近代史家屈瑞凡林(Trevelyan)又写过《麦考莱传》,福老德(J. Froude)写过《喀莱(Thomas Carlyle)传》,再就是洛哈特(Lockhard)写过《史哥德(Walter Scott)传》,都是沿着鲍斯威尔的路线——法国、德国,则更难找到伟大的传记了。

一直到一九一八年,传记的作法才有了一个极大的转变。在这一年里,一向以研究法国文学称著的李登·斯屈瑞基出版了他的《维多利亚王朝名人传》。这本书原是一种规模较小的尝试。这三百多页的书里包括了四篇传记：第一个是宗教家孟宁（Cardinal Manning）；第二个是教育家阿诺德（Dr. Thomas Arnold）；第三个是名护士兰婷盖儿（Florence Nightingale）；最后是曾在中国协助清政府平太平天国的戈登（General Gordan）。在正文前面，斯屈瑞基写了一篇短序，说明他对于传记的看法与他处理作传材料的办法。这短短的序文以后成了新传记运动的宣言。斯屈瑞基说：

> 写一部完美的传记也许与过一个完美的生命同样地难得。要保持一种恰当的简洁——就是说要把一切重沓浮滥材料完全删掉，而又没有删却一点重要的材料——这无疑问地是传记家第一个任务。至于第二个任务，就是传记家要保持他精神上的自由。他的任务不在恭维人家，而在把种种有关的事实，依照他所能了解的，揭露出来，既不偏袒，也不带别的用意……（从范存忠译）

这自然是一种新颖的（其实也不过是比较正确的）观点，一扫过往的陈腐习惯。从此以后，传记已不仅是历史而且是一种艺术。按照这篇序文的标准，正文里的四篇传记还只是一种尝试；三年以后，他发表《维多利亚女王传》，更符合了他所建立的理论。

经过十年以后（一九二八年），斯屈瑞基发表《依利莎白女王传》（*Elizabeth and Essex*）。那时候正当欧洲风行着心理分析家佛洛依特（Freud）氏的性本能学说（libido）。依照佛洛依特的意见，人类一切不正常或是变态的行为都是性欲受了压制的结果。斯屈瑞基根据佛氏的学说来研究依利莎白女王，认为女王的反常辛辣也都是因为患了不育之症，以及性欲上受了太多的压制。因此，这本传记中几乎有一半的篇幅都侧重在女王心理的描写。这对于他十年前序文中所宣称的理论，又多了一层更深的铨释。

以斯屈瑞基为倡导，各国遂都有了杰出的新传记作家。举其荦荦大者，法国有莫洛亚（Andre Maurois），德国有卢特威奇，英国又出了一个桂达拉（Guedelle）。

卢特威奇与莫洛亚在传记文学上的成就，并不在斯屈瑞基之下。卢氏的《拿破仑传》（*Life of Napoleon*）在关于拿破仑成千成万的传记中，迄今为止，算是最出色的一本。卢氏另一著作《耶稣传》（*The Son of Man*），我们虽未尝不可以拿雷南（Renan）的《耶稣传》（*Life of Jesus*）与之媲美，但它是属于另外一种风格的，而且最足以代表新传记的精神。我们可以看卢氏在这本传记中的序言，这序言同时也是新传记运动中一篇重要的文献。他说：

> ……这本书写的是，"耶稣"这个人，没有一个字提"基督"这个神。……我的目的不在注解大家明白的教义，而在写出这位先知的内心生活……我一点

都不想摇撼在基督意义之下生存的，人们对于基督神性所有的信仰，我的目的反倒是想给那些以为耶稣的人格是造作起来的人知道，耶稣实在只是一个合乎人性的"人"……（从孙洵侯译《人之子》，商务）

本乎这个原则，关于《圣经》里所说的奇迹，卢特威奇也是从一个合乎人性的角度上去描写的。

莫洛亚比卢特威奇和斯屈瑞基走得更深一步。他不仅觉得写作传记时可以有精神上的自由，而且认为传记的写作和其它文学作品如诗歌之类的写作一样，根本上应该是一种"精神的产物"（spiritual deliberation）。由于这一种看法，莫洛亚的传记作品一般的批评都认为太不忠实于史实。但这并不是公允的批评：莫洛亚大部分著作并没有过分歪曲史实，他只是在史实的范围以内，过多地侧重于心理的描写而已。

莫洛亚对于歌德与拜轮的传记，以及那本以爱俪尔（Ariel）为书名的《雪莱传》，最为人所称道。我们且以拜轮为例。一般人的拜轮传都侧重于描写一八二三年拜轮参加希腊革命前后的壮举，都想把拜轮写成一个十全十美的革命英雄。但实际上，拜轮的英雄气概恐怕多少还与他那种浪漫色彩有点关系。莫洛亚对于拜轮出入于英伦高等社会时那种豪华生活的描写，很为一般拜轮研究者所不满，觉得是对拜轮的曲解与侮辱，但拜轮确乎有过这一段浪漫豪华的生活。把拜轮作为一个"人"看待，莫洛亚的描写不但无害于拜轮的人格，而且更使我们觉得拜轮这个"人"更亲切，更可爱。

有了斯屈瑞基，有了卢特威奇，有了莫洛亚，传记文学在近年来才算有巩固的基础，而且也被认为文学上一个重要的部门。

三

传记文学在欧美各国都有了相当的成就；使我们认为憾事的是，在有着长久的传记传统的中国，反倒颇乏传记的伟构。友人张默生先生近年来致力于他的"态学"（此二字为张先生杜撰，其说尚有待张先生详论解释），并"副产"了传记数种：《武训传》《王大牛传》《李宗吾传》《异行传》。以我们所知，张先生的这几本传记在国内读书界开拓了一个新的园地。但我想斗胆地怀疑两点：第一是传主（武训除外）的成就与声誉是不是值得一位知名学者为他花上几年功夫作传；再就是传记和印象或人物素描应有分别，而张先生的传记作品实际上近乎印象或素描。

我国自然不乏值得传记的人物。但是，在我们那些大量的伟大人物之中，有几个曾让后人替他写过与他的人格同样地伟大的传记呢？我们没有一本比较过得去的《孔子传》。这还情有可原,因为关于孔子的材料太少了。至今我们竟没有一本较为理想的中山先生传记,反倒要从外国人手中翻译过来。林白克的《孙逸仙传》已经不能说是优良的传记;但译为中文以后,却是国内找得到的关于国父最好的传记著作了。

我们相信目前中国传记著作之所以浅薄,不仅是(或者甚至不是)艺术上的问题,而是在态度上的问题。对于政治上的人物我们不敢认真的描写不必说了;对文学界的巨人我们也一样有太多的顾忌。前几年有一个官家机关拟请故闻一多先生写一本屈原传,闻先生没有写。原因是,在闻先生看起来,屈原在楚怀王面前其地位恰如一个豢养的奴隶(闻先生甚至把初期的屈原比作梅兰芳)。这一点认识,使闻先生更其觉得屈原的伟大,然而这些话不便在屈原传里面说出来。不说这些又不忠实,闻先生的屈原传遂终于没有写出。这自然不是指责闻先生;但这件事可以说明为什么在中国难得有优良的传记作品。

但我们是期望着在中国不久也有优良的传记出现的。

中国语言的研究与新文学理论的建设[①]

张世禄

一、研究中国文学的方法

近来对于中国文学的研究，不能不说是有很大的进步；原因所在，固然是由于比较材料的增多，和西洋文艺理论的输入，而尤其是因为研究的途径，一天一天的扩大，利用了有关的多方面来观察、来探讨。这就是说，不仅就文学本身的范围来研究文学，又用文学以外的立场，来分析文艺作品，来评定作品价值。例如依据政治情形、经济制度、地理环境、民族迁移，以及外来文化的影响、民俗、宗教、艺术等等的演变来研究文学的，都可以看出：研究的途径愈益扩大，所得的结论也愈益精确。但是，我以为还有一种重要的方法，似乎现今一般研究文学的，还未曾充分的利用过，这就是语言学的观点，就是运用语言演变的史实来比照历代文学兴衰的现象，并且根据语言发展的趋势，试来建设新文学的理论。

文艺的作品，由口头而到笔写，本身原是一种语言的记载，同时也是一种语言的艺术；某种作品，必定是用某种语言来做根据，必定是用某种语言来做它的素材的。所以要欣赏某种文学，必得明了它所根据的语言；要批评某种文艺作品，也得在它的语言背景上作一个深切的观察。因之，依据语言学的观点来研究中国文学，实在是我们急应采取的一种最重要最正当的途径。

二、所谓死文学和活文学

首先应当提出的问题：文学和语言，两者之间，是否能够完全互相符合。这在西洋及印度等处，情形比较的简单，因为他们很早就有了拼音文字，写出来的文字，

[①] 载《学识杂志》第3卷第2期，1948年。

往往是当时实际语言的记录。语言变了,文字也常常跟着变;文学和语言两者间的距离,不会相差得很远。至于中国的汉字是一种"表意文字",是一种习惯上意义的符号,不必全为"耳治"之用,有时竟是偏重于"目治"的;因之不管实际语言的纷歧和演变,单用了这种文字,便可以通达无碍。南北各地,方言隔阂,而文字仍相统一;二三千年前的文艺作品,可以不必翻译为现代的语文,依然为一般人所能够诵读。这是受了这种"表意文字"之赐。但是正因为中国文字带着这种超离语言的性质,书写上就发展成功一种"文言体",和实际的口语并不完全一致。最初大概因为书写工具的限制,在文学作品上总是采取一种比较简炼的文体;后来递相仿效,统一的效用愈增,凝固的性质愈强,和实际语言演变的结果,也愈趋愈远。因之激起了近代的白话文运动;而新旧文学的分野,便很多用文言和白话两种文体来作区别的主要标准。

语言当中,有所谓"活语"和"死语"的区别;"活语"是指现代行用的语言,以和已成陈迹的古代"死语"相对称。因之从事新文学运动的,每每指那些代表古代语的文言文学称为"死文学",而以和现今实际口语相合的白话文学称为"活文学"。实则文言的文体也并非绝对固定的、僵化的,它也历经变化,未尝不在生长之中,并且吸收了历代实际的活语;所以文言当中,有所谓浅近的和艰深的分别,就是看它和代表现代语的白话体,彼此间相距的程度的差异。不过,大体上说来,文言的文体多数以过去的文献为主要的根据,而所谓旧文学,也常以模仿古代的文学作品为一种学习的方法,所以它具有古代语的色彩,特别的浓厚。

无论新旧文学,各有它的语言的背景,都离不了语言的基本的材料。只是语言本身,具有固定的和变动的两种性质;这两种性质,在纵的方面,就是保守和进步,模仿和创造,传袭和蜕化的两种相反的作用;在横的方面,就是统一和分化,向心和离心,融合和纷歧的两种相反的作用。文言的文体,既然以过去几种标准的文献为主要的根据,旧文学的学习方法,又常常采取模仿的途径,所以在实际的应用上,确有几分统一的和融合的效果,而终究因为传袭的和保守的性质,特别的显著,就跟蜕变了的语言,多少总有相隔的距离。

三、文学的体制和形式

近今的新文学运动,就是要消除这种文学和语言间的分隔,要使书写的和口说的完全相符;所以不特要废弃具有古代语的色彩的文言体,而且要改革由古代语上演出的种种文艺的体制。

原来在通常语言当中,表情达意的方式,可以分为"谈话的"和"歌唱的"两种。由普通谈话的方式所演成的文学体制,就是散文;由歌唱的方式所演成的文学体制，就是韵文。《诗序》说："情动于中，而形于言；言之不足故嗟叹之；嗟叹之不足，故永歌之；永歌之不足，不知手之舞之，足之蹈之也"。又朱子《诗经集传序》说："既有思矣，则不能无言；既有言矣，则言之所不能尽，而发于咨嗟咏叹之余者，必有自然之音响节奏，而不能已焉"。所谓有情有思，就是指文学作品的内容；无论是取于谈话的或歌唱的方式，总必先有了情思，否则，便是"无病呻吟"。因为通常谈话的方式，有时不足以完全表达情思，于是采用咨嗟咏叹的歌唱方式，把语言高度的艺术化，把语言跟音乐及跳舞发生了密切的联系，而把其中的音响节奏显现出来：这原来是文学进步的自然的趋势。可是随着这种趋势而"变本加厉"，"踵事增华"，一方面应用文字的技术既趋于进步，不免专从形式上来争奇斗巧；另一方面又把那种自然的音响节奏，变为人工的固定的规律。递相仿效，积习相沿，体制日密，格律愈细；结果，文学的制作，成为专门的技术，和少数文人的专业，往往不用来表达大众的情思。更因为受了那种简炼的古语文体的限制，再加上严密格律的拘束，即在老练的文人，也难免要弯曲或减损自己的情思来勉强凑合那种固定的形式。这好比是"徙宅忘妻"，把原来那种语言上的表情达意的本旨，也遗失了；所以不得不来一个解放运动，以要求文学体制的改革。

再就艺术的原理来说，艺术的目的，在乎表现；要表现得自然和生动，才能够引起美感，才能够使作品的本身具有价值。旧文学的体制，要把情思揉合在人工的规律和死板的形式当中；现今如果要造出这种旧文学的作品，第一步把口说的语言变为书写的文字，第二步又必得把现代的语言翻成古色古香的文言，第三步再将那种文言锻炼熔铸起来，以凑合那种一定的格式；这种层层的约束，重重的限制，如何能够表现得亲切？如何能够使作品里具有自然和生动的条件。

四、中国文学史上的解放运动

如果要推究这些文学体制演成的由来，那又不得不以其最后的原因，归属于语言自身的现象。上面说过，文学必定以语言来做它的背景，以语言来做它的基本的材料；所以某种体制的形成，以及许多规律和格式的产生，必定有某种语言的现象来做它的根据。例如五言、七言的律绝诗，在体制上已经形成几种固定的规律——整齐字句，隔句押韵，谐调平仄，律诗又须讲求对偶等。这几种规律的产生，至少必定有下列的这些语文的现象来做根据：

（一）汉字的一字一音制，为整齐和对偶的唯一的根据。

（二）单音词、双音词之中，又参杂了三音的复词，由四言诗演成为五言、七言的主要原因，便是在此。

（三）六朝隋唐间的韵母系统，可称为诗韵系统。

（四）六朝隋唐间声调系统，即指诗韵上的四声系统；平仄的分别，就是依据于这种四声系统而来。

（五）词性渐趋于固定，因之可以讲字义的对偶（详可参看本刊第一卷第一、二期拙著《中国语言与文学》一文）。

由语文上的几种现象综合起来，构成了某种文学的体制，原来是自然的趋势，即所谓"发于咨嗟咏叹之余者，必有自然之音响节奏而不能已焉"。可是后来过分的人工化，演成为固定的形式，不能适应着语言实际的变化。实际语言的现象，不能步随着时代而蜕变，可是依据某一时代的语言现象所产生出来的某种体制或格式，却已僵化，胶固着，无法自由的转变；一些文人要在这种文学体制上表现他们艺术的造就，也无法从情意方面以求内容的增进与扩大，只得从形式和文字的技巧上来竞胜；于是意境日狭，格律愈细，这种文艺，也就自己宣告了生命的终止。

到这时，不能不有一种新文学的出现，以适应语言的转变，而尽量吸取实际语言上的新材料，以为当时大众情意的表现；这就是文学体制改革的先锋，也就是要求解放的自然的表示，在文艺，也输进了新生命。所谓"物极必反，剥极而复"，已成为历史上的公例。如周汉间诗骚辞赋的递嬗，汉魏六朝时乐府古辞的产生，宋元以来词曲小说的发达，都是依据于语言演变来创造新文学的结果，都是对于旧文学体制的一种自然的解放。过去凡是足以代表某一时代的作品，必定不是全由模拟或承袭旧体制而来，必定曾经吸取了当代语言上的新材料，以适应当时的社会和人生。

如果不依照语言演进的趋势来倡改革，来谋解放，则其改革和解放，必不能成功，至少对于大众的社会，不会发生什么好影响。最显著的例，便是唐宋的古文运动以至近代桐城派所建立的"义法"；古文运动，可以说是对于六朝骈体文章或文选派的一种改革，所谓"文起八代之衰"，至少也是当时一种文学上的革新运动。只是这种运动，以古文相标榜，要把后代的散文体，回到了周汉之旧，绝没有顾到语言的实际情形。他们只知道"文以载道"，而不知道"文以代言"。因之所谓桐城"义法"，如"不用六朝人淫丽俳语"，"不用汉赋中板重字法"。只是一种散文运动；而谓"不可入语录中语"，"不可入南北史佻巧语"，"不可入诗歌中隽语"，又要把理想的散文回复到周秦之旧，绝对禁止用后代人的语言；"一切皆借圣贤之口吻以出之"，"知我鲁我周，而不自知我为何代人"。这种摹古的习气，就支生出一种八股的文学；所谓"清真雅正，理法兼备"，八股文的标准，不外古文家以标出"神、理、气、味、格、律、声、色"这八项的道理。而八股文的那种排比节段的格式，也出于所谓"古文笔法"；王闿运说过："八家之名，始于八股；其所宗者，韩也，其实乃起承转合之法耳"。所以古文运动的结果，在消极方面，只是束缚人民的思想，妨碍国家民族的进步；在积极方面，也只是于骈体文之外，树立了一种文言的散文标准，制造出一些作义，以供伪道学、假清流的玩弄和标榜而已。他们的根本错误，就是只在模拟和承袭古代的

"死语",而要从中求出新生命——所以结果是"缘木求鱼"——只认语言是固定的,而不知道它的本身具有流动的性质,所以绝对禁止语言上新材料的采用。无怪乎古文家的宗师韩退之要说:"唯陈言之务去,戛戛乎其难哉";如果顺着语言的蜕变,吸收了实际语言当中的新材料,则"陈言"当然不去而自去了。

因此,我们可了悟文学上的改革和解放,必须要顺着语言演进的趋势;否则,即无成功之可言,或者更会发生坏影响。我们必须认定一种新文学的产生和成立,必定以当代的一种新语言做它的基础。

五、文学和语言相互演进的关系

我们再从历史上来证明文学和语言演变的关系。上面所说,语言本身上具有固定的和流动的两种性质,在纵的方面,就发生保守和进步作用,在横的方面,就发生统一作用和分化作用;因之我们所谓古今历代和南北各地语言的区分,并非绝对的相异,也非绝对的相同。它们彼此间,有些现象是相同的,有些现象是相异的。这里可以约略的分做音韵、词类、文法三方面来说:

(一)音韵方面。历代读音系统的变迁,正像现代各地方音的纷歧;一地有一地的发音习惯,一代也有一代的读音系统。上古的读音和中古时代必有差异;中古的读音和现代通行的国音也显然有分别。可是过去有些音韵的现象,还保存于现今的几种方言当中。例如六朝隋唐间的四声平仄的系统,现今江浙的吴音区域还大致和它相符合;唐宋以前入声字的韵尾,现今闽广的方音当中还保存着。

(二)词类方面。上文所说古代的死语,一般就是指现今语言当中已经废弃不用的语词。例如"昔我往矣"的"往"字,后代常改用"去"字,所以"一去紫台连朔漠"的"去",不应改作"往"字。又古代单音或双音的语词,后代往往改做双音或三音的语词。例如《尔雅》载明"鹣"或称为"比翼",到了唐代"在天愿作比翼鸟"这句诗里,便用三音的复词了。这又是语词组织的演进。不过有些似乎废弃不用的古语,却还偶尔在某种方言里活着;例如《孟子》"舍皆取诸其宫中而用之",这句里的"舍"字,就是现今某些吴语里的"啥",四川话里的"啥子"。因此可见死语和活语的分别,并没有绝对的界限。

(三)文法方面。中国的文法研究,应该注重在句中各个语词先后的序次;古今语的文法,大致相差不远;可是每一时代的文学代表作品,总可以见到它的方法上的特征。例如《诗经》里的形容词,有很多特殊的位置,列在"有"字之后,"其"字之前的,例如:

"有飶其香";

"有蕡其实";

"有莺其羽"("莺"字作"荧"字解)

列在"彼"字之前的,例如:

"泛彼柏舟";

"冽彼下泉";

"蓼彼萧斯"。

《楚辞》里的副词,也有一种特殊的位置,常列在全句之首,例如:

"纷吾既有此内美兮";

"耿吾既得此中正";

"泪余若将不及兮";

"謇吾法夫前修兮"。

这些现象都可以使我们明了历代文学作品在文法上才有彼此异同的地方。

我们可以依据这三方面的现象来观察历代文艺的演变。就语言上历史的观点来说,既然有承袭的和变异的两种作用;所以文艺的演进,不是绝对的创造,也不是绝对的模仿,而是一方面承袭包容旧文艺的质素,接受了过去的遗产,另一方面又顺着时代环境,构成新文艺的特征,开辟了未来的途径。任何时代的语言或文学,如果不兼具有承前和启后的两种作用,决不足以代表它的时代。例如唐诗、宋词和元明的戏曲文学,三者间递嬗的关系,正和语言演化的历史相符合。在音韵方面:诗词趋重于平仄的分别,到了元明戏曲里,却渐趋重于阴阳了;词曲押韵,在大体上较诗韵为宽,但"家麻"和"车遮"的区分,北曲又把入声字归属于平、上、去三声,却为诗词所未见的现象。一般以为诗韵和曲韵是两种截然不同的系统;可是"闭口韵"(即有.M韵尾之音)各部的存在,却为诗、词、曲共通的现象。在词类和文法方面:宋词中多包括唐人诗句,因此有"长短句"之称;元明戏曲之脱胎于宋词,尤为显著的事实。但是有些宜引用于诗里的字句,往往不宜引入于词曲,而元曲中俚俗的辞语,尤为诗词中所罕见。至于北曲和南曲的分别,也跟语言的环境变异,具有密切的关系。总之,诗、词、曲这三种文学,各自代表它的时代,各有它的语言背景,而彼此间都有相承的关系,和当时语言演进的事实,息息相关;它们相互间的递嬗,也正和语言上承袭的跟变异的两种相反相成的作用,彼此吻合。因此可以见得文学之于语言,正如影之于形,亦步亦趋,相随不舍。其他历代各地文学之演化与长成,也都可以依此来观察,都可以用此来作研究的基本方法。那末,我们对于新文艺的创作,对于今后文学的趋势,也不难因此建立一个正确的理论,以为我们应取的态度和方针的准绳了。

六、现今创作新文学的基础

上文所说，就语言的现象和史实，以推究文学的演进，是以语言为主因，而以文学为随生的结果。反之，文学之于语言，其影响亦至深且巨。文学促进了语言的艺术化，一方面使得语言的表现作用，更加丰富，更加深切；另一方面，文学又是传播语言的唯一的利器，对于语言的材料，也有一种洗炼的作用。所以只有伟大的文学作品，才真正代表了标准的语言。所以我们为着整饬实际的语言，为着增进语言的生活力，为着建立标准的国语，必须努力于新文学的造就；而新文学的一个正确理论的建设，在语言本身上着想，自然也是必要之举。

新文学运动和国语运动，两者既然是相辅而行的，所以只有现今标准国语的文学，才可以为新文学的代表作品。而作品的本身，也就可以为推行国语的标准。因之依据国语学的理论来创作新文艺，必须以下列的几点为其基本的观念：

（一）音韵方面，须完全依据国语标准音的系统。新诗歌的押韵，既依据于国音的韵部，一般文辞上的假借用字，也应当力求符合于国语的音读。因为口说的语词与书写的字体，两者之间，自应使其统一，以免纷歧错杂而发生迷惑。此即所谓"韵共守自然之音，字能通天下之语"。

（二）新文学中的韵文或近于韵文的体制，亦须具有相当的格律，以显示自然的音响节奏。此种格律固然不宜过于人工化，也不妨根据现今国语上的音韵系统和词句组织来制定一种形式，我以为很可以根据复合语词和全句里的轻重音，来制定一种韵律，以替代过去平仄相间的格式。

（三）词类和文法方面，不必要绝对避忌文言或古语。因为实际的活语，既然本身上具有承袭的包容的作用，那末，过去的死语，凡是可以消纳于现今口语当中的，便有复活的可能，在文辞上自然可以采纳，以扩大或增进国语和新文学的内容。

（四）又各种方言及外来语的成分，亦依文言或古语之例，不妨多多采用，唯必须以能和标准国语上的词句形式相调和者为条件，所谓"生硬"或"奇僻"的字句，或近今所谓"欧化"的文法，往往用以指称那些不合于国语文上的形式和习惯，也就是由于语文上的不相调和而起。

（五）在新文学上，固然不必立出什么"义法"，或说"清真雅正"来相标榜，但是国语的标准，既然采取于受过中等教育的人所行用的，那末，过于俚俗的词句——包括音韵词类和文法的关系——自然不应多入于文学的作品；对于"辞气远鄙倍"的这种理由，当然也应当顾到。因为新文学运动，本身就是一种语文教育运动，必须要使它能够和提高国民教育程度的宗旨互相配合。

（六）新文学的作品，既然用来表达大众的情思，必定要使它为一般人易于诵读、了解和欣赏,把旧文学上那种专门化的弊病革除,而变为通俗化。所以应用的词类和文法,要和现今全国大多数人所通行的语言相符合或密近;尤其要在文辞上避免繁冗晦涩和支离芜杂的毛病,使文句的结构,易于解剖,语词的引明,意义明确。这样,才合于"雅正"和"简洁"的条件。

总之,现代的文学,必须以现今的标准语做它的背景;新文学的创作,也必须用国语为它的望本的材料;凡是国语上的种种现象,以及一切所需的条件,都是新文学作品用以根据来构成它的内容、形式和价值的。现代的国语的演成和发展,便是新文学的产生和发达的由来。

文艺与现代生活[1]

刘大杰讲　戴光晰记

要了解文艺与现代生活的相互关系,必须先从文艺的本质讲起;文艺是一种艺术,所以又叫做文艺,它有种种不同的形式:最重要的诗歌、小说、散文和戏剧。文艺是作家苦闷的象征;人生葛藤的表现,而感情则为文艺的灵魂,思想则为文艺的基础。当一个作家在最痛苦最悲哀的时候,他的感情的火焰在内心燃烧得最激烈的一刻,也就是要表现文艺的欲望达至最强烈的时候。

文艺是由文字造成的艺术,虽然有着各种不同的形式,但是表现人生反映社会的目的总是相同的。

人生的苦闷与葛藤,在文学的历史上所表现的,我们可看出三个时期:

(一)人与神之争——可以但丁的《神曲》为当时的代表作品。《神曲》所表现的是人与神的斗争,因为这时候神权高于一切,人们都以为神力是不可抗的,一切都逃不了神的安排,所以这时代的文学表现了人类的失败和神权的胜利。

(二)人与命运之争——莎士比亚的作品可说是这一时期的代表作,就像他自己在名著《柔密欧与朱丽叶》中所表现的那样;柔密欧与朱丽叶应该是世界上最幸福最美满的一对,他们诚挚的热爱着,满以为他们可以结为永久的爱侣,但是,但是为什么他们不能达到目的,终于怀着炽烈的情焰双双殉情了呢?!是为了他们二家是世仇,为了人不能与命运相抗违,于是,结果,在这种情形之下,人只好倒下去,向命运屈服了。

(三)人与社会之争——这就是我们的世纪。易卜生、萧伯纳、高尔基等都是这时期的代表作家,他们的作品表现了人与社会的斗争,但是,人依然无法抗拒社会的压迫,人终于又失败了。在一切的失败中,造成了许多伟大的悲剧。

凡在生活平静的时候,人类的感情也是很静止的,只有在颠波激动的生活中,艰苦奋斗的生活中,人生才会有不寻常的起伏的感情的波涛,才能激起表现的欲望,以完成伟大的文艺作品。

文学是表现人生,反映社会的,文学是同一面镜子,是以真实为贵的。但文学

---

[1] 载《沪江文艺》创刊号,1949年。

家表现的态度,也可分为浪漫主义与写实主义二派。浪漫主义企图超过现实的人生,而造成美丽的理想的社会;写实主义是以暴露社会真相为贵的,像鲁迅的作品就是社会生活的写真。我们可以说文学表现人生愈深,反映社会愈真的话,那么它的力量也就愈大。

其次要说明的是文学与时代的关系,文学不能与时代脱节,一个时代应该有一个时代的文学。譬如《红楼梦》,这是清代君权极盛时期贵族家庭生活的反映。贾宝玉——这个懦怯、贪乐,而带有几分女性的娇弱的多情种子,整天在脂粉群中混,过着象牙塔里的生活,这正是贵族家庭公子哥儿的典型。《红楼梦》的价值,便在把那一时代的生活状态,表现得真实,描写得深刻。我们今日读了,好像回到了三百年前的封建社会。虽然,《红楼梦》这本书在现在看起来,已离开我们很远了,然而作者实践了把握时代反映现实的任务,在文学史上,得到了不朽的地位。

因此,无论是研究文学或创作文学,首先必须了解的必然是时代的背景与现实的正视,这样才不致会落伍,违背时代的潮流。

文学是应该表现大众的情感,因为文艺原是大众化、普遍化的:歌德的名著《少年维特的烦恼》是作者热情的升华,当他写这书的时候,他简直不能控制内心炽燃的热情,他的血液澎湃着,全身的血管像是要爆裂了,他运用他的笔,把沸腾的热情倾注似的泻流到纸上,一气呵成地完成了伟大的杰作《维特的烦恼》。在当时,这本书曾疯魔了无数的青年男女,与其说他们在同情维特的遭遇,还不如说他们感到与维特同病相怜,于是,当时一般失恋的青年们,造成与维特相同的悲剧——自杀的,简直是不计其数,每一个自杀青年的口袋里,差不多总藏着一本《少年维特的烦恼》,由此可见文学感人的力量,因为《少年维特的烦恼》能表现当时大多数青年的情感,所以它才能得到多数人的拥护,因为那时正是德国浪漫文学最盛时期,那就是有名的狂风暴雨运动。

说到这里,我们知道文学是离不开时代的了。那么我们今日的时代是什么时代呢?我们的生活是什么生活呢?我们过的是人吃人的时代,是贫富不均的时代,是人民争自由争平等的时代。因此我们的文学应该表现这一时代的影子,应该表现这一时代下各种各样人生的生活。极盛时代过去了,五四时代过去了,抗战时代也过去了,我们不要迷恋过去,我们要扬弃个人主义和艺术至上主义的心情,来表现这黑暗的时代。

只有伟大的作家才能走在时代的前面,只有伟大的作品,才能获得大众的爱好与共鸣。

在没有真理的社会中,只有文学才能负上唤起真理的责任,而现代的文学家是应该表现社会,暴露社会的形态,最好的作品是应该有最优美的笔调及真实的内容来表现社会的。

教育的力量是教化,文学的力量则是感化,所以文学对人类的影响比教育更大,因为侧面的情感更易使人感动,更易使人发生同情。

文学是表现人生,反映社会的,贵乎表现大多数人的情感与生活,而最主要的应该是内容的真实,因为世界上只有最真的才是最善最美的。

图书在版编目(CIP)数据

中国现代文学基础理论稀见文献选编/贺昌盛,何锡章主编. —武汉:华中科技大学出版社,2021.3
(中国现代文学文献整理研究丛书)
ISBN 978-7-5680-7010-2

Ⅰ.①中… Ⅱ.①贺… ②何… Ⅲ.①中国文学-现代文学-文学理论 Ⅳ.①I206.6

中国版本图书馆 CIP 数据核字(2021)第 066873 号

中国现代文学基础理论稀见文献选编
Zhongguo Xiandai Wenxue Jichu Lilun Xijian Wenxian Xuanbian

贺昌盛　何锡章　主编

策划编辑:	周晓方　杨　玲
责任编辑:	吴柯静
封面设计:	原色设计
责任校对:	刘　竣
责任监印:	周治超
出版发行:	华中科技大学出版社(中国•武汉)　电话:(027)81321913
	武汉市东湖新技术开发区华工科技园　邮编:430223
录　　排:	华中科技大学惠友文印中心
印　　刷:	湖北恒泰印务有限公司
开　　本:	787mm×1092mm　1/16
印　　张:	14　插页:2
字　　数:	287 千字
版　　次:	2021 年 3 月第 1 版第 1 次印刷
定　　价:	98.00 元

本书若有印装质量问题,请向出版社营销中心调换
全国免费服务热线:400-6679-118　竭诚为您服务
版权所有　侵权必究